一緒に日本語を
覚えましょう！

附中日發音
音檔QR Code

初學者開口說日語

1000常用句×3500生活字彙，自學日語超簡單！

中間多惠 編著

笛藤出版

五十音図表

Let's study the Japanese alphabet あいうえお！

平仮名と片仮名

- 日文字母順序照あいうえお……排列
- 日文字母分平假名和片假名，( )部份為片假名
- 片假名常用於外來語

1. 清音

行／段	あ(ア)段	い(イ)段	う(ウ)段	え(エ)段	お(オ)段
あ(ア)行	あ(ア) a	い(イ) i	う(ウ) u	え(エ) e	お(オ) o
か(カ)行	か(カ) ka	き(キ) ki	く(ク) ku	け(ケ) ke	こ(コ) ko
さ(サ)行	さ(サ) sa	し(シ) shi	す(ス) su	せ(セ) se	そ(ソ) so
た(タ)行	た(タ) ta	ち(チ) chi	つ(ツ) tsu	て(テ) te	と(ト) to
な(ナ)行	な(ナ) na	に(ニ) ni	ぬ(ヌ) nu	ね(ネ) ne	の(ノ) no
は(ハ)行	は(ハ) ha	ひ(ヒ) hi	ふ(フ) fu	へ(ヘ) he	ほ(ホ) ho
ま(マ)行	ま(マ) ma	み(ミ) mi	む(ム) mu	め(メ) me	も(モ) mo
や(ヤ)行	や(ヤ) ya		ゆ(ユ) yu		よ(ヨ) yo
ら(ラ)行	ら(ラ) ra	り(リ) ri	る(ル) ru	れ(レ) re	ろ(ロ) ro
わ(ワ)行	わ(ワ) wa				(ヲ) o
ん(ン)行	ん(ン) n				

2. 濁音

が(ガ)行	が(ガ) ga	ぎ(ギ) gi	ぐ(グ) gu	げ(ゲ) ge	ご(ゴ) go
ざ(ザ)行	ざ(ザ) za	じ(ジ) ji	ず(ズ) zu	ぜ(ゼ) ze	ぞ(ゾ) zo
だ(ダ)行	だ(ダ) da	ぢ(ヂ) ji	づ(ヅ) zu	で(デ) de	ど(ド) do
ば(バ)行	ば(バ) ba	び(ビ) bi	ぶ(ブ) bu	べ(ベ) be	ぼ(ボ) bo

3. 半濁音

ぱ(パ)行	ぱ(パ) pa	ぴ(ピ) pi	ぷ(プ) pu	ぺ(ペ) pe	ぽ(ポ) po

Introduction

　　本書由一直以來廣受讀者們肯定的「彩色版初學者開口說日語」增訂編輯而成。編輯部因應時事變化重新審校內容，並加入更多單字例句。

　　全書共分成五大章節，以循序漸進的方式引導讀者們學習。第1〜3章，介紹基本的日語用語；第4〜5章，介紹如何實際與日本人溝通，以及到日本旅遊的例句會話。還附上日本地鐵圖、各站名稱及日本主要知名景點、名店等。

　　本書不僅僅是一本生活會話書，也是一本實用的單字記憶書，對初學者來說無疑是一本全能的日語入門學習書。活用本書，相信一定可以達到意想不到的學習效果。

- 《五大章節，從基礎到進階》以循序漸進的方式，教您如何用最基本的日語句子表達想法、和日本人溝通，甚至是出國旅遊都能暢行無阻。
- 《1000句3500字彙》上千個單字例句，一次滿足所有讀者的學習慾望！
- 《日、中區隔‧羅馬音輔助》日、中區隔並標注羅馬音，讓即使不會五十音的讀者，也可以輕鬆開口說日語！
- 《框格式的單字排版》本書採簡單明瞭的框格式單字記憶法，讓讀者學習日語更上手。
- 《日本地鐵路線圖、車站名》除了方便旅遊的地鐵路線圖外，也為您標出各路線站名的日語發音和羅馬拼音，讓您在日本搭地鐵順利抵達目的地。
- 《日本各地知名景點、店名》本書最後特別列出日本各地旅遊景點及大家耳熟能詳的店名一覽，幫助您在遊日過程中更加得心應手。
- 《輔助MP3，日語說得漂亮又流利》附上日中對照MP3，並搭配本書作學習。初學者開口說，日語越說越流利！

本書內容中譯文計算金錢單位的「元」均指日圓。

Contents ✱ 目錄

PART 1 會話即時通

- ●打招呼……………………12
  - ✱日常招呼………………12
  - ✱第一次見面……………13
  - ✱到別人家拜訪…………13
  - ✱到別人公司……………14
- ●告別語……………………15
  - ✱日常告別………………15
  - ✱拜訪結束………………15
  - ✱抒發感想………………16
  - ✱下班要先行離開時……17
  - ✱離開前，拜託別人轉告事情時……17
  - ✱約定下次再相見………18
  - ✱探訪完病人時…………19
  - ✱要分離很久時…………19
- ●祝賀語……………………20
  - ✱日常祝賀語……………20
  - ✱新年祝賀語……………21
- ●感謝・道歉………………22
  - ✱日常感謝語……………22
  - ✱接受別人幫忙時………22
  - ✱道歉與回應……………23
  - ✱讓別人久等時…………24
- ●拜託………………………25
  - ✱麻煩別人………………25
  - ✱請別人等一下時………26
- ●問路………………………27
- ●答覆………………………28
  - ✱肯定的回答……………28
  - ✱否定的回答……………29
- ●語言不通…………………30
  - ✱聽不懂日語時…………30
  - ✱告訴對方自己不會日語……30
- ●婉拒………………………31
- ●自我介紹…………………32
- ●詢問………………………35
  - ✱針對語言詢問時………35
  - ✱詢問地點………………35
  - ✱詢問人…………………35
  - ✱詢問原因・理由………35
  - ✱要求對方允許…………37

PART 2 單字入門通

- 代名詞················40
- 家庭成員··············41
- 形容詞················42
- * 反義詞··············42
- * 味覺················43
- * 形狀················43
- 數字··················44
- 時間··················46
- * 月份················46
- * 日期················47
- * 星期················49
- * 點鐘················50
- * 分··················51
- * 秒··················52
- * 時數················52
- * 其他時間說法········54
- 節日・季節············55
- * 日本國定假日········55
- * 季節················56
- * 單字充電站··········57
- 方位··················58
- * 位置················58
- * 方向················58
- 色彩··················59
- 次序··················60
- 生肖・地支・星座・血型····61

♪ MP3 音檔請掃 QR code 或至下方連結下載：

https://bit.ly/SpeakJP

※ 請注意英文字母大小寫區別

■ 日語發聲｜林鈴子・須永賢一
■ 中文發聲｜常青・李正純

5

PART 3 數量稱呼大不同

三人分作ったよ！

- ●物品數量單位⋯⋯⋯⋯⋯⋯66
- ＊雞蛋等小的東西⋯⋯⋯⋯⋯66
- ＊一般物品⋯⋯⋯⋯⋯⋯⋯⋯67
- ＊人數⋯⋯⋯⋯⋯⋯⋯⋯⋯⋯67
- ＊次數⋯⋯⋯⋯⋯⋯⋯⋯⋯⋯68
- ＊月數⋯⋯⋯⋯⋯⋯⋯⋯⋯⋯68
- ＊週數⋯⋯⋯⋯⋯⋯⋯⋯⋯⋯69
- ＊金錢⋯⋯⋯⋯⋯⋯⋯⋯⋯⋯70
- ＊樓層⋯⋯⋯⋯⋯⋯⋯⋯⋯⋯71
- ＊分數⋯⋯⋯⋯⋯⋯⋯⋯⋯⋯72
- ＊茶、咖啡等杯裝飲料或麵飯⋯⋯72
- ＊紙、衣服等扁薄的物品⋯⋯⋯73
- ＊筆、樹木、酒瓶或褲子等細長物⋯⋯⋯⋯⋯⋯⋯⋯⋯⋯⋯⋯73
- ＊鞋子、襪子⋯⋯⋯⋯⋯⋯⋯74
- ＊衣服⋯⋯⋯⋯⋯⋯⋯⋯⋯⋯74
- ＊體重或物品重量⋯⋯⋯⋯⋯75
- ＊餐點⋯⋯⋯⋯⋯⋯⋯⋯⋯⋯75
- ＊打數⋯⋯⋯⋯⋯⋯⋯⋯⋯⋯76
- ＊成組成對的物品⋯⋯⋯⋯⋯76
- ＊藥片⋯⋯⋯⋯⋯⋯⋯⋯⋯⋯77
- ＊顆粒狀物品⋯⋯⋯⋯⋯⋯⋯77
- ＊機器或車輛⋯⋯⋯⋯⋯⋯⋯78
- ＊順序⋯⋯⋯⋯⋯⋯⋯⋯⋯⋯78
- ＊小動物、昆蟲（如貓、犬、蚊子等）⋯⋯79
- ＊大動物（如大象、老虎、牛、馬等）⋯⋯79
- ＊鳥類、兔子⋯⋯⋯⋯⋯⋯⋯80
- ＊年齡⋯⋯⋯⋯⋯⋯⋯⋯⋯⋯80
- ＊書籍、雜誌⋯⋯⋯⋯⋯⋯⋯81
- ＊漫畫、叢書⋯⋯⋯⋯⋯⋯⋯81

¥10000

一万円落とした!!

Elephant

象は何頭いますか？

二頭います。

PART 4 旅遊日語開口說

- ●飯店 ……………………… 84
- ＊尋找飯店 ………………… 84
- ＊詢問房間價錢 …………… 84
- ＊預約 ……………………… 84
- ＊住房登記 ………………… 86
- ＊飯店服務 ………………… 87
- ＊有狀況時 ………………… 88
- ＊辦理退房 ………………… 89
- ＊單字充電站 ……………… 90
- ●銀行 ……………………… 92
- ＊尋找・詢問 ……………… 92
- ＊在櫃檯－客人要求 ……… 92
- ＊在櫃檯－服務人員的指示 … 92
- ＊使用提款機領錢時 ……… 93
- ＊兌換 ……………………… 93
- ＊匯款 ……………………… 94
- ＊其他 ……………………… 94
- ＊單字充電站 ……………… 95
- ●餐廳 ……………………… 96
- ＊尋找餐廳 ………………… 96
- ＊預約 ……………………… 96
- ＊進入餐廳 ………………… 97
- ＊點餐 ……………………… 98
- ＊用餐中 …………………… 99

- ＊買單 ……………………… 100
- ＊單字充電站 ……………… 101
- ●商店・逛街 ……………… 126
- ＊尋找商店 ………………… 126
- ＊顧客與店員的對話 ……… 126
- ＊詢問店員 ………………… 127
- ＊要求店員 ………………… 128
- ＊關於尺寸 ………………… 128
- ＊詢問價錢 ………………… 128
- ＊下決定 …………………… 129
- ＊結帳 ……………………… 130
- ＊運送 ……………………… 130
- ＊修理 ……………………… 131
- ＊單字充電站 ……………… 132
- ●交通 ……………………… 154
- ◆車站 ……………………… 154
- ＊在車站內 ………………… 154
- ＊詢問如何買票 …………… 154
- ＊買票 ……………………… 155
- ＊詢問目的地 ……………… 156
- ＊詢問如何換車 …………… 157
- ＊搭車前 …………………… 158
- ＊在列車上 ………………… 158

7

* 有狀況時	159	● 觀光	179
◆ 公車	159	* 在觀光服務中心	179
* 搭車前	159	* 觀光中	180
* 詢問時間或距離	160	* 單字充電站	181
* 詢問票價	160	● 打電話	185
* 下車時	160	* 尋找電話	185
◆ 計程車	161	* 打電話	185
* 搭車前	161	* 通話中	186
* 向司機詢問價錢	161	* 打電話到別人家裡	186
* 搭車	162	* 打電話到公司	187
* 指示司機	162	* 打錯電話	188
◆ 飛機	163	* 詢問電話號碼	188
* 服務台詢問	163	* 國際電話	189
* 預約	163	* 公共電話	189
* 劃位	164	* 單字充電站	189
* 在飛機上	164	● 郵局	190
* 行李	165	* 尋找	190
◆ 租車	166	* 在郵局	190
* 租借時	166	* 詢問價錢	190
* 加油站	167	* 詢問路程	191
* 有狀況時	167	* 限時・掛號	191
* 開車	167	* 包裹	191
* 單字充電站	168	* 單字充電站	191
● 娛樂	174	● 語言學習	193
* 購票	174	* 語言	193
* 電影	175	* 語言中心	194
* 劇場	176	* 其他	194
* 音樂	176	* 單字充電站	195
* 運動	176	● 租屋	196
* 電視	177	* 尋找住處	196
* 單字充電站	177	* 租屋設備	196

* 週遭環境	197
* 租金	197
* 契約	198
* 單字充電站	198

● 美髮 ……………………… 201
* 剪髮 ……………………… 201
* 美容院 …………………… 202
* 理髮店 …………………… 202
* 單字充電站 ……………… 203
● 溫泉 ……………………… 204
* 詢問 ……………………… 204
● 遇到問題時 ……………… 205
* 尋求幫助 ………………… 205
* 遺失物品 ………………… 205
* 交通事故 ………………… 206
* 遭小偷 …………………… 207
* 小孩走失 ………………… 207
* 單字充電站 ……………… 208
● 生病時 …………………… 209
* 尋求幫助 ………………… 209
* 掛號 ……………………… 209
* 傳達症狀 ………………… 209
* 與醫生對話 ……………… 210
* 別人生病時 ……………… 211
* 受傷 ……………………… 211
* 服藥 ……………………… 212
* 單字充電站 ……………… 213
● 電腦用語 ………………… 218
* 上網 ……………………… 218
* 社群網站 ………………… 221
● 喜怒哀樂 ………………… 222

* 喜 ………………………… 222
* 怒 ………………………… 223
* 哀 ………………………… 223
* 樂 ………………………… 224
● 友情篇 …………………… 225
* 我的朋友 ………………… 225
* 單字充電站 ……………… 225
● 戀愛篇 …………………… 226
* 喜歡・單戀 ……………… 226
* 告白 ……………………… 226
* 邀約 ……………………… 226
* 結婚 ……………………… 227
* 單字充電站 ……………… 227
● 學校 ……………………… 228
* 科系 ……………………… 228
* 社團活動 ………………… 229
● 天氣 ……………………… 232
* 談論天氣 ………………… 232
* 單字充電站 ……………… 232
● 人生百態 ………………… 234
* 談論某人 ………………… 234
* 單字充電站 ……………… 234
* 反義詞 …………………… 236

9

PART 5 日本便利通

- ●日本的行政區－一都一道二府43縣 ……………………………240
- ●日本地鐵圖 ……………243
- ＊東京地下鐵路線圖………244
- ＊橫濱地下鐵路線圖………244
- ＊大阪地下鐵路線圖………246
- ＊京都地下鐵路線圖………246
- ＊神戶地下鐵路線圖………246
- ＊札幌地下鐵路線圖………247
- ＊仙台地下鐵路線圖………247
- ＊名古屋地下鐵路線圖……247
- ＊福岡地下鐵路線圖………247
- ＊沖繩單軌電車路線圖……247
- ●到東京不可不知的山手線各站……290
- ●走訪日本各地旅遊景點……291
- ＊東京旅遊景點……………291
- ＊橫濱旅遊景點……………293
- ＊大阪旅遊景點……………293
- ＊廣島旅遊景點……………294
- ＊京都旅遊景點……………295
- ＊神戶旅遊景點……………295
- ＊福岡旅遊景點……………296
- ＊長崎旅遊景點……………296
- ＊北海道旅遊景點…………296
- ＊沖繩旅遊景點……………297
- ●日本名店瀏覽……………298
- ＊百貨公司…………………298
- ＊流行購物大樓……………298
- ＊連鎖書店…………………299
- ＊連鎖速食店………………299
- ＊餐飲連鎖店………………300
- ＊連鎖便利商店……………301
- ＊咖啡品牌…………………302
- ＊其他連鎖店………………302

PART 1

會話即時通

打招呼

おはよう
ございます！

日常招呼

1 おはようございます。　　　　　　　早安。
　 o.ha.yo.o.go.za.i.ma.su

2 こんにちは。　　　　　　　　　　　你好。（白天的問候語）
　 ko.n.ni.chi.wa

3 こんばんは。　　　　　　　　　　　你好。（晚上的問候語）
　 ko.n.ba.n.wa

4 お休みなさい。　　　　　　　　　　晚安、再見。
　 o.ya.su.mi.na.sa.i

5 さようなら。　　　　　　　　　　　再見。
　 sa.yo.o.na.ra

6 じゃ、また。／では、また。　　　　再見、改天見。
　 ja、ma.ta／de.wa、ma.ta

↪ 你也可以這樣說喔！

　＊ では、また今度。　　　　　　　　　下次見。
　　 de.wa、ma.ta.ko.n.do

　＊ では、またあとで。　　　　　　　　待會見、改天見。
　　 de.wa、ma.ta.a.to.de

會話

お元気ですか。　　　　　　　　　　你好嗎？
o.ge.n.ki.de.su.ka

はい、元気です。おかげさまで。あなたは。　是的，我很好。托你的福。你呢？
ha.i、ge.n.ki.de.su。o.ka.ge.sa.ma.de
a.na.ta.wa

ええ、私も元気です。　　　　　　　嗯、我也很好。
e.e、wa.ta.shi.mo.ge.n.ki.de.su

12　打招呼

第一次見面

1 私の名前は桜井由美です。
   wa.ta.shi.no.na.ma.e.wa
   sa.ku.ra.i.yu.mi.de.su

   我的名字是櫻井由美。

2 由美と呼んでください。
   yu.mi.to.yo.n.de.ku.da.sa.i

   （由美と呼んでください。）

   叫我由美就可以了。

會話

はじめまして、私は林です。
ha.ji.me.ma.shi.te、wa.ta.shi.wa.ri.n.de.su

你好，我姓林。

どうぞよろしくお願いします。
do.o.zo.yo.ro.shi.ku.o.ne.ga.i.shi.ma.su

請多多指教。

私は中田です。
wa.ta.shi.wa.na.ka.ta.de.su

我姓中田。

こちらこそどうぞよろしくお願いします。
ko.chi.ra.ko.so.do.o.zo.yo.ro.shi.ku
o.ne.ga.i.shi.ma.su

也請你多多指教。

お会いできて嬉しいです。
o.a.i.de.ki.te.u.re.shi.i.de.su

很高興見到你。

到別人家拜訪

會話 ①

お邪魔します。
o.ja.ma.shi.ma.su

打擾了。

どうぞ。
do.o.zo

請進。

（どうぞ。）
（お邪魔します。）

PART1　會話即時通　13

會話 ❷

〔主人〕 お飲み物はいかがですか。　　　要不要喝點東西呢？
o.no.mi.mo.no.wa.i.ka.ga.de.su.ka

〔客人〕 お構いなく。　　　不用麻煩了。
o.ka.ma.i.na.ku

到別人公司

會話

失礼します。　　　打擾了。
shi.tsu.re.i.shi.ma.su

どうぞお入りください。　　　請進。
do.o.zo.o.ha.i.ri.ku.da.sa.i

はじめまして、私は林です。

お会いできて嬉しいです。

14　打招呼・告別語

告別語

お元気で。

日常告別

會話

さようなら、また明日。　　　　明天見。
sa.yo.o.na.ra、ma.ta.a.shi.ta

また明日。　　　　　　　　　　明天見。
ma.ta.a.shi.ta

お気をつけて。　　　　　　　　路上小心。
o.ki.o.tsu.ke.te

拜訪結束

1 お邪魔しました。　　　　　　打擾您了。
o.ja.ma.shi.ma.shi.ta

2 失礼します。　　　　　　　　告辭了。
shi.tsu.re.i.shi.ma.su

會話 ①

そろそろ失礼します。　　　　　我差不多該走了。
so.ro.so.ro.shi.tsu.re.i.shi.ma.su

そうですか、ぜひまたお越しください。　這樣啊、下次歡迎再來。
so.o.de.su.ka、ze.hi.ma.ta
o.ko.shi.ku.da.sa.i

PART1　會話即時通　15

會話 ❷

そろそろ行かなければなりません。
so.ro.so.ro.i.ka.na.ke.re.ba.na.ri.ma.se.n

我得走了。

残念です。また遊びに来てください。
za.n.ne.n.de.su。
ma.ta.a.so.bi.ni.ki.te.ku.da.sa.i

真可惜。
有空再來玩。

はい、ぜひ。
ha.i、ze.hi

一定會的！

會話 ❸

今日はお招きいただきありがとう
ございました。
kyo.o.wa.o.ma.ne.ki.i.ta.da.ki
a.ri.ga.to.o.go.za.i.ma.shi.ta

今天非常謝謝您的招待。

いえいえ、よかったら、
またいらっしゃってください。
i.e.i.e、yo.ka.t.ta.ra、
ma.ta.i.ra.s.sha.t.te.ku.da.sa.i

哪裡，不介意的話，歡迎再來。

抒發感想

會話 ❶

今日はとても楽しかったです。
kyo.o.wa.to.te.mo.ta.no.shi.ka.t.ta.de.su

我今天過得很快樂。

私も楽しかったです。
wa.ta.shi.mo.ta.no.shi.ka.t.ta.de.su

我也是。

會話 ❷

お話しできて、嬉しかったです。
o.ha.na.shi.de.ki.te、u.re.shi.ka.t.ta.de.su
很高興能夠和你聊天。

私もです。
wa.ta.shi.mo.de.su
我也是。

下班要先行離開時

會話

〔下屬〕 お先に失礼します。
o.sa.ki.ni.shi.tsu.re.i.shi.ma.su
我先走了。

〔上司〕 お疲れ様。
o.tsu.ka.re.sa.ma
辛苦了。

〔下屬〕 お疲れ様でした。
o.tsu.ka.re.sa.ma.de.shi.ta
辛苦了。

離開前，拜託別人轉告事情時

會話 ❶

伊藤さんによろしくお伝えください。
i.to.o.sa.n.ni yo.ro.shi.ku.o.tsu.ta.e.ku.da.sa.i
請代我向伊藤小姐說一聲。

はい、お伝えいたします。
ha.i、o.tsu.ta.e.i.ta.shi.ma.su
好的，我會轉告她的。

會話 ❷

みなさまによろしく。
mi.na.sa.ma.ni.yo.ro.shi.ku
代我向大家問好。

はい、伝えておきます。
ha.i、tsu.ta.e.te.o.ki.ma.su
好的,我會替你轉達。

會話 ❸

これを壷田さんに渡してください。
ko.re.o.tsu.bo.ta.sa.n.ni wa.ta.shi.te.ku.da.sa.i
麻煩你把這個交給壺田小姐。

分かりました。
wa.ka.ri.ma.shi.ta
好的。

約定下次再相見

會話 ❶

今度はいつお会いできますか。
ko.n.do.wa.i.tsu.o.a.i.de.ki.ma.su.ka
下次何時可以見面呢?

次の火曜日はどうですか。
tsu.gi.no.ka.yo.o.bi.wa.do.o.de.su.ka
下星期二如何?

いいですね。
i.i.de.su.ne
好啊。

次の火曜日にお会いしましょう。
tsu.gi.no.ka.yo.o.bi.ni.o.a.i.shi.ma.sho.o
下星期二見囉!

會話❷

お元気で。また、お会いしましょう。
o.ge.n.ki.de。ma.ta、o.a.i.shi.ma.sho.o

保重。下次見！

ええ。楽しみにしてます。
e.e。ta.no.shi.mi.ni.shi.te.ma.su

嗯、期待下次再見。

會話❸

ちかぢか、また会いましょう。
chi.ka.ji.ka、ma.ta.a.i.ma.sho.o

改天再見面吧！

はい、また連絡をください。
ha.i、ma.ta.re.n.ra.ku.o.ku.da.sa.i

好啊。請再跟我連絡。

探訪完病人時

1 お大事に。
o.da.i.ji.ni

多保重。

2 あまり無理をしないで下さい。
a.ma.ri.mu.ri.o.shi.na.i.de.ku.da.sa.i

請不要太勉強自己的身體。

3 早く元気になって下さい。
ha.ya.ku.ge.n.ki.ni.na.t.te.ku.da.sa.i

祝你早日康復。

早く元気になって下さい。

会いに来てくれてありがとう！

要分離很久時

會話

お元気で。
o.ge.n.ki.de

保重。

あなたもお元気で。
a.na.ta.mo.o.ge.n.ki.de

你也保重。

メール楽しみにしてます。
me.e.ru.ta.no.shi.mi.ni.shi.te.ma.su

期待你的E－mail。

You got mail!

PART1　會話即時通　19

祝賀語

日常祝賀語

1　おめでとうございます。　　　　　　　　　恭喜。
　　o.me.de.to.o.go.za.i.ma.su

2　ご入学／ご卒業おめでとうございます。　　　恭喜你入學／畢業。
　　go.nyu.u.ga.ku／go.so.tsu.gyo.o.o.me.de.to.o
　　go.za.i.ma.su

3　ご就職おめでとうございます。　　　　　　　恭喜你就職。
　　go.shu.u.sho.ku.o.me.de.to.o.go.za.i.ma.su

4　退院おめでとうございます。　　　　　　　　恭喜你出院。
　　ta.i.i.n.o.me.de.to.o.go.za.i.ma.su

5　ご成人おめでとうございます。　　　　　　　恭喜你成年。
　　go.se.i.ji.n.o.me.de.to.o.go.za.i.ma.su
　　＊成人式：
　　成年禮。在日本，一到20歲都要參加成年禮。女生
　　會穿著和服、男生穿著西裝，盛裝打扮參加各地區
　　所舉辦的成年禮。是一種見證成年的儀式。

6　ご結婚おめでとうございます。　　　　　　　新婚愉快。
　　go.ke.k.ko.n.o.me.de.to.o.go.za.i.ma.su

7　お誕生日おめでとうございます。　　　　　　生日快樂。
　　o.ta.n.jo.o.bi.o.me.de.to.o.go.za.i.ma.su

8　メリークリスマス。　　　　　　　　　　　　聖誕快樂。
　　me.ri.i.ku.ri.su.ma.su

9　お父さん／お母さん、いつもありがとう。　　父親節／母親節快樂。
　　o.to.o.sa.n／o.ka.sa.n.i.tsu.mo.a.ri.ga.to.o

新年祝賀語

1. 謹賀新年。
   ki.n.ga.shi.n.ne.n
   新年快樂。（書面用語）

2. 昨年はお世話になりました。
   sa.ku.ne.n.wa.o.se.wa.ni.na.ri.ma.shi.ta
   去年謝謝你的關照。

3. 良い年になりますように。
   yo.i.to.shi.ni.na.ri.ma.su.yo.o.ni
   祝你今年事事如意。

會話

明けましておめでとうございます。
a.ke.ma.shi.te.o.me.de.to.o.go.za.i.ma.su
新年快樂。

今年もよろしくお願いします。
ko.to.shi.mo.yo.ro.shi.ku.o.ne.ga.i.shi.ma.su
今年還請多多關照。

こちらこそどうぞよろしくお願いします。
ko.chi.ra.ko.so.do.o.zo.yo.ro.shi.ku.o.ne.ga.i.shi.ma.su
哪裡哪裡。我也要請你多多關照。

明けましておめでとうございます。

今年もよろしくおねがいします。

感謝・道歉

本当にすみません。

日常感謝語

1 どうもありがとうございました。
do.o.mo.a.ri.ga.to.o.go.za.i.ma.shi.ta
非常謝謝你。

會話

ありがとうございます。
a.ri.ga.to.o.go.za.i.ma.su
謝謝你。

どういたしまして。
do.o.i.ta.shi.ma.shi.te
不客氣。

接受別人幫忙時

1 お世話になりました。
o.se.wa.ni.na.ri.ma.shi.ta
謝謝你的關照。

2 お手数をおかけしました。
o.te.su.u.o.o.ka.ke.shi.ma.shi.ta
真是麻煩您了。

3 ご親切にありがとうございます。
go.shi.n.se.tsu.ni.a.ri.ga.to.o.go.za.i.ma.su
多謝你的好意。

會話①

本当に助かりました。
ho.n.to.o.ni.ta.su.ka.ri.ma.shi.ta
你真的幫了我一個大忙。

いえいえ。いつでもどうぞ。
i.e.i.e.i.tsu.de.mo.do.o.zo
哪裡。(有問題)隨時都歡迎。

會話 ❷

- いろいろとお世話になりました。 　　承蒙您多方關照。
  i.ro.i.ro.to.o.se.wa.ni.na.ri.ma.shi.ta
- こちらこそ。 　　哪裡，彼此彼此。
  ko.chi.ra.ko.so

道歉與回應

✽ 道歉

1 すみません。 　　不好意思。
  su.mi.ma.se.n

2 ごめんなさい。 　　對不起。
  go.me.n.na.sa.i

3 失礼しました。 　　抱歉。
  shi.tsu.re.i.shi.ma.shi.ta

4 ご面倒をおかけしました。 　　真是麻煩您了。
  go.me.n.do.o.o.o.ka.ke.shi.ma.shi.ta

5 ご迷惑をおかけして
  もうしわけありません。 　　不好意思給您帶來困擾。
  go.me.i.wa.ku.o.o.ka.ke.shi.te
  mo.o.shi.wa.ke.a.ri.ma.se.n

6 本当にもうしわけありません。 　　非常對不起。
  ho.n.to.o.ni.mo.o.shi.wa.ke.a.ri.ma.se.n

✽ 回應

1 ご心配なく。 　　不用擔心。
  go.shi.n.pa.i.na.ku

2 どうぞお気になさらずに。 　　請不要放在心上。
  do.o.zo.o.ki.ni.na.sa.ra.zu.ni

3 どうぞご心配なさらずに。 　　請你不用擔心。
  do.o.zo.go.shi.n.pa.i.na.sa.ra.zu.ni

讓別人久等時

會話 ❶

お待たせしました。
o.ma.ta.se.shi.ma.shi.ta
讓你久等了。

いえ、私もさっき着いたばかりです。
i.e、wa.ta.shi.mo.sa.k.ki tsu.i.ta.ba.ka.ri.de.su
沒關係，我也剛到而已。

會話 ❷

待ちましたか。
ma.chi.ma.shi.ta.ka
等很久了嗎？

いえ、今来たばかりです。
i.e、i.ma.ki.ta.ba.ka.ri.de.su
沒有，我剛到而已。

會話 ❸

すみません、遅くなりました。
su.mi.ma.se.n、o.so.ku.na.ri.ma.shi.ta
對不起，我遲到了。

いいえ。
i.i.e
沒關係。

すみません、遅くなりました。

いえ、今来たばかりです。

感謝・道歉・拜託

拜託

お願いしても
いいですか。

麻煩別人

會話 ❶

お手数かけますが、よろしくおねがいします。
o.te.su.u.ka.ke.ma.su.ga、yo.ro.shi.ku.o.ne.ga.i.shi.ma.su

拜託，麻煩您了。

わかりました。／承知しました。／まかせてください。
wa.ka.ri.ma.shi.ta／sho.o.chi.shi.ma.shi.ta／ma.ka.se.te.ku.da.sa.i

好的。／了解了。／包在我身上。

會話 ❷

お願いしてもいいですか。
o.ne.ga.i.shi.te.mo.i.i.de.su.ka

可以拜託你一下嗎？

いいですよ。
i.i.de.su.yo

可以啊！

會話 ❸

ちょっとお邪魔してもいいですか。
cho.t.to.o.ja.ma.shi.te.mo.i.i.de.su.ka

可以打擾一下嗎？

どうぞ。
do.o.zo

請進。

會話 ❹

手伝っていただけませんか。
te.tsu.da.t.te.i.ta.da.ke.ma.se.n.ka
可以請你幫一下忙嗎？

よろこんで。
yo.ro.ko.n.de
我很樂意。

請別人等一下時

1 ちょっと待ってください。
cho.t.to.ma.t.te.ku.da.sa.i
請等一下。

2 少々お待ちください。
sho.o.sho.o.o.ma.chi.ku.da.sa.i
請稍等一下。
＊這句通常用在對客人或電話接待時，聽起來比較有禮貌。

3 しばらく待っていただけますか。
shi.ba.ra.ku.ma.t.te.i.ta.da.ke.ma.su.ka
能不能請你稍待片刻。

4 もう二三分待っていただけますか。
mo.o.ni.sa.n.pu.n.ma.t.te.i.ta.da.ke.ma.su.ka
能不能請你再稍等兩、三分鐘？

5 三十分遅くなります。
sa.n.ju.p.pu.n.o.so.ku.na.ri.ma.su
我會晚到三十分鐘。

問路

問路

1 すみません、お尋ねします。
su.mi.ma.se.n、o.ta.zu.ne.shi.ma.su
對不起，請問一下。

2 東京タワーは東京駅の近くですか。
to.o.kyo.o.ta.wa.a.wa
to.o.kyo.o.e.ki.no.chi.ka.ku.de.su.ka
東京鐵塔在東京車站的附近嗎？

3 ここからどのくらいの距離ですか。
ko.ko.ka.ra.do.no.ku.ra.i.no.kyo.ri.de.su.ka
從這裡到那裡有多遠？

4 歩いてどのくらいかかりますか。
a.ru.i.te.do.no.ku.ra.i.ka.ka.ri.ma.su.ka
走路要花多久時間呢？

5 池袋への行き方を教えてください。
i.ke.bu.ku.ro.e.no.i.ki.ka.ta.o
o.shi.e.te.ku.da.sa.i
請告訴我怎麼到池袋。

6 地図を書いていただけませんか。
chi.zu.o.ka.i.te.i.ta.da.ke.ma.se.n.ka
可以幫我畫一下地圖嗎？

7 この地図では、現在地はどこになりますか。
ko.no.chi.zu.de.wa、ge.n.za.i.chi.wa
do.ko.ni.na.ri.ma.su.ka
以這地圖來看，我們現在在哪裡呢？

8 この近くに地下鉄の駅はありますか。
ko.no.chi.ka.ku.ni.chi.ka.te.tsu.no.e.ki.wa
a.ri.ma.su.ka
這附近有沒有地下鐵的車站？

9 銀座へはどちらの道ですか。
gi.n.za.e.wa.do.chi.ra.no.mi.chi.de.su.ka
到銀座該走哪一條路呢？

10 道に迷いました。
mi.chi.ni.ma.yo.i.ma.shi.ta
我迷路了。

PART1　會話即時通

答覆

彼女の名前を覚えています。

肯定的回答

1 はい。
  ha.i
  是的。

2 分かりました。
  wa.ka.ri.ma.shi.ta
  我懂了、我知道了。

3 分かっています。
  wa.ka.t.te.i.ma.su
  我知道。

4 はい、そう思います。
  ha.i、so.o.o.mo.i.ma.su
  我也這麼覺得。

5 知っています。
  shi.t.te.i.ma.su
  我知道。

6 覚えています。
  o.bo.e.te.i.ma.su
  我記得。

7 その通りです。
  so.no.to.o.ri.de.su
  沒錯。

8 それは確かです。
  so.re.wa.ta.shi.ka.de.su
  確實如此。

9 そうです。
  so.o.de.su
  對的。

10 間違いないです。
   ma.chi.ga.i.na.i.de.su
   沒有錯。

否定的回答

1 いいえ。 不是。
i.i.e

2 分かりません。 我不懂、我不知道。
wa.ka.ri.ma.se.n

3 まだはっきり分かりません。 我還不清楚。
ma.da.ha.k.ki.ri.wa.ka.ri.ma.se.n

4 そうは思いません。 我不這麼覺得。
so.o.wa.o.mo.i.ma.se.n

5 それは知りませんでした。 這我就不知道了。
so.re.wa.shi.ri.ma.se.n.de.shi.ta

6 よく覚えていません。 我不太記得。
yo.ku.o.bo.e.te.i.ma.se.n

7 違います。 不對。
chi.ga.i.ma.su

8 確かではありません。 並非如此。
ta.shi.ka.de.wa.a.ri.ma.se.n

9 いいえ、そうではありません。 不、不是這樣的。
i.i.e、so.o.de.wa.a.ri.ma.se.n

10 誤解しないでください。 請不要誤會。
go.ka.i.shi.na.i.de.ku.da.sa.i

こんにちは！

誤解しないでください。

デートですか？

PART1　會話即時通　29

語言不通

どういう意味ですか？

聽不懂日語時

1 すみません、聞き取れませんでした。
su.mi.ma.se.n、ki.ki.to.re.ma.se.n.de.shi.ta
對不起，我聽不懂。

2 もう一度お願いします。
mo.o.i.chi.do.o.ne.ga.i.shi.ma.su
麻煩你再說一次。

3 もう少しゆっくり話していただけますか。
mo.o.su.ko.shi.yu.k.ku.ri.ha.na.shi.te.i.ta.da.ke.ma.su.ka
請你說慢一點好嗎？

4 英語でお願いします。
e.i.go.de.o.ne.ga.i.shi.ma.su
麻煩你用英文說。

5 彼はなんと言いましたか。
ka.re.wa.na.n.to.i.i.ma.shi.ta.ka
他剛剛說什麼？

6 どういう意味ですか。
do.o.i.u.i.mi.de.su.ka
什麼意思？

7 ここに書いていただけますか。
ko.ko.ni.ka.i.te.i.ta.da.ke.ma.su.ka
可以幫我寫在這嗎？

告訴對方自己不會日語

1 日本語はあまり話せません。
ni.ho.n.go.wa.a.ma.ri.ha.na.se.ma.se.n
我不太會講日語。

2 まったくできません。
ma.t.ta.ku.de.ki.ma.se.n
我完全不會。

バナナホテル
日本語はあまり話せません。
予約してありますか？
Front

語言不通・婉拒

🍌 加上程度副詞，可以讓對方更了解你的理解狀況喔！

肯定說法	* よく分かります。 yo.ku.wa.ka.ri.ma.su	我非常了解。
	* だいたい分かります。 da.i.ta.i.wa.ka.ri.ma.su	我大概知道。
	* 少し分かります。 su.ko.shi.wa.ka.ri.ma.su	我稍微知道。
否定說法	* あまり分かりません。 a.ma.ri.wa.ka.ri.ma.se.n	我不太知道。
	* ぜんぜん分かりません。 ze.n.ze.n.wa.ka.ri.ma.se.n	我完全不知道。

婉拒

🔊 009

残念ですが、できません。

拒絕

1 いいえ、結構です。　　　　　　　　　不用了。
i.i.e、ke.k.ko.o.de.su

2 必要ありません。　　　　　　　　　　我不需要。
hi.tsu.yo.o.a.ri.ma.se.n

3 あまり好きではありません。　　　　　我不太喜歡。
a.ma.ri.su.ki.de.wa.a.ri.ma.se.n

4 残念ですが、できません。　　　　　　抱歉，我不會。
za.n.ne.n.de.su.ga、de.ki.ma.se.n

5 それは無理です。　　　　　　　　　　那我做不到。
so.re.wa.mu.ri.de.su

6 それはいりません。　　　　　　　　　那不需要。
so.re.wa.i.ri.ma.se.n

PART1　會話即時通

自我介紹

> わたしの名前は恵です。

初次見面的會話・了解對方

會話 ①

お名前を教えていただけますか。
o.na.ma.e.o.o.shi.e.te.i.ta.da.ke.ma.su.ka
可以請教你的大名嗎？

わたしの名前は恵です。
wa.ta.shi.no.na.ma.e.wa.me.gu.mi.de.su
我的名字叫惠。

會話 ②

どこから来ましたか。
do.ko.ka.ra.ki.ma.shi.ta.ka
你從哪裡來的？

台湾から来ました。
ta.i.wa.n.ka.ra.ki.ma.shi.ta
我從台灣來的。

會話 ③

お国はどちらですか。
o.ku.ni.wa.do.chi.ra.de.su.ka
你來自哪一國？

台湾です。
ta.i.wa.n.de.su
台灣。

會話 ④

どのくらい日本に住んでいますか。
do.no.ku.ra.i.ni.ho.n.ni.su.n.de.i.ma.su.ka
你在日本住多久了？

一年半です。
i.chi.ne.n.ha.n.de.su
一年半。

會話 ❺

どうして日本に来たのですか。
do.o.shi.te.ni.ho.n.ni.ki.ta.no.de.su.ka
你為什麼來日本呢？

日本語を勉強するために来ました。
ni.ho.n.go.o.be.n.kyo.o.su.ru.ta.me.ni
ki.ma.shi.ta
我是來學日語的。

🍌 你也可以這樣回答：

* 観光です。
  ka.n.ko.o.de.su
  我是來觀光的。

* 仕事のためです。
  shi.go.to.no.ta.me.de.su
  我是為了工作來的。

* 出張です。
  shu.c.cho.o.de.su
  我是來出差的。

會話 ❻

どこで勉強していますか。
do.ko.de.be.n.kyo.o.shi.te.i.ma.su.ka
你在哪裡唸書？

京都大学で勉強しています。
kyo.o.to.da.i.ga.ku.de
be.n.kyo.o.shi.te.i.ma.su
我在京都大學唸書。

會話 ❼

お仕事は何ですか。
o.shi.go.to.wa.na.n.de.su.ka
你在做什麼工作？

通訳をしています。
tsu.u.ya.ku.o.shi.te.i.ma.su
我在做口譯。

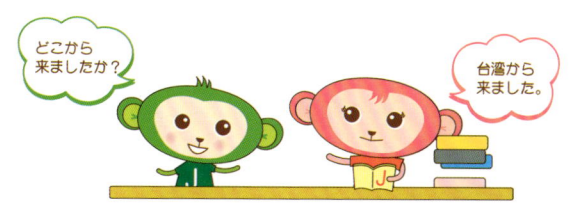

どこから来ましたか？

台湾から来ました。

PART1　會話即時通　33

會話 ❽

どこに住んでいますか。
do.ko.ni.su.n.de.i.ma.su.ka

你住在哪裡？

福岡に住んでいます。
fu.ku.o.ka.ni.su.n.de.i.ma.su

我住在福岡。

會話 ❾

映画は好きですか。
e.i.ga.wa.su.ki.de.su.ka

你喜歡看電影嗎？

とても好きです。
to.te.mo.su.ki.de.su

非常喜歡。

會話 ❿

趣味は何ですか。
shu.mi.wa.na.n.de.su.ka

你的興趣是什麼？

私の趣味はピアノです。
wa.ta.shi.no.shu.mi.wa.pi.a.no.de.su

我的興趣是鋼琴。

詢問

針對語言詢問時

1 この字はどう読みますか。　　　　　這個字怎麼唸？
ko.no.ji.wa.do.o.yo.mi.ma.su.ka

2 この言葉の意味は何ですか。　　　　這個字的意思是什麼？
ko.no.ko.to.ba.no.i.mi.wa.na.n.de.su.ka

3 これを日本語でなんと言いますか。　　這個，日文怎麼說？
ko.re.o.ni.ho.n.go.de.na.n.to.i.i.ma.su.ka

詢問地點

1 ここはどこですか。　　　　　　　　這裡是哪裡？
ko.ko.wa.do.ko.de.su.ka

2 トイレはどこですか。　　　　　　　洗手間在哪裡？
to.i.re.wa.do.ko.de.su.ka

詢問人

1 あの人は誰ですか。　　　　　　　　那個人是誰？
a.no.hi.to.wa.da.re.de.su.ka

2 あの方はどなたですか。　　　　　　他是哪位？
a.no.ka.ta.wa.do.na.ta.de.su.ka

詢問原因・理由

1 なぜですか。／どうしてですか。　　為什麼？
na.ze.de.su.ka ／ do.o.shi.te.de.su.ka

2 どうして火事が発生したのですか。　為什麼會發生火災？
do.o.shi.te.ka.ji.ga.ha.s.se.i.shi.ta.no.de.su.ka

PART1　會話即時通　35

3 原因はなんですか。　　　　　　　　　原因是什麼？
　 ge.n.i.n.wa.na.n.de.su.ka

4 詳しく説明してください。　　　　　　請你詳細說明。
　 ku.wa.shi.ku.se.tsu.me.i.shi.te.ku.da.sa.i

5 理由を教えてください。　　　　　　　請你告訴我理由。
　 ri.yu.u.o.o.shi.e.te.ku.da.sa.i

會話 ①

🐵 なにがあったのですか。　　　　　　發生了什麼事？
　 na.ni.ga.a.t.ta.no.de.su.ka

🐵 交通事故がありました。　　　　　　出車禍了。
　 ko.o.tsu.u.ji.ko.ga.a.ri.ma.shi.ta

會話 ②

🐵 どうしましたか。　　　　　　　　　怎麼了？
　 do.o.shi.ma.shi.ta.ka

🐵 トイレの水が流れないのです。　　　廁所的水流不出來。
　 to.i.re.no.mi.zu.ga.na.ga.re.na.i.no.de.su

會話 ③

🐵 今日はこの道は通れません。　　　　今天這條路不能走。
　 kyo.o.wa.ko.no.mi.chi.wa.to.o.re.ma.se.n

🐵 なんのためですか。　　　　　　　　為什麼？
　 na.n.no.ta.me.de.su.ka

🐵 マラソン大会があるからです。　　　因為有馬拉松比賽。
　 ma.ra.so.n.ta.i.ka.i.ga.a.ru.ka.ra.de.su

要求對方允許

1 これでいいですか。
ko.re.de.i.i.de.su.ka
這樣可以嗎？

2 写真を撮ってもいいですか。
sha.shi.n.o.to.t.te.mo.i.i.de.su.ka
可以拍照嗎？

3 たばこをすってもいいですか。
ta.ba.ko.o.su.t.te.mo.i.i.de.su.ka
可以抽菸嗎？

4 ちょっと見せてもらってもいいですか。
cho.t.to.mi.se.te.mo.ra.t.te.mo.i.i.de.su.ka
可以讓我看一下嗎？

5 ここに座ってもいいですか。
ko.ko.ni.su.wa.t.te.mo.i.i.de.su.ka
我可以坐這裡嗎？

6 ちょっとお願いしてもいいですか。
cho.t.to.o.ne.ga.i.shi.te.mo.i.i.de.su.ka
可以麻煩你一下嗎？

7 試着してもいいですか。
shi.cha.ku.shi.te.mo.i.i.de.su.ka
可以試穿嗎？

8 試食してもいいですか。
shi.sho.ku.shi.te.mo.i.i.de.su.ka
可以試吃嗎？

はい、どうぞこちらで。

試着してもいいですか？

PART1　會話即時通

PART 2

單字入門通

代名詞

わたしの おにぎりが 半分しかないよ！

你我他

#	日本語	中文
1	わたし wa.ta.shi	我
2	わたしたち wa.ta.shi.ta.chi	我們
3	あなた a.na.ta	你
4	あなたたち（あなたがた） a.na.ta.ta.chi (a.na.ta.ga.ta)	你們
5	～たち ～ta.chi	～們
6	かのじょ ka.no.jo	她
7	かれ ka.re	他
8	かれら／かのじょら ka.re.ra／ka.no.jo.ra	他們／她們
9	これ／それ、あれ ko.re／so.re、a.re	這個／那個
10	これら／それら、あれら ko.re.ra／so.re.ra、a.re.ra	這些／那些
11	この／その、あの（+名詞） ko.no／so.no、a.no	這／那
12	わたしの wa.ta.shi.no	我的
13	あなたの a.na.ta.no	你的
14	～の ～no	～的

代名詞・家庭成員

家庭成員

みんな家族ですよ！

ちち／とう 父／お父さん chi.chi／o.to.o.sa.n 父親	はは／かあ 母／お母さん ha.ha／o.ka.a.sa.n 母親	あに／にい 兄／お兄さん a.ni／o.ni.i.sa.n 哥哥	あね／ねえ 姉／お姉さん a.ne／o.ne.e.sa.n 姊姊
おとうと／おとうと 弟／弟さん o.to.o.to／o.to.o.to.sa.n 弟弟	いもうと／いもうと 妹／妹さん i.mo.o.to／i.mo.o.to.sa.n 妹妹	そふ 祖父／おじいさん so.fu／o.ji.i.sa.n 祖父、外公	そぼ 祖母／おばあさん so.bo／o.ba.a.sa.n 祖母、外婆
おじ／おじさん o.ji／o.ji.sa.n 叔叔・伯伯	おば／おばさん o.ba／o.ba.sa.n 姑姑・阿姨	いとこ i.to.ko 堂兄弟姊妹	おく 奥さま o.ku.sa.ma 夫人
しゅじん ご主人 go.shu.ji.n 你先生	むすこ／むすこ 息子／息子さん mu.su.ko／mu.su.ko.sa.n 兒子・令郎	むすめ／むすめ 娘／娘さん mu.su.me／mu.su.me.sa.n 女兒・令嬡	こさま お子様 o.ko.sa.ma 您的小孩

PART2　單字入門通　41

形容詞

すみません、遅くなりました。

反義詞

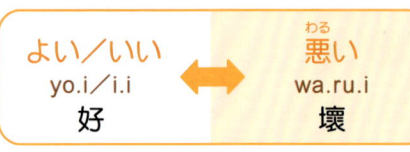

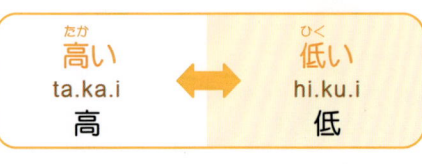

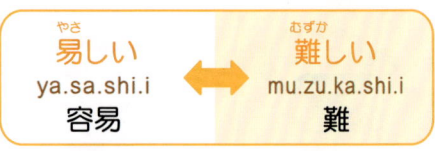

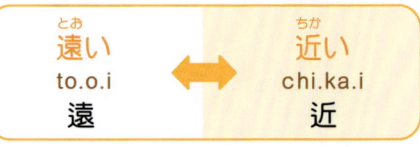

よい／いい yo.i／i.i 好	⇔	悪(わる)い wa.ru.i 壞
太(ふと)い fu.to.i 粗、胖	⇔	細(ほそ)い ho.so.i 細、瘦

早(はや)い ha.ya.i 早	⇔	遅(おそ)い o.so.i 晚
厚(あつ)い a.tsu.i 厚	⇔	薄(うす)い u.su.i 薄

速(はや)い ha.ya.i 快	⇔	遅(おそ)い o.so.i 慢
長(なが)い na.ga.i 長	⇔	短(みじか)い mi.ji.ka.i 短

ひろい hi.ro.i 寬廣	⇔	せまい se.ma.i 狹窄
やわらかい ya.wa.ra.ka.i 軟	⇔	かたい ka.ta.i 硬

大(おお)きい o.o.ki.i 大	⇔	小(ちい)さい chi.i.sa.i 小
強(つよ)い tsu.yo.i 強	⇔	弱(よわ)い yo.wa.i 弱

重(おも)い o.mo.i 重	⇔	軽(かる)い ka.ru.i 輕
易(やさ)しい ya.sa.shi.i 容易	⇔	難(むずか)しい mu.zu.ka.shi.i 難

高(たか)い ta.ka.i 高	⇔	低(ひく)い hi.ku.i 低
遠(とお)い to.o.i 遠	⇔	近(ちか)い chi.ka.i 近

高い (たか) ta.ka.i 貴	⇔	安い (やす) ya.su.i 便宜		きつい ki.tsu.i 緊	⇔	ゆるい yu.ru.i 鬆
涼しい (すず) su.zu.shi.i 涼	⇔	暖かい (あたた) a.ta.ta.ka.i 暖		暑い (あつ) a.tsu.i 熱	⇔	寒い (さむ) sa.mu.i 冷
濃い (こ) ko.i 濃	⇔	薄い (うす) u.su.i 淡		好き (す) su.ki 喜歡	⇔	嫌い (きら) ki.ra.i 討厭

これは安いですよ！

味覺

甘い (あま) a.ma.i 甜	からい ka.ra.i 辣	苦い (にが) ni.ga.i 苦	塩辛い／しょっぱい (しおから) shi.o.ka.ra.i／sho.p.pa.i 鹹

すっぱい su.p.pa.i 酸	おいしい o.i.shi.i 好吃	まずい ma.zu.i 難吃	ちょうどいい cho.o.do.i.i 剛剛好	脂っこい (あぶら) a.bu.ra.k.ko.i 油膩

さっぱり sa.p.pa.ri 清爽	こってり ko.t.te.ri 濃厚

私のカレーライスおいしいよ！

形狀

顔が丸い！！

丸い (まる) ma.ru.i 圓的	四角 (しかく) shi.ka.ku 四角的	細長い (ほそなが) ho.so.na.ga.i 細長的

數字

數數看

ゼロ／れい 0／零 ze.ro／re.i 零	いち 一 i.chi 一	に 二 ni 二	さん 三 sa.n 三
し／よん 四 shi／yo.n 四	ご 五 go 五	ろく 六 ro.ku 六	しち／なな 七 shi.chi／na.na 七
はち 八 ha.chi 八	きゅう／く 九 kyu.u／ku 九	じゅう 十 ju.u 十	じゅういち 十一 ju.u.i.chi 十一
じゅう に 十二 ju.u.ni 十二	じゅう さん 十三 ju.u.sa.n 十三	じゅうし／じゅうよん 十四 ju.u.shi／ju.u.yo.n 十四	じゅう ご 十五 ju.u.go 十五
じゅう ろく 十六 ju.u.ro.ku 十六	じゅうしち／じゅうなな 十七 ju.u.shi.chi／ju.u.na.na 十七	じゅう はち 十八 ju.u.ha.chi 十八	じゅうきゅう／じゅうく 十九 ju.u.kyu.u／ju.u.ku 十九
に じゅう 二十 ni.ju.u 二十	さんじゅう 三十 sa.n.ju.u 三十	よんじゅう 四十 yo.n.ju.u 四十	ご じゅう 五十 go.ju.u 五十
ろく じゅう 六十 ro.ku.ju.u 六十	なな じゅう 七十 na.na.ju.u 七十	はち じゅう 八十 ha.chi.ju.u 八十	きゅうじゅう 九十 kyu.u.ju.u 九十

ひゃく 百 hya.ku 一百	に ひゃく 二百 ni.hya.ku 兩百	さん びゃく 三百 sa.n.bya.ku 三百	よん ひゃく 四百 yo.n.hya.ku 四百
ご ひゃく 五百 go.hya.ku 五百	ろっ ぴゃく 六百 ro.p.pya.ku 六百	なな ひゃく 七百 na.na.hya.ku 七百	はっ ぴゃく 八百 ha.p.pya.ku 八百
きゅう ひゃく 九百 kyu.u.hya.ku 九百	せん 千 se.n 一千	に せん 二千 ni.se.n 兩千	さん ぜん 三千 sa.n.ze.n 三千
よん せん 四千 yo.n.se.n 四千	ご せん 五千 go.se.n 五千	ろく せん 六千 ro.ku.se.n 六千	なな せん 七千 na.na.se.n 七千
はっ せん 八千 ha.s.se.n 八千	きゅう せん 九千 kyu.u.se.n 九千	いち まん 一万 i.chi.ma.n 一萬	じゅう まん 十万 ju.u.ma.n 十萬
ひゃく まん 百万 hya.ku.ma.n 一百萬	せん まん 千万 se.n.ma.n 一千萬	いち おく 一億 i.chi.o.ku 一億	

PART2　單字入門通

時間

十二月　寒いですね！

月份

誕生日はいつですか？

1 何月ですか。 幾月？
na.n.ga.tsu.de.su.ka

1月	いち がつ 一月 i.chi.ga.tsu 一月
2月	に がつ 二月 ni.ga.tsu 二月
3月	さん がつ 三月 sa.n.ga.tsu 三月
4月	し がつ 四月 shi.ga.tsu 四月
5月	ご がつ 五月 go.ga.tsu 五月
6月	ろく がつ 六月 ro.ku.ga.tsu 六月
7月	しち がつ 七月 shi.chi.ga.tsu 七月
8月	はち がつ 八月 ha.chi.ga.tsu 八月
9月	く がつ 九月 ku.ga.tsu 九月
10月	じゅう がつ 十月 ju.u.ga.tsu 十月

| **11**月 | じゅう いち がつ
十一月
ju.u.i.chi.ga.tsu
十一月 |

| **12**月 | じゅう に がつ
十二月
ju.u.ni.ga.tsu
十二月 |

日期

1 なんにち
何日ですか。
na.n.ni.chi.de.su.ka

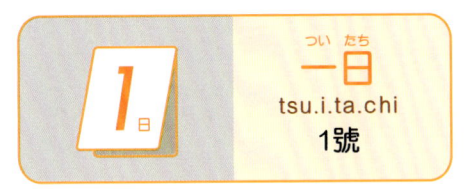

幾號？

| **1**日 | ついたち
一日
tsu.i.ta.chi
1號 |

| **2**日 | ふつか
二日
fu.tsu.ka
2號 |

| **3**日 | みっか
三日
mi.k.ka
3號 |

| **4**日 | よっか
四日
yo.k.ka
4號 |

| **5**日 | いつか
五日
i.tsu.ka
5號 |

| **6**日 | むいか
六日
mu.i.ka
6號 |

| **7**日 | なのか
七日
na.no.ka
7號 |

| **8**日 | ようか
八日
yo.o.ka
8號 |

| **9**日 | ここのか
九日
ko.ko.no.ka
9號 |

| **10**日 | とおか
十日
to.o.ka
10號 |

PART2 單字入門通 47

11日	じゅう いち にち 十一日 ju.u.i.chi.ni.chi 11號	**12**日	じゅう に にち 十二日 ju.u.ni.ni.chi 12號
13日	じゅう さん にち 十三日 ju.u.sa.n.ni.chi 13號	**14**日	じゅう よっ か 十四日 ju.u.yo.k.ka 14號
15日	じゅう ご にち 十五日 ju.u.go.ni.chi 15號	**16**日	じゅう ろく にち 十六日 ju.u.ro.ku.ni.chi 16號
17日	じゅう しち にち 十七日 ju.u.shi.chi.ni.chi 17號	**18**日	じゅう はち にち 十八日 ju.u.ha.chi.ni.chi 18號
19日	じゅう く にち 十九日 ju.u.ku.ni.chi 19號	**20**日	はつか 二十日 ha.tsu.ka 20號
21日	に じゅういち にち 二十一日 ni.ju.u.i.chi.ni.chi 21號	**22**日	に じゅう に にち 二十二日 ni.ju.u.ni.ni.chi 22號
23日	に じゅうさん にち 二十三日 ni.ju.u.sa.n.ni.chi 23號	**24**日	に じゅうよっ か 二十四日 ni.ju.u.yo.k.ka 24號

時間

25日	にじゅうごにち 二十五日 ni.ju.u.go.ni.chi 25號
26日	にじゅうろくにち 二十六日 ni.ju.u.ro.ku.ni.chi 26號
27日	にじゅうしちにち 二十七日 ni.ju.u.shi.chi.ni.chi 27號
28日	にじゅうはちにち 二十八日 ni.ju.u.ha.chi.ni.chi 28號
29日	にじゅうくにち 二十九日 ni.ju.u.ku.ni.chi 29號
30日	さんじゅうにち 三十日 sa.n.ju.u.ni.chi 30號
31日	さんじゅういちにち 三十一日 sa.n.ju.u.i.chi.ni.chi 31號

23日です。 今日は何日ですか？

🌾 星期

1 なんようび
何曜日ですか。
na.n.yo.o.bi.de.su.ka

星期幾？

日曜日	にちようび 日曜日 ni.chi.yo.o.bi 星期日
月曜日	げつようび 月曜日 ge.tsu.yo.o.bi 星期一
火曜日	かようび 火曜日 ka.yo.o.bi 星期二
水曜日	すいようび 水曜日 su.i.yo.o.bi 星期三

木曜日 もくようび mo.ku.yo.o.bi 星期四	金曜日 きんようび ki.n.yo.o.bi 星期五
土曜日 どようび do.yo.o.bi 星期六	

日曜日にバスケットボールをしようか。

🔊 017

點鐘

1 何時ですか。
  なんじ
  na.n.ji.de.su.ka

幾點？

00:00 零時 れいじ re.i.ji 午夜十二點	01:00 一時 いちじ i.chi.ji 一點
02:00 二時 にじ ni.ji 兩點	03:00 三時 さんじ sa.n.ji 三點
04:00 四時 よじ yo.ji 四點	05:00 五時 ごじ go.ji 五點
06:00 六時 ろくじ ro.ku.ji 六點	07:00 七時 しちじ shi.chi.ji 七點

50 時間

08:00	はち じ 八時 ha.chi.ji 八點
09:00	く じ 九時 ku.ji 九點
10:00	じゅう じ 十時 ju.u.ji 十點
11:00	じゅう いち じ 十一時 ju.u.i.chi.ji 十一點
12:00	じゅう に じ 十二時 ju.u.ni.ji 十二點

今何時ですか？
十二時です。

分

なんぷん
1 何分ですか。
na.n.pu.n.de.su.ka

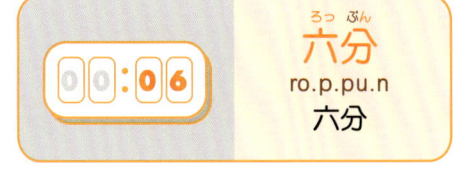

幾分？

00:01	いっ ぷん 一分 i.p.pu.n 一分
00:02	に ふん 二分 ni.fu.n 兩分
00:03	さん ぷん 三分 sa.n.pu.n 三分
00:04	よん ぷん 四分 yo.n.pu.n 四分
00:05	ご ふん 五分 go.fu.n 五分
00:06	ろっ ぷん 六分 ro.p.pu.n 六分

00:07 ななふん 七分 na.na.fu.n 七分	00:08 はっぷん 八分 ha.p.pu.n 八分
00:09 きゅうふん 九分 kyu.u.fu.n 九分	00:10 じゅっぷん／じっぷん 十分 ju.p.pu.n／ji.p.pu.n 十分
00:15 じゅうごふん 十五分 ju.u.go.fu.n 十五分	00:20 にじゅっぷん／にじっぷん 二十分 ni.ju.p.pu.n／ni.ji.p.pu.n 二十分
00:30 さんじゅっぷん／さんじっぷん 三十分 sa.n.ju.p.pu.n／sa.n.ji.p.pu.n 三十分	 すみません、遅くなりました。

秒

1 ～秒　～秒
　びょう
　～byo.o

2 何秒　幾秒
　なんびょう
　na.n.byo.o

時數

| ? 何時間
なんじかん
na.n.ji.ka.n
幾個小時 | 半
はん
ha.n
半(小時) |

一時間 (い.ち.じ.か.ん) i.chi.ji.ka.n 一小時	**二時間** (に.じ.か.ん) ni.ji.ka.n 兩小時
三時間 (さ.ん.じ.か.ん) sa.n.ji.ka.n 三小時	**四時間** (よ.じ.か.ん) yo.ji.ka.n 四小時
五時間 (ご.じ.か.ん) go.ji.ka.n 五小時	**六時間** (ろ.く.じ.か.ん) ro.ku.ji.ka.n 六小時
七時間 (し.ち.じ.か.ん) shi.chi.ji.ka.n 七小時	**八時間** (は.ち.じ.か.ん) ha.chi.ji.ka.n 八小時
九時間 (く.じ.か.ん) ku.ji.ka.n 九小時	**十時間** (じゅう.じ.か.ん) ju.u.ji.ka.n 十小時

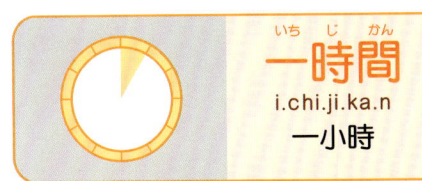

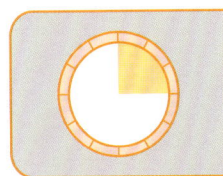

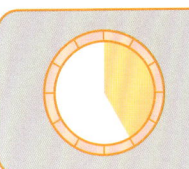

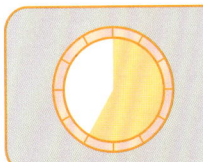

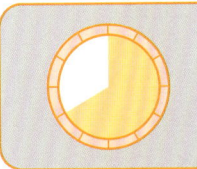

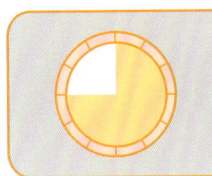

すみません、遅くなりました。

もう一時間待ちました！

其他時間說法 🔊 018

日文	羅馬拼音	中文
今 (いま)	i.ma	現在
後 (あと)	a.to	以後
後で (あとで)	a.to.de	後來、稍後、隨後
前 (まえ)	ma.e	以前
今日 (きょう)	kyo.o	今天
昨日 (きのう)	ki.no.o	昨天
おととい	o.to.to.i	前天
明日 (あした)	a.shi.ta	明天
明後日 (あさって)	a.sa.t.te	後天
今週 (こんしゅう)	ko.n.shu.u	本週
先週 (せんしゅう)	se.n.shu.u	上週
先々週 (せんせんしゅう)	se.n.se.n.shu.u	上上週
来週 (らいしゅう)	ra.i.shu.u	下週
再来週 (さらいしゅう)	sa.ra.i.shu.u	下下週
週末 (しゅうまつ)	shu.u.ma.tsu	週末
今月 (こんげつ)	ko.n.ge.tsu	本月
先月 (せんげつ)	se.n.ge.tsu	上個月
来月 (らいげつ)	ra.i.ge.tsu	下個月
先々月 (せんせんげつ)	se.n.se.n.ge.tsu	上上個月
再来月 (さらいげつ)	sa.ra.i.ge.tsu	下下個月
今年 (ことし)	ko.to.shi	今年
去年 (きょねん)	kyo.ne.n	去年
一昨年 (おととし)	o.to.to.shi	前年
来年 (らいねん)	ra.i.ne.n	明年
再来年 (さらいねん)	sa.ra.i.ne.n	後年
朝 (あさ)	a.sa	早晨
午前 (ごぜん)	go.ze.n	上午
正午 (しょうご)	sho.o.go	中午
午後 (ごご)	go.go	下午
夕方 (ゆうがた)	yu.u.ga.ta	傍晚
夜 (よる)	yo.ru	晚上
夜中 (よなか)	yo.na.ka	半夜

おはよう！いまもう朝ですよ！

今日は敬老の日です。

節日・季節

🔊 019

日本國定假日

国民の休日
ko.ku.mi.n.no.kyu.u.ji.tsu
國民休假日

元日
ga.n.ji.tsu
元旦（1.1）

成人の日
se.i.ji.n.no.hi
成人日（1月第2個星期一）

建国記念日
ke.n.ko.ku.ki.ne.n.bi
開國紀念日（2.11）

春分の日
shu.n.bu.n.no.hi
春分（3.21左右）

昭和の日
sho.o.wa.no.hi
昭和天皇誕辰（4.29）

憲法記念日
ke.n.po.o.ki.ne.n.bi
憲法紀念日（5.3）

みどりの日
mi.do.ri.no.hi
綠之節（5.4）

こどもの日
ko.do.mo.no.hi
兒童節（5.5）

ゴールデンウィーク
go.o.ru.de.n.u.i.i.ku
黃金週 ＊

＊ 每年4月底至5月初的連續假期

海の日
u.mi.no.hi
海之節（7月第3個星期一）

敬老の日
ke.i.ro.o.no.hi
敬老節（9月第3個星期一）

秋分の日
shu.u.bu.n.no.hi
秋分（9.23左右）

体育の日
ta.i.i.ku.no.hi
體育節（10月第2個星期一）

文化の日
bu.n.ka.no.hi
文化節（11.3）

勤労感謝の日
ki.n.ro.o.ka.n.sha.no.hi
勞動節（11.23）

天皇誕生日
te.n.no.o.ta.n.jo.o.bi
天皇誕辰（12.23）

振り替え休日
fu.ri.ka.e.kyu.u.ji.tsu
補假

季節

春
ha.ru
春

夏
na.tsu
夏

秋
a.ki
秋

冬
fu.yu
冬

單字充電站

春天

春うらら
は る
ha.ru.u.ra.ra
風和日麗

春一番
はる いちばん
ha.ru.i.chi.ba.n
立春至春分期間，從南方吹來的第一陣風。

夏天

猛暑
もうしょ
mo.o.sho
＊酷熱

朝焼
あさやけ
a.sa.ya.ke
朝霞

初夏
しょか
sho.ka
初夏

炎天下
えんてん か
e.n.te.n.ka
烈日當頭

＊ 新聞用語，指攝氏溫度超過 35 度以上的天氣。

秋天

秋晴れ
あき ば
a.ki.ba.re
秋高氣爽

読書の秋
どくしょ あき
do.ku.sho.no.a.ki
讀書之秋

食欲の秋
しょくよく あき
sho.ku.yo.ku.no.a.ki
食欲之秋

スポーツの秋
あき
su.po.o.tsu.no.a.ki
運動之秋

芸術の秋
げいじゅつ あき
ge.i.ju.tsu.no.a.ki
藝術之秋

木枯らし
こ が
ko.ga.ra.shi
秋風。秋末初冬所颳起的第一道凜冽寒風。

さびしい…

方位

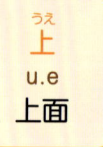

あそこにポストがあるよ！

位置

| うえ
上
u.e
上面 | した
下
shi.ta
下面 | まなか
真ん中
ma.n.na.ka
中央 | みぎ
右
mi.gi
右邊 | ひだり
左
hi.da.ri
左邊 |

| まえ
前
ma.e
前面 | うし
後ろ
u.shi.ro
後面、背後 | なか
中
na.ka
裡面、內部 |

| そと
外
so.to
外面 | あそこ
a.so.ko
那裡 | ここ
ko.ko
這裡 |

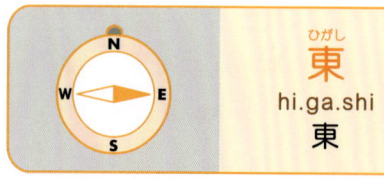

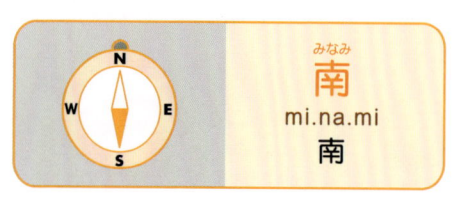

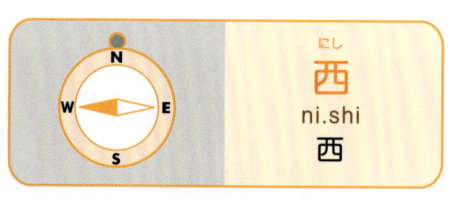

すみません、遅くなりました。

方向

| ひがし
東
hi.ga.shi
東 | にし
西
ni.shi
西 |

| みなみ
南
mi.na.mi
南 | きた
北
ki.ta
北 |

色彩

🔊 021

わたしは
オレンジ色が
すきですよ！

顔色

1 何色が好きですか。
　な に いろ　　　す
　na.ni.i.ro.ga.su.ki.de.su.ka

你喜歡什麼顏色？

しろ 白 shi.ro 白色	 くろ 黒 ku.ro 黑色	 あか 赤 a.ka 紅色	 あお 青 a.o 藍色

むらさき 紫 mu.ra.sa.ki 紫色	 き いろ 黄色 ki.i.ro 黃色	ちゃ いろ 茶色 cha.i.ro 褐色	みず いろ 水色 mi.zu.i.ro 淺藍色

ピンク pi.n.ku 粉紅色	 あずき いろ 小豆色／ワインレッド a.zu.ki.i.ro／wa.i.n.re.d.do 豆沙色、暗紅色、紅葡萄酒色

ベージュ be.e.ju 米白色	 オレンジ o.re.n.ji 橘色

はい いろ グレー・灰色 gu.re.e／ha.i.i.ro 灰色	きん いろ 金色 ki.n.i.ro 金色	ぎん いろ 銀色 gi.n.i.ro 銀色

PART2　單字入門通　59

次序

ぼくは何番目ですか？

第幾個

1 <ruby>一番目<rt>いちばんめ</rt></ruby>　　　　　　　　　　第一個
　i.chi.ba.n.me

2 <ruby>二番目<rt>にばんめ</rt></ruby>　　　　　　　　　　第二個
　ni.ba.n.me

3 <ruby>三番目<rt>さんばんめ</rt></ruby>　　　　　　　　　　第三個
　sa.n.ba.n.me

4 <ruby>四番目<rt>よんばんめ</rt></ruby>　　　　　　　　　　第四個
　yo.n.ba.n.me

5 <ruby>五番目<rt>ごばんめ</rt></ruby>　　　　　　　　　　第五個
　go.ba.n.me

6 <ruby>六番目<rt>ろくばんめ</rt></ruby>　　　　　　　　　　第六個
　ro.ku.ba.n.me

7 <ruby>七番目<rt>ななばんめ</rt></ruby>　　　　　　　　　　第七個
　na.na.ba.n.me

8 <ruby>八番目<rt>はちばんめ</rt></ruby>　　　　　　　　　　第八個
　ha.chi.ba.n.me

9 <ruby>九番目<rt>きゅうばんめ</rt></ruby>　　　　　　　　　　第九個
　kyu.u.ba.n.me

10 <ruby>十番目<rt>じゅうばんめ</rt></ruby>　　　　　　　　　　第十個
　 ju.u.ba.n.me

11 <ruby>何番目<rt>なんばんめ</rt></ruby>　　　　　　　　　　第幾個
　 na.n.ba.n.me

わたしは一番目です！

次序・生肖・地支・星座・血型

生肖・地支・星座・血型

生肖、地支

1 干支（えと）はなんですか？
　e.to.wa.na.n.de.su.ka
2 酉（とり）です
　to.ri.de.su

你生肖屬什麼呢?

我屬酉（雞）。

鼠・子 ねずみ・ね ne.zu.mi・ne 鼠・子	牛・丑 うし・うし u.shi・u.shi 牛・丑	虎・寅 とら・とら to.ra・to.ra 虎・寅
兎・卯 うさぎ・う u.sa.gi・u 兔・卯	竜・辰 たつ・たつ ta.tsu・ta.tsu 龍・辰	蛇・巳 へび・み he.bi・mi 蛇・巳
馬・午 うま・うま u.ma・u.ma 馬・午	羊・未 ひつじ・ひつじ hi.tsu.ji・hi.tsu.ji 羊・未	猿・申 さる・さる sa.ru・sa.ru 猴・申
鶏・酉 とり・とり to.ri・to.ri 雞・酉	犬・戌 いぬ・いぬ i.nu・i.nu 狗・戌	猪・亥 いのしし・い i.no.shi.shi・i 豬・亥

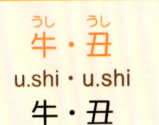

星座

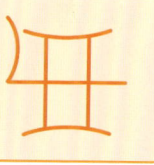

1 星座は何座ですか？
　せ.i.za.wa.na.ni.za.de.su.ka

2 おとめ座です
　o.to.me.za.de.su

你的星座是什麼呢？

我是處女座。

牡羊座 お.hi.tsu.ji.za 牡羊座	牡牛座 o.u.shi.za 金牛座
双子座 fu.ta.go.za 雙子座	蟹座 ka.ni.za 巨蟹座
獅子座 shi.shi.za 獅子座	乙女座 o.to.me.za 處女座
天秤座 te.n.bi.n.za 天秤座	蠍座 sa.so.ri.za 天蠍座
射手座 i.te.za 射手座	山羊座 ya.gi.za 山羊座（魔羯座）

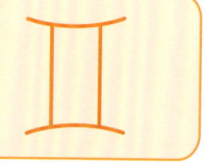

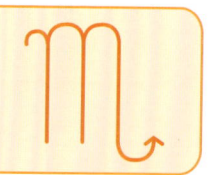

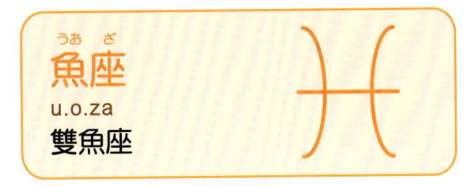

水瓶座
mi.zu.ga.me.za
水瓶座

魚座
u.o.za
雙魚座

血型

1 血液型は何型ですか？　　　你的血型是什麼？
　ke.tsu.e.ki.ga.ta.wa.na.ni.ga.ta.de.su.ka

2 O型です。　　　　　　　　我是O型。
　o.o.ga.ta.de.su

A型
e.i.ga.ta
A型

B型
bi.i.ga.ta
B型

O型
o.o.ga.ta
O型

AB型
e.i.bi.i.ga.ta
AB型

B型です。

血液型は何型ですか。

PART2　單字入門通　63

PART 3
數量稱呼大不同

物品數量單位

🔊 024

わたしは おもちゃを ふたつもって ますよ。

雞蛋等小的東西

1 ～個 ～ko	～個
2 何個ですか。 na.n.ko.de.su.ka	幾個？

一個 い.っ.こ i.k.ko 一個	二個 に.こ ni.ko 兩個	三個 さ.ん.こ sa.n.ko 三個	四個 よ.ん.こ yo.n.ko 四個	五個 ご.こ go.ko 五個
六個 ろ.っ.こ ro.k.ko 六個	七個 な.な.こ na.na.ko 七個	八個 は.っ.こ ha.k.ko 八個	九個 きゅ.う.こ kyu.u.ko 九個	十個 じゅ.っ.こ ju.k.ko 十個

おにぎりを 十個もらったから 一緒に食べよう！

ありがとう！

おいしそう！

一般物品

1 いくつですか。　　　　　　　　幾個？
　i.ku.tsu.de.su.ka

ひとつ hi.to.tsu 一個	ふたつ fu.ta.tsu 兩個	みっつ mi.t.tsu 三個	よっつ yo.t.tsu 四個	いつつ i.tsu.tsu 五個
むっつ mu.t.tsu 六個	ななつ na.na.tsu 七個	やっつ ya.t.tsu 八個	ここのつ ko.ko.no.tsu 九個	とお to.o 十個

人數

1 何人ですか。　　　　　　　　幾個人
　なんにん
　na.n.ni.n.de.su.ka

ひとり 一人 hi.to.ri 一個人	ふたり 二人 fu.ta.ri 兩個人	さんにん 三人 sa.n.ni.n 三個人	よにん 四人 yo.ni.n 四個人	ごにん 五人 go.ni.n 五個人
ろくにん 六人 ro.ku.ni.n 六個人	ななにん 七人 na.na.ni.n 七個人	はちにん 八人 ha.chi.ni.n 八個人	きゅうにん 九人 kyu.u.ni.n 九個人	じゅうにん 十人 ju.u.ni.n 十個人
じゅういちにん 十一人 ju.u.i.chi.ni.n 十一個人	じゅうににん 十二人 ju.u.ni.ni.n 十二個人	にじゅうにん 二十人 ni.ju.u.ni.n 二十個人		

わたしは
いま一人で
家にいるよ。

PART3　數量稱呼大不同

次數

1 何回ですか。　　　　　　　　　幾次？
na.n.ka.i.de.su.ka

いっかい	にかい	さんかい	よんかい	ごかい
一回	二回	三回	四回	五回
i.k.ka.i	ni.ka.i	sa.n.ka.i	yo.n.ka.i	go.ka.i
一次	兩次	三次	四次	五次

ろっかい	ななかい	はっかい	きゅうかい	じゅっかい/じっかい
六回	七回	八回	九回	十回
ro.k.ka.i	na.na.ka.i	ha.k.ka.i	kyu.u.ka.i	ju.k.ka.i / ji.k.ka.i
六次	七次	八次	九次	十次

一日三回くらい
おふろに
はいりたい！

月數

1 どのぐらい台湾にいる予定ですか。　　　你預定在台灣待多久？
do.no.gu.ra.i.ta.i.wa.n.ni.i.ru.yo.te.i.de.su.ka

いっかげつ	にかげつ	さんかげつ	よんかげつ	ごかげつ
一ヶ月	二ヶ月	三ヶ月	四ヶ月	五ヶ月
i.k.ka.ge.tsu	ni.ka.ge.tsu	sa.n.ka.ge.tsu	yo.n.ka.ge.tsu	go.ka.ge.tsu
一個月	兩個月	三個月	四個月	五個月

ろっかげつ	ななかげつ	はっかげつ	きゅうかげつ	じゅっかげつ/じっかげつ
六ヶ月	七ヶ月	八ヶ月	九ヶ月	十ヶ月
ro.k.ka.ge.tsu	na.na.ka.ge.tsu	ha.k.ka.ge.tsu	kyu.u.ka.ge.tsu	ju.k.ka.ge.tsu / ji.k.ka.ge.tsu
六個月	七個月	八個月	九個月	十個月

週數

1 何（なん）週間（しゅうかん）ですか。 幾個禮拜？
na.n.shu.u.ka.n.de.su.ka

| いっしゅうかん
一週間
i.s.shu.u.ka.n
一個禮拜 | に しゅうかん
二週間
ni.shu.u.ka.n
兩個禮拜 | さんしゅうかん
三週間
sa.n.shu.u.ka.n
三個禮拜 |

| よんしゅうかん
四週間
yo.n.shu.u.ka.n
四個禮拜 | ご しゅうかん
五週間
go.shu.u.ka.n
五個禮拜 | ろくしゅうかん
六週間
ro.ku.shu.u.ka.n
六個禮拜 |

| ななしゅうかん
七週間
na.na.shu.u.ka.n
七個禮拜 | はっしゅうかん
八週間
ha.s.shu.u.ka.n
八個禮拜 | きゅうしゅうかん
九週間
kyu.u.shu.u.ka.n
九個禮拜 |

じゅっしゅうかん／じっしゅうかん
十週間
ju.s.shu.u.ka.n／
ji.s.shu.u.ka.n
十個禮拜

何週間出かけますか？

三週間ぐらい出かけます。

バナナ村

PART3　數量稱呼大不同

金錢

1 いくらですか。
i.ku.ra.de.su.ka

多少錢？

いくらかな？

いちえん 一円 i.chi.e.n 一元	に えん 二円 ni.e.n 兩元	さんえん 三円 sa.n.e.n 三元	よ えん 四円 yo.e.n 四元
ご えん 五円 go.e.n 五元	ろくえん 六円 ro.ku.e.n 六元	ななえん／しちえん 七円 na.na.e.n／ shi.chi.e.n 七元	はちえん 八円 ha.chi.e.n 八元
きゅうえん 九円 kyu.u.e.n 九元	じゅうえん 十円 ju.u.e.n 十元	ひゃくえん 百円 hya.ku.en 一百元	に ひゃくえん 二百円 ni.hya.ku.e.n 兩百元
さんびゃくえん 三百円 sa.n.bya.ku.e.n 三百元	よんひゃくえん 四百円 yo.n.hya.ku.e.n 四百元	ごひゃくえん 五百円 go.hya.ku.e.n 伍佰元	ろっぴゃくえん 六百円 ro.p.pya.ku.e.n 六百元
ななひゃくえん 七百円 na.na.hya.ku.e.n 七百元	はっぴゃくえん 八百円 ha.p.pya.ku.e.n 八百元	きゅうひゃくえん 九百円 kyu.u.hya.ku.e.n 九百元	せんえん 千円 se.n.e.n 一千元
に せんえん 二千円 ni.se.n.e.n 兩千元	さんぜんえん 三千円 sa.n.ze.n.e.n 三千元	よんせんえん 四千円 yo.n.se.n.e.n 四千元	ご せんえん 五千円 go.se.n.e.n 五千元

物品數量單位

ろくせんえん 六千円 ro.ku.se.n.e.n 六千元	ななせんえん 七千円 na.na.se.n.e.n 七千元	はっせんえん 八千円 ha.s.se.n.e.n 八千元	きゅうせんえん 九千円 kyu.u.se.n.e.n 九千元
いちまんえん 一万円 i.chi.ma.n.e.n 一萬元	ごじゅうまんえん 五十万円 go.ju.u.ma.n.e.n 五十萬元	ひゃくまんえん 百万円 hya.ku.ma.n.e.n 一百萬元	

一万円を落としちゃった！

¥10000

樓層

1 何階ですか。　　　　　　　　幾樓？
na.n.ga.i.de.su.ka

いっかい 一階 i.k.ka.i 一樓	にかい 二階 ni.ka.i 二樓	さんがい 三階 sa.n.ga.i 三樓	よんかい 四階 yo.n.ka.i 四樓	ごかい 五階 go.ka.i 五樓
ろっかい 六階 ro.k.ka.i 六樓	ななかい 七階 na.na.ka.i 七樓	はちかい／はっかい 八階 ha.chi.ka.i／ha.k.ka.i 八樓	きゅうかい 九階 kyu.u.ka.i 九樓	じゅっかい／じっかい 十階 ju.k.ka.i／ji.k.ka.i 十樓
ちかいっかい 地下一階 chi.ka.i.k.ka.i 地下一樓	おくじょう 屋上 o.ku.jo.o 屋頂			

十階に住んでます。

何階に住んでますか？

分數 🔊 o26

| はんぶん
半分
ha.n.bu.n
一半、二分之一 | にぶん いち
二分の一
ni.bu.n.no.i.chi
二分之一 |

| さんぶん いち
三分の一
sa.n.bu.n.no.i.chi
三分之一 | よんぶん いち
四分の一
yo.n.bu.n.no.i.chi
四分之一 |

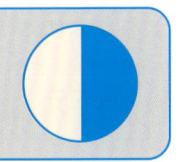

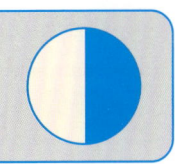

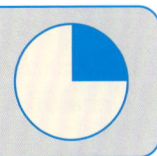

半分しかないよ！

茶、咖啡等杯裝飲料或麵飯

1 なんばい
何杯ですか。　　　　　　幾杯（碗）？
na.n.ba.i.de.su.ka

| いっぱい
一杯
i.p.pa.i
一杯（碗） | にはい
二杯
ni.ha.i
兩杯（碗） | さんばい
三杯
sa.n.ba.i
三杯（碗） | よんはい
四杯
yo.n.ha.i
四杯（碗） | ごはい
五杯
go.ha.i
五杯（碗） |

| ろっぱい
六杯
ro.p.pa.i
六杯（碗） | ななはい
七杯
na.na.ha.i
七杯（碗） | はっぱい
八杯
ha.p.pa.i
八杯（碗） |

ご飯を三杯も食べた！

| きゅうはい
九杯
kyu.u.ha.i
九杯（碗） | じゅっぱい／じっぱい
十杯
ju.p.pa.i／
ji.p.pa.i
十杯（碗） |

グルグルグル

72　物品數量單位

紙、衣服等扁薄的物品

1 何枚ですか。
na.n.ma.i.de.su.ka

幾張（件）？

いちまい 一枚 i.chi.ma.i 一張（件）	にまい 二枚 ni.ma.i 兩張（件）	さんまい 三枚 sa.n.ma.i 三張（件）	よんまい 四枚 yo.n.ma.i 四張（件）	ごまい 五枚 go.ma.i 五張（件）
ろくまい 六枚 ro.ku.ma.i 六張（件）	ななまい 七枚 na.na.ma.i 七張（件）	はちまい 八枚 ha.chi.ma.i 八張（件）	きゅうまい 九枚 kyu.u.ma.i 九張（件）	じゅうまい 十枚 ju.u.ma.i 十張（件）

筆、樹木、酒瓶或褲子等細長物

1 何本ですか。
na.n.bo.n.de.su.ka

幾枝（棵、瓶）？

いっぽん 一本 i.p.po.n 一枝（棵、瓶）	にほん 二本 ni.ho.n 兩枝（棵、瓶）	さんぼん 三本 sa.n.bo.n 三枝（棵、瓶）	よんほん 四本 yo.n.ho.n 四枝（棵、瓶）
ごほん 五本 go.ho.n 五枝（棵、瓶）	ろっぽん 六本 ro.p.po.n 六枝（棵、瓶）	ななほん 七本 na.na.ho.n 七枝（棵、瓶）	はっぽん 八本 ha.p.po.n 八枝（棵、瓶）
きゅうほん 九本 kyu.u.ho.n 九枝（棵、瓶）	じゅっぽん／じっぽん 十本 ju.p.po.n／ji.p.po.n 十枝（棵、瓶）		

お酒が六本あるよ！

PART3 數量稱呼大不同

鞋子、襪子

1 何足(なんそく)ですか。
na.n.so.ku.de.su.ka
幾雙？

いっそく 一足 i.s.so.ku 一雙	にそく 二足 ni.so.ku 兩雙	さんそく 三足 sa.n.so.ku 三雙	よんそく 四足 yo.n.so.ku 四雙	ごそく 五足 go.so.ku 五雙
ろくそく 六足 ro.ku.so.ku 六雙	ななそく 七足 na.na.so.ku 七雙	はっそく 八足 ha.s.so.ku 八雙	きゅうそく 九足 kyu.u.so.ku 九雙	じゅっそく／じっそく 十足 ju.s.so.ku／ji.s.so.ku 十雙

衣服

1 何着(なんちゃく)ですか。
na.n.cha.ku.de.su.ka
幾套？

いっちゃく 一着 i.t.cha.ku 一套	にちゃく 二着 ni.cha.ku 兩套	さんちゃく 三着 sa.n.cha.ku 三套	よんちゃく 四着 yo.n.cha.ku 四套
ごちゃく 五着 go.cha.ku 五套	ろくちゃく 六着 ro.ku.cha.ku 六套	ななちゃく 七着 na.na.cha.ku 七套	はっちゃく 八着 ha.c.cha.ku 八套
きゅうちゃく 九着 kyu.u.cha.ku 九套	じゅっちゃく／じっちゃく 十着 ju.c.cha.ku／ji.c.cha.ku 十套		

體重或物品重量

1 何^{なん}キロですか。 　　　　　　　幾公斤？
na.n.ki.ro.de.su.ka

^{いち}一キロ i.chi.ki.ro 一公斤	^に二キロ ni.ki.ro 兩公斤	^{さん}三キロ sa.n.ki.ro 三公斤	^{よん}四キロ yo.n.ki.ro 四公斤	^ご五キロ go.ki.ro 五公斤
^{ろっ}六キロ ro.k.ki.ro 六公斤	^{なな}七キロ na.na.ki.ro 七公斤	^{はち}八キロ ha.chi.ki.ro 八公斤	^{きゅう}九キロ kyu.u.ki.ro 九公斤	^{じゅっ/じっ}十キロ ju.k.ki.ro／ ji.k.ki.ro 十公斤

餐點

1 何人前^{なんにんまえ}ですか。 　　　　　幾人份？
na.n.ni.n.ma.e.de.su.ka

^{いちにんまえ}一人前 i.chi.ni.n.ma.e 一人份	^{に にんまえ}二人前 ni.ni.n.ma.e 兩人份	^{さんにんまえ}三人前 sa.n.ni.n.ma.e 三人份	^{よ にんまえ}四人前 yo.ni.n.ma.e 四人份
^{ご にんまえ}五人前 go.ni.n.ma.e 五人份	^{ろくにんまえ}六人前 ro.ku.ni.n.ma.e 六人份	^{しちにんまえ}七人前 shi.chi.ni.n.ma.e 七人份	^{はちにんまえ}八人前 ha.chi.ni.n.ma.e 八人份
^{きゅうにんまえ}九人前 kyu.u.ni.n.ma.e 九人份	^{じゅうにんまえ}十人前 ju.u.ni.n.ma.e 十人份		

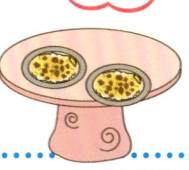

ご飯の時間よ！

PART3　數量稱呼大不同

打數

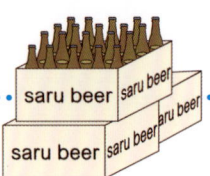

1 何ダースですか。
なん
na.n.da.a.su.de.su.ka　　　　　幾打？

一ダース いち i.chi.da.a.su 一打	二ダース に ni.da.a.su 兩打	三ダース さん sa.n.da.a.su 三打	四ダース よん yo.n.da.a.su 四打	五ダース ご go.da.a.su 五打
六ダース ろく ro.ku.da.a.su 六打	七ダース なな na.na.da.a.su 七打	八ダース はち ha.chi.da.a.su 八打	九ダース きゅう kyu.u.da.a.su 九打	十ダース じゅう ju.u.da.a.su 十打

成組成對的物品

1 何組ですか。
なんくみ
na.n.ku.mi.de.su.ka　　　　　幾組（對）？

一組 ひとくみ hi.to.ku.mi 一組（對）	二組 ふたくみ fu.ta.ku.mi 兩組（對）	三組 さんくみ sa.n.ku.mi 三組（對）	四組 よんくみ yo.n.ku.mi 四組（對）	五組 ごくみ go.ku.mi 五組（對）
六組 ろっくみ ro.k.ku.mi 六組（對）	七組 しちくみ／ななくみ shi.chi.ku.mi／ na.na.ku.mi 七組（對）	八組 はちくみ ha.chi.ku.mi 八組（對）	九組 きゅうくみ kyu.u.ku.mi 九組（對）	十組 じゅっくみ／じっくみ ju.k.ku.mi／ ji.k.ku.mi 十組（對）

わぁ～うれしい！

一組のピアスを買ってきたよ！

物品數量單位

藥片

1 何錠ですか。 　　　　　　　　　幾顆？
　なんじょう
　na.n.jo.o.de.su.ka

いちじょう 一錠 i.chi.jo.o 一顆	にじょう 二錠 ni.jo.o 兩顆	さんじょう 三錠 sa.n.jo.o 三顆	よんじょう 四錠 yo.n.jo.o 四顆	ごじょう 五錠 go.jo.o 五顆
ろくじょう 六錠 ro.ku.jo.o 六顆	ななじょう 七錠 na.na.jo.o 七顆	はちじょう 八錠 ha.chi.jo.o 八顆	きゅうじょう 九錠 kyu.u.jo.o 九顆	じゅうじょう 十錠 ju.u.jo.o 十顆

顆粒狀物品

1 何粒ですか。 　　　　　　　　　幾粒？
　なんつぶ
　na.n.tsu.bu.de.su.ka

ひとつぶ 一粒 hi.to.tsu.bu 一粒	ふたつぶ 二粒 fu.ta.tsu.bu 兩粒	さんつぶ 三粒 sa.n.tsu.bu 三粒	よんつぶ 四粒 yo.n.tsu.bu 四粒
ごつぶ 五粒 go.tsu.bu 五粒	ろくつぶ 六粒 ro.ku.tsu.bu 六粒	ななつぶ 七粒 na.na.tsu.bu 七粒	はっつぶ 八粒 ha.t.tsu.bu 八粒
きゅうつぶ 九粒 kyu.u.tsu.bu 九粒	じゅっつぶ 十粒 ju.t.tsu.bu 十粒		

くすり何粒飲めばいい？

機器或車輛 🔊 029

1 何台ですか。　　　　　幾台？
　なんだい
　na.n.da.i.de.su.ka

いちだい 一台 i.chi.da.i 一台	にだい 二台 ni.da.i 兩台	さんだい 三台 sa.n.da.i 三台	よんだい 四台 yo.n.da.i 四台	ごだい 五台 go.da.i 五台
ろくだい 六台 ro.ku.da.i 六台	ななだい 七台 na.na.da.i 七台	はちだい 八台 ha.chi.da.i 八台	きゅうだい 九台 kyu.u.da.i 九台	じゅうだい 十台 ju.u.da.i 十台

コンピューターを三台持ってるよ！

順序

1 何番ですか。　　　　　幾號？
　なんばん
　na.n.ba.n.de.su.ka

いちばん 一番 i.chi.ba.n 一號	にばん 二番 ni.ba.n 二號	さんばん 三番 sa.n.ba.n 三號	よんばん 四番 yo.n.ba.n 四號	ごばん 五番 go.ba.n 五號
ろくばん 六番 ro.ku.ba.n 六號	ななばん 七番 na.na.ba.n 七號	はちばん 八番 ha.chi.ba.n 八號	きゅうばん 九番 kyu.u.ba.n 九號	じゅうばん 十番 ju.u.ba.n 十號

物品數量單位

小動物、昆蟲，如貓、犬、蚊子等

1 何_{なんびき}匹いますか。 幾隻？
na.n.bi.ki.i.ma.su.ka

一匹 いっぴき i.p.pi.ki 一隻	二匹 にひき ni.hi.ki 兩隻	三匹 さんびき sa.n.bi.ki 三隻	四匹 よんひき yo.n.hi.ki 四隻	五匹 ごひき go.hi.ki 五隻
六匹 ろっぴき ro.p.pi.ki 六隻	七匹 ななひき na.na.hi.ki 七隻	八匹 はっぴき ha.p.pi.ki 八隻	九匹 きゅうひき kyu.u.hi.ki 九隻	十匹 じゅっぴき／じっぴき ju.p.pi.ki／ji.p.pi.ki 十隻

大動物，如大象、老虎、牛、馬等

1 何_{なんとう}頭いますか。 幾頭？
na.n.to.o.i.ma.su.ka

一頭 いっとう i.t.to.o 一頭	二頭 にとう ni.to.o 兩頭	三頭 さんとう sa.n.to.o 三頭	四頭 よんとう yo.n.to.o 四頭	五頭 ごとう go.to.o 五頭
六頭 ろくとう ro.ku.to.o 六頭	七頭 ななとう na.na.to.o 七頭	八頭 はっとう ha.t.to.o 八頭	九頭 きゅうとう kyu.u.to.o 九頭	十頭 じゅっとう ju.t.to.o 十頭

象は何頭いますか？

二頭います。

鳥類、兔子

1 何羽いますか。 幾隻？
な ん わ
na.n.wa.i.ma.su.ka

いち わ 一羽 i.chi.wa 一隻	に わ 二羽 ni.wa 兩隻	さん わ 三羽 sa.n.wa 三隻	よん わ 四羽 yo.n.wa 四隻	ご わ 五羽 go.wa 五隻
ろく わ 六羽 ro.ku.wa 六隻	しち わ／ななわ 七羽 shi.chi.wa／na.na.wa 七隻	はち わ 八羽 ha.chi.wa 八隻	きゅう わ 九羽 kyu.u.wa 九隻	じゅう わ 十羽 ju.u.wa 十隻

年齢

1 いくつですか。 幾歲？
i.ku.tsu.de.su.ka

いっさい 一歳 i.s.sa.i 一歲	に さい 二歳 ni.sa.i 兩歲	さんさい 三歳 sa.n.sa.i 三歲	よんさい 四歳 yo.n.sa.i 四歲	ご さい 五歳 go.sa.i 五歲
ろくさい 六歳 ro.ku.sa.i 六歲	ななさい 七歳 na.na.sa.i 七歲	はっさい 八歳 ha.s.sa.i 八歲	きゅうさい 九歳 kyu.u.sa.i 九歲	じゅっさい／じっさい 十歳 ju.s.sa.i／ji.s.sa.i 十歲
はたち 二十歳 ha.ta.chi 二十歲	ひゃくさい 百歳 hya.ku.sa.i 一百歲			

わたしは五歲です。

ぼくは四歲です。

書籍、雜誌

1 何冊ですか。 幾冊？
なんさつ
na.n.sa.tsu.de.su.ka

いっさつ 一冊 i.s.sa.tsu 一冊	にさつ 二冊 ni.sa.tsu 二冊	さんさつ 三冊 sa.n.sa.tsu 三冊	よんさつ 四冊 yo.n.sa.tsu 四冊	ごさつ 五冊 go.sa.tsu 五冊
ろくさつ 六冊 ro.ku.sa.tsu 六冊	ななさつ 七冊 na.na.sa.tsu 七冊	はっさつ 八冊 ha.s.sa.tsu 八冊	きゅうさつ 九冊 kyu.u.sa.tsu 九冊	じゅっさつ／じっさつ 十冊 ju.s.sa.tsu／ ji.s.sa.tsu 十冊

もう5冊読んだよ！

漫畫、叢書

1 何巻ですか。 幾本？
なんかん
na.n.ka.n.de.su.ka

いっかん 一巻 i.k.ka.n 一本	にかん 二巻 ni.ka.n 兩本	さんかん 三巻 sa.n.ka.n 三本	よんかん 四巻 yo.n.ka.n 四本	ごかん 五巻 go.ka.n 五本
ろっかん 六巻 ro.k.ka.n 六本	ななかん 七巻 na.na.ka.n 七本	はっかん 八巻 ha.k.ka.n 八本	きゅうかん 九巻 kyu.u.ka.n 九本	じゅっかん／じっかん 十巻 ju.k.ka.n／ ji.k.ka.n 十本

PART3　數量稱呼大不同

雨が降りそう、
はやく家に
帰らないと…

PART 4
旅遊日語開口說

飯店

🔊 031

> 部屋代は いくらですか？

尋找飯店

1 いい 宿泊先 を教えていただけますか。
i.i.shu.ku.ha.ku.sa.ki.o
o.shi.e.te.i.ta.da.ke.ma.su.ka

能告訴我哪裡有不錯的投宿地方嗎？

2 いい ホテル を紹介していただけますか。
i.i.ho.te.ru.o.sho.o.ka.i.shi.te.i.ta.da.ke.ma.su.ka

能幫我介紹好的飯店嗎？

3 この近くに ホテル はありますか。
ko.no.chi.ka.ku.ni.ho.te.ru.wa.a.ri.ma.su.ka

這附近有飯店嗎？

🍌 你也可以將 ▢ 裡的字代換成以下詞彙喔！

* 旅館
　ryo.ka.n

旅館

* 民宿
　mi.n.shu.ku

民宿

詢問房間價錢

1 部屋代はいくらですか。
he.ya.da.i.wa.i.ku.ra.de.su.ka

房間價格多少呢？

2 もっと安い部屋はありますか。
mo.t.to.ya.su.i.he.ya.wa.a.ri.ma.su.ka

有沒有更便宜的房間呢？

3 一泊五千円以下の部屋がいいです。
i.p.pa.ku.go.se.n.e.n.i.ka.no.he.ya.ga.i.i.de.su

我想要一晚五千元以下的房間。

預約

1 予約がいりますか。
yo.ya.ku.ga.i.ri.ma.su.ka

需要預約嗎？

2 予約しないで泊まれますか。
yo.ya.ku.shi.na.i.de.to.ma.re.ma.su.ka

沒有預約可以投宿嗎？

會話 ❶

部屋を予約したいのですが。
he.ya.o.yo.ya.ku.shi.ta.i.no.de.su.ga

我想預約房間。

いつお泊りになりますか。
i.tsu.o.to.ma.ri.ni.na.ri.ma.su.ka

請問何時住宿呢？

八月六日から二泊です。
ha.chi.ga.tsu.mu.i.ka.ka.ra
ni.ha.ku.de.su

我預定八月六日開始住兩個晚上。

何名さまですか。
na.n.me.i.sa.ma.de.su.ka

總共幾位呢？

二人です。
fu.ta.ri.de.su

兩位。

ダブルですか、ツインですか。
da.bu.ru.de.su.ka、tsu.i.n.de.su.ka

請問要雙人床呢、還是兩張單人床？

ツインでお願いします。
tsu.i.n.de.o.ne.ga.i.shi.ma.su

麻煩你給我兩張單人床。

かしこまりました。
ka.shi.ko.ma.ri.ma.shi.ta

好的。

會話 ❷

今晩部屋は空いてますか。
ko.n.ba.n.he.ya.wa.a.i.te.ma.su.ka

今晚有空房嗎？

申し訳ございません。本日は満室です。
mo.o.shi.wa.ke.go.za.i.ma.se.n。
ho.n.ji.tsu.wa.ma.n.shi.tsu.de.su

非常抱歉。
今天都客滿了。

バナナ ホテル

今晩部屋は空いてますか？

申し訳ございません。本日は満室です。

Front

PART4 旅遊日語開口說 85

住房登記

1. 少し遅く到着します。
   su.ko.shi.o.so.ku.to.o.cha.ku.shi.ma.su
   我會稍微晚到。

2. 今夜十時半ごろホテルに着きます。
   ko.n.ya.ju.u.ji.ha.n.go.ro.ho.te.ru.ni.tsu.ki.ma.su
   今晚十點半左右會抵達飯店。

3. チェックインをお願いします。
   che.k.ku.i.n.o.o.ne.ga.i.shi.ma.su
   麻煩你我要辦理住房登記。

4. シングルの部屋を予約してあります。
   shi.n.gu.ru.no.he.ya.o.yo.ya.ku.shi.te.a.ri.ma.su
   我有預約單人房。

會話 ①

今日の宿泊を予約していたのですが。
kyo.o.no.shu.ku.ha.ku.o yo.ya.ku.shi.te.i.ta.no.de.su.ga
我預約了今天住宿。

お名前は。
o.na.ma.e.wa
請問貴姓大名。

張です。
cho.o.de.su
我姓張。

パスポートを見せてください。
pa.su.po.o.to.o.mi.se.te.ku.da.sa.i
麻煩護照給我看一下。

こちらに署名をお願いします。
ko.chi.ra.ni.sho.me.i.o.o.ne.ga.i.shi.ma.su
請在這裡簽名。

チェックアウトは十一時です。
che.k.ku.a.u.to.wa.ju.u.i.chi.ji.de.su
退房時間是11點。

ごゆっくりおくつろぎください。
go.yu.k.ku.ri.o.ku.tsu.ro.gi.ku.da.sa.i
請好好休息。

會話 ②

予約してありますか。
yo.ya.ku.shi.te.a.ri.ma.su.ka
有預約嗎？

予約してありません。
yo.ya.ku.shi.te.a.ri.ma.se.n
沒有預約。

飯店服務 🔊 032

1 朝食つきですか。
cho.o.sho.ku.tsu.ki.de.su.ka
有附早餐嗎？

2 朝食を部屋に届けてもらえますか。
cho.o.sho.ku.o.he.ya.ni
to.do.ke.te.mo.ra.e.ma.su.ka
可以請你把早餐送到房間來嗎？

3 もう一枚毛布をいただけますか。
mo.o.i.chi.ma.i.mo.o.fu.o.i.ta.da.ke.ma.su.ka
可以再跟你要一條毛毯嗎？

4 モーニングコールをお願いできますか。
mo.o.ni.n.gu.ko.o.ru.o.o.ne.ga.i.de.ki.ma.su.ka
請用電話叫醒我好嗎？

5 これを預かってください。
ko.re.o.a.zu.ka.t.te.ku.da.sa.i
請幫我保管這個東西。

6 インターネットは使えますか？
i.n.ta.a.ne.t.to.wa.tsu.ka.e.ma.su.ka
請問可以使用網路嗎？

7 無線LANはありますか？
mu.se.n.ra.n.wa.a.ri.ma.su.ka
請問有沒有無線網路呢？

8 チェックアウト後に、荷物を預かってもらえますか？
che.k.ku.a.u.to.go.ni、ni.mo.tsu.o.a.zu.ka.t.te.
mo.ra.e.ma.su.ka
退房後行李可以寄放在這裡嗎？

9 ベビーベッドのレンタルはありますか？
be.bi.i.be.d.do.no.re.n.ta.ru.wa.a.ri.ma.su.ka
請問有提供出借嬰兒床嗎？

會話

- クリーニングをお願いします。
  ku.ri.i.ni.n.gu.o.o.ne.ga.i.shi.ma.su
  我有衣物想麻煩送洗。

- はい。
  ha.i
  好的。

- いつできますか。
  i.tsu.de.ki.ma.su.ka
  什麼時候可以好？

- 今日中にできます。
  kyo.o.ju.u.ni.de.ki.ma.su
  今天就可以好了。

- 料金はいつ払えばいいですか。
  ryo.o.ki.n.wa.i.tsu.ha.ra.e.ba.i.i.de.su.ka
  什麼時候付費呢？

- 先払い／後払いでお願いします。
  sa.ki.ba.ra.i／a.to.ba.ra.i.de.o.ne.ga.i.shi.ma.su
  要請您先付款。／之後（送洗完）再付款。

有狀況時

1. ドアの鍵がかかりません。
   do.a.no.ka.gi.ga.ka.ka.ri.ma.se.n
   門鎖不上。

2. 冷房（暖房）がききません。
   re.i.bo.o.(da.n.bo.o).ga.ki.ki.ma.se.n
   冷氣不冷。（暖氣不暖）

3. トイレの水が止まりません。
   to.i.re.no.mi.zu.ga.to.ma.ri.ma.se.n
   廁所的水流不停。

4. テレビの調子が悪いようです。
   te.re.bi.no.cho.o.shi.ga.wa.ru.i.yo.o.de.su
   電視好像有點怪怪的。

5. お湯が出ません。
   o.yu.ga.de.ma.se.n
   熱水流不出來。

6. シャワーのお湯が熱すぎます。
   sha.wa.a.no.o.yu.ga.a.tsu.su.gi.ma.su
   蓮蓬頭的水太燙了。

7. 電気がつきません。
   de.n.ki.ga.tsu.ki.ma.se.n
   電燈不亮。

8 タオルがありません。
ta.o.ru.ga.a.ri.ma.se.n

沒有毛巾。

🍌 你也可以將 ⬜ 裡的字代換成以下詞彙喔！
* せっけん
  se.k.ke.n

肥皂

* シャンプー
  sha.n.pu.u

洗髮精

9 隣の部屋がすごく騒がしいです。
to.na.ri.no.he.ya.ga.su.go.ku
sa.wa.ga.shi.i.de.su

隔壁房太吵了。

10 洗濯物がまだきていません。
se.n.ta.ku.mo.no.ga.ma.da.ki.te.i.ma.se.n

我的送洗衣物還沒拿到。

11 部屋に鍵を忘れたまましめてしまいました。
he.ya.ni.ka.gi.o.wa.su.re.ta.ma.ma
shi.me.te.shi.ma.i.ma.shi.ta

我把門鎖上，但是鑰匙忘在房間裡了。

🍌 遇到狀況時，你可以這樣說喔！
* 調節の方法を教えて下さい。
  cho.o.se.tsu.no.ho.o.ho.o.o
  o.shi.e.te.ku.da.sa.i

請告訴我調節的方法。

* 部屋を変えていただけますか。
  he.ya.o.ka.e.te.i.ta.da.ke.ma.su.ka

可以請你幫我換房間嗎？

辦理退房

1 チェックアウトします。
che.k.ku.a.u.to.shi.ma.su

我要退房。

2 領収書をお願いします。
ryo.o.shu.u.sho.o.o.ne.ga.i.shi.ma.su

麻煩給我收據。

3 予定より一日早く出ます。
yo.te.i.yo.ri.i.chi.ni.chi.ha.ya.ku.de.ma.su

我要比預定的時間早一天離開。

4 もう一泊延長できますか。
mo.o.i.p.pa.ku.e.n.cho.o.de.ki.ma.su.ka

可以再延長住一晚嗎？

5 クレジットカードで払(はら)います。
ku.re.ji.t.to.ka.a.do.de.ha.ra.i.ma.su
我要用信用卡付款。

6 タクシーを呼(よ)んでいただけますか。
ta.ku.shi.i.o.yo.n.de.i.ta.da.ke.ma.su.ka
能幫我叫計程車嗎？

7 部屋(へや)に忘(わす)れ物(もの)をしました。
he.ya.ni.wa.su.re.mo.no.o.shi.ma.shi.ta
我把東西忘在房間裡了。

じゃ、一階でまってます。

部屋に忘れ物をしました。

🔊 033

單字充電站

預約

日文	羅馬拼音	中文
シングル	shi.n.gu.ru	單人房
ツイン	tsu.i.n	雙人房（兩張單人床）
ダブル	da.bu.ru	雙人房（一張雙人床）
予約(よやく)	yo.ya.ku	預約
バス付(つ)き	ba.su.tsu.ki	有浴室
朝食付(ちょうしょくつ)き	cho.o.sho.ku.tsu.ki	附早餐
二食付(にしょくつ)き	ni.sho.ku.tsu.ki	附兩餐
エアコン付(つ)き	e.a.ko.n.tsu.ki	有空調

室內用品・設備

日文	羅馬拼音	中文
暖房(だんぼう)	da.n.bo.o	暖氣
トイレ	to.i.re	廁所
浴室(よくしつ)	yo.ku.shi.tsu	浴室
ベッド	be.d.do	床
布団(ふとん)	fu.to.n	棉被

飯店

日文	羅馬拼音	中文
毛布（もうふ）	mo.o.fu	毛毯
シーツ	shi.i.tsu	床單、被單
枕（まくら）	ma.ku.ra	枕頭
タオル	ta.o.ru	毛巾
加湿器（かしつき）	ka.shi.tsu.ki	加濕器
スリッパ	su.ri.p.pa	拖鞋
冷蔵庫（れいぞうこ）	re.i.zo.o.ko	冰箱
ハンガー	ha.n.ga.a	衣架

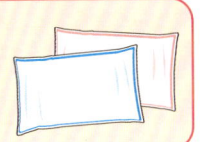

其他

日文	羅馬拼音	中文
フロント	fu.ro.n.to	櫃檯
ルームナンバー	ru.u.mu.na.n.ba.a	房間號碼
キー／鍵（かぎ）	ki.i／ka.gi	鑰匙
和室（わしつ）	wa.shi.tsu	和室
洋室（ようしつ）	yo.o.shi.tsu	洋室
お風呂（ふろ）	o.fu.ro	浴池
露天風呂（ろてんぶろ）	ro.te.n.bu.ro	露天浴池
温泉（おんせん）	o.n.se.n	溫泉
男湯（おとこゆ）	o.to.ko.yu	男用浴池
女湯（おんなゆ）	o.n.na.yu	女用浴池
お手洗い（てあらい）	o.te.a.ra.i	洗手間
朝食（ちょうしょく）	cho.o.sho.ku	早餐
ランチ	ra.n.chi	午餐
ディナー	di.na.a	晚餐

露天風呂はいいな～

PART4　旅遊日語開口說

両替をしたい
のです。

銀行

🔊 034

尋找・詢問

1 銀行はどこですか。
   gi.n.ko.o.wa.do.ko.de.su.ka
   銀行在哪裡？

2 一番近い銀行はどこですか。
   i.chi.ba.n.chi.ka.i.gi.n.ko.o.wa.do.ko.de.su.ka
   最近的銀行在哪裡？

3 銀行は何時に開きますか。
   gi.n.ko.o.wa.na.n.ji.ni.a.ki.ma.su.ka
   銀行幾點開門？

4 ATMはどこにありますか？
   e.i.ti.i.e.mu.wa.do.ko.ni.a.ri.ma.su.ka
   請問哪裡有ATM自動櫃員機？

在櫃檯－客人要求

1 両替をしたいのです。
   ryo.o.ga.e.o.shi.ta.i.no.de.su
   我想要兌換錢。

2 口座を開きたいのです。
   ko.o.za.o.hi.ra.ki.ta.i.no.de.su
   我想開戶。

3 トラベラーズチェックを現金に替えたいのです。
   to.ra.be.ra.a.zu.che.k.ku.o.ge.n.ki.n.ni.ka.e.ta.i.no.de.su
   我想將旅行支票換成現金。

4 この用紙の書き方を教えていただけませんか。
   ko.no.yo.o.shi.no.ka.ki.ka.ta.o.o.shi.e.te.i.ta.da.ke.ma.se.n.ka
   能告訴我如何寫這張表格嗎？

在櫃檯－服務人員的指示

1 ここにサインをしてください。
   ko.ko.ni.sa.i.n.o.shi.te.ku.da.sa.i
   請在這裡簽名。

2 確認してください。
ka.ku.ni.n.shi.te.ku.da.sa.i

請確認一下。

3 訂正してください。
te.i.se.i.shi.te.ku.da.sa.i

請訂正一下。

4 印鑑をお願いします。
i.n.ka.n.o.o.ne.ga.i.shi.ma.su

麻煩印章給我一下。

5 パスポートを見せてください。
pa.su.po.o.to.o.mi.se.te.ku.da.sa.i

請給我看一下護照。

使用提款機領錢時

1 この機械の使い方を教えてください。
ko.no.ki.ka.i.no.tsu.ka.i.ka.ta.o
o.shi.e.te.ku.da.sa.i

請教我如何使用這個機器。

2 お金が出ません。
o.ka.ne.ga.de.ma.se.n

錢沒有出來。

3 暗証番号を忘れました。
a.n.sho.o.ba.n.go.o.o.wa.su.re.ma.shi.ta

我忘記密碼了。

4 キャッシュカードをなくしました。
kya.s.shu.ka.a.do.o.na.ku.shi.ma.shi.ta

我遺失了提款卡。

兌換

1 どこで両替できますか。
do.ko.de.ryo.o.ga.e.de.ki.ma.su.ka

哪裡可以換錢呢？

2 両替していただけますか。
ryo.o.ga.e.shi.te.i.ta.da.ke.ma.su.ka

能幫我換錢嗎？

3 1ドルはいくらですか。
i.chi.do.ru.wa.i.ku.ra.de.su.ka

一美元等於多少日幣呢？

4 交換レートはいくらですか。
ko.o.ka.n.re.e.to.wa.i.ku.ra.de.su.ka

匯率是多少呢？

5 ドルを円に換えたいです。
do.ru.o.e.n.ni.ka.e.ta.i.de.su

我想將美元換成日幣。

6 千円札にくずしてください。　　　　　請幫我換成一仟元鈔票。
　 se.n.e.n.sa.tsu.ni.ku.zu.shi.te.ku.da.sa.i

7 小銭に替えていただけませんか。　　　能幫我換成零錢嗎？
　 ko.ze.ni.ni.ka.e.te.i.ta.da.ke.ma.se.n.ka

匯款

1 台湾に送金したいのです。　　　　　　我要匯款到台灣。
　 ta.i.wa.n.ni.so.o.ki.n.shi.ta.i.no.de.su

2 振込用紙の書き方を教えていただけませんか。　能不能教我如何寫匯款單？
　 fu.ri.ko.mi.yo.o.shi.no.ka.ki.ka.ta.o
　 o.shi.e.te.i.ta.da.ke.ma.se.n.ka

3 明日の昼までにお金は届きますか。　　明天中午前能匯到嗎？
　 a.shi.ta.no.hi.ru.ma.de.ni
　 o.ka.ne.wa.to.do.ki.ma.su.ka

會話

🐵 お金を振り込みたいのです。　　　　　我想匯款。
　 o.ka.ne.o.fu.ri.ko.mi.ta.i.no.de.su

🐵 こちらの振込用紙に記入してください。　請填寫這張匯款單。
　 ko.chi.ra.no.fu.ri.ko.mi.yo.o.shi.ni
　 ki.nyu.u.shi.te.ku.da.sa.i

其他

1 残高照会が知りたいのです。　　　　　我想知道我的存款餘額。
　 za.n.da.ka.sho.o.ka.i.ga.shi.ri.ta.i.no.de.su

2 手数料はいくらですか。　　　　　　　手續費是多少呢？
　 te.su.u.ryo.o.wa.i.ku.ra.de.su.ka

94　銀行

單字充電站

銀行・兌換

日文	羅馬拼音	中文
お金（かね）	o.ka.ne	錢
細（こま）かいお金（かね）／小銭（こぜに）	ko.ma.ka.i.o.ka.ne／ko.ze.ni	零錢
お札（さつ）	o.sa.tsu	鈔票
小切手（こぎって）	ko.gi.t.te	支票
トラベラーズチェック	to.ra.be.ra.a.zu.che.k.ku	旅行支票
外国為替（がいこくかわせ）	ga.i.ko.ku.ka.wa.se	國外匯兌
口座（こうざ）	ko.o.za	戶頭
通帳（つうちょう）	tsu.u.cho.o	存摺
キャッシュカード	kya.s.shu.ka.a.do	金融卡
窓口（まどぐち）	ma.do.gu.chi	櫃檯（窗口）
支店（してん）	shi.te.n	分行
両替（りょうがえ）	ryo.o.ga.e	兌錢
振込（ふりこ）み	fu.ri.ko.mi	匯款
引（ひ）き出（だ）し	hi.ki.da.shi	領錢
送金（そうきん）	so.o.ki.n	送款
為替（かわせ）レート	ka.wa.se.re.e.to	匯率
自動引（じどうひ）き落（お）とし	ji.do.o.hi.ki.o.to.shi	自動提款
残高（ざんだか）	za.n.da.ka	餘額
円（えん）	e.n	日元
ドル	do.ru	美元
台湾（たいわん）ドル	ta.i.wa.n.do.ru	台幣

キャッシュカードを無くした！

PART4 旅遊日語開口說

餐廳

いらっしゃいませ。

尋找餐廳

1 いいレストランを紹介していただけますか。 　　能幫我介紹好的餐廳嗎？
　i.i.re.su.to.ra.n.o
　sho.o.ka.i.shi.te.i.ta.da.ke.ma.su.ka

2 この近くに安くておいしいレストランが　　　這附近有沒有便宜又好
　あります か。　　　　　　　　　　　　　　吃的餐廳呢？
　ko.no.chi.ka.ku.ni.ya.su.ku.te.o.i.shi.i
　re.su.to.ra.n.ga.a.ri.ma.su.ka

3 このあたりに日本料理店がありますか。　　　這附近有沒有日本料理
　ko.no.a.ta.ri.ni.ni.ho.n.ryo.o.ri.te.n.ga　　　店？
　a.ri.ma.su.ka

預約

會話 ①

予約をしたいのですが。　　　　　　　　　　我想預約。
yo.ya.ku.o.shi.ta.i.no.de.su.ga

何日の何時ごろでしょうか。　　　　　　　　請問您要預約哪一天
na.n.ni.chi.no.na.n.ji.go.ro.de.sho.o.ka　　幾點的呢？

１３日の１８時ごろです。　　　　　　　　　13號下午六點左右。
ju.u.sa.n.ni.chi.no.ju.u.ha.chi.ji.go.ro.de.su

何名さまでしょうか。　　　　　　　　　　　請問幾位呢？
na.n.me.i.sa.ma.de.sho.o.ka

5人です。　　　　　　　　　　　　　　　　五位。
go.ni.n.de.su

かしこまりました。お待ちしております。　　好的。敬候您的到來。
ka.shi.ko.ma.ri.ma.shi.ta
o.ma.chi.shi.te.o.ri.ma.su

會話 ❷

予約が必要ですか。
yo.ya.ku.ga.hi.tsu.yo.o.de.su.ka
　　　　　　　　　　　　　請問需要預約嗎？

必要ありません。直接お越しください。
hi.tsu.yo.o.a.ri.ma.se.n
cho.ku.se.tsu.o.ko.shi.ku.da.sa.i
　　　　　　　　　　　　　不需要。請您直接過來就行了。

進入餐廳

1 営業中ですか。
　e.i.gyo.o.chu.u.de.su.ka
　　　　　　　　　　　　　請問現在有營業嗎？

2 ディナーは何時からですか。
　di.na.a.wa.na.n.ji.ka.ra.de.su.ka
　　　　　　　　　　　　　晚餐幾點開始呢？

3 コーヒーを飲むだけでもかまいませんか。
　ko.o.hi.i.o.no.mu.da.ke.de.mo.ka.ma.i.ma.se.n.ka
　　　　　　　　　　　　　可以只點咖啡嗎？

會話 ❶

いらっしゃいませ。
i.ra.s.sha.i.ma.se
　　　　　　　　　　　　　歡迎光臨。

何名さまですか。
na.n.me.i.sa.ma.de.su.ka
　　　　　　　　　　　　　幾位？

7人です。
shi.chi.ni.n.de.su
　　　　　　　　　　　　　7位。

たばこをお吸いになりますか。
ta.ba.ko.o.o.su.i.ni.na.ri.ma.su.ka
　　　　　　　　　　　　　請問有抽菸嗎？

いいえ。
i.i.e
　　　　　　　　　　　　　不抽。

じゃあ、こちらへどうぞ。
ja.a、ko.chi.ra.e.do.o.zo
　　　　　　　　　　　　　那請往這邊走。

PART4　旅遊日語開口說　97

會話 ❷

席は空いていますか。
せき あ
se.ki.wa.a.i.te.i.ma.su.ka
有空位嗎？

大変申し訳ございません。
たいへんもう わけ
ta.i.he.n.mo.o.shi.wa.ke.go.za.i.ma.se.n
非常抱歉。

只今満席となっております。
ただいままんせき
ta.da.i.ma.ma.n.se.ki.to.na.t.te.o.ri.ma.su
現在都客滿了。

待ち時間はどのくらいですか。
ま じかん
ma.chi.ji.ka.n.wa.do.no.ku.ra.i.de.su.ka
請問要等多久呢？

２０分ほどです。
にじゅっぷん
ni.ju.p.pu.n.ho.do.de.su
大約20分鐘。

點餐　🔊 037

1 先に食券をお求めください。
さき しょっけん もと
sa.ki.ni.sho.k.ke.n.o.o.mo.to.me.ku.da.sa.i
請先購買餐券。

2 メニューを見せていただけますか。
み
me.nyu.u.o.mi.se.te.i.ta.da.ke.ma.su.ka
給我看一下菜單好嗎？

3 おすすめ品は何ですか。
ひん なん
o.su.su.me.hi.n.wa.na.n.de.su.ka
有什麼可以推薦的？

4 早くできるものは何ですか。
はや なん
ha.ya.ku.de.ki.ru.mo.no.wa.na.n.de.su.ka
可以快速上桌的是什麼菜？

5 それはどんな味ですか。
あじ
so.re.wa.do.n.na.a.ji.de.su.ka
什麼味道呢？

6 これは甘いですか、辛いですか。
あま から
ko.re.wa.a.ma.i.de.su.ka、ka.ra.i.de.su.ka
這是甜的、還是辣的？

7 どんな種類のビールがありますか。
しゅるい
do.n.na.shu.ru.i.no.bi.i.ru.ga.a.ri.ma.su.ka
有什麼種類的啤酒？

8 ワインを一本お願いします。
wa.i.n.o.i.p.po.no.ne.ga.i.shi.ma.su
請給我一瓶葡萄酒。

9 デザートはあとで注文します。
de.za.a.to.wa.a.to.de.chu.u.mo.n.shi.ma.su
甜點稍後再點。

10 食後にコーヒーをお願いします。
sho.ku.go.ni.ko.o.hi.i.o.o.ne.ga.i.shi.ma.su
咖啡請餐後再送上來。

11 ミルクと砂糖をお願いします。
mi.ru.ku.to.sa.to.o.o.o.ne.ga.i.shi.ma.su
請給我牛奶和糖。

會話

何になさいますか。
na.ni.ni.na.sa.i.ma.su.ka
請問要點什麼？

オムライスにします。
o.mu.ra.i.su.ni.shi.ma.su
我要點蛋包飯。

你也可以這樣回答喔！

＊豚骨ラーメンをください。
to.n.ko.tsu.ra.a.me.n.o
ku.da.sa.i
請給我豚骨拉麵。

＊カツカレーをお願いします。
ka.tsu.ka.re.e.o
o.ne.ga.i.shi.ma.su
麻煩給我豬排咖哩。

＊まだ決めていません。
ma.da.ki.me.te.i.ma.se.n
我還沒決定好。

用餐中

1 これは注文していません。
ko.re.wa.chu.u.mo.n.shi.te.i.ma.se.n
我沒有點這個。

2 変な味がします。
he.n.na.a.ji.ga.shi.ma.su
味道怪怪的。

3 野菜サラダがまだ来ていません。
ya.sa.i.sa.ra.da.ga.ma.da.ki.te.i.ma.se.n
我點的生菜沙拉還沒來。

4 ナイフとフォークを下さい。　　　　　請給我刀叉。
　na.i.fu.to.fo.o.ku.o.ku.da.sa.i

5 お箸を落としてしまいました。　　　　我的筷子掉了。
　o.ha.shi.o.o.to.shi.te.shi.ma.i.ma.shi.ta

6 塩を取っていただけますか。　　　　　可以給我鹽嗎？
　shi.o.o.to.t.te.i.ta.da.ke.ma.su.ka

7 おしぼりを持ってきていただけますか。　可以幫我拿濕紙巾過來嗎？
　o.shi.bo.ri.o.mo.t.te.ki.te.i.ta.da.ke.ma.su.ka

8 コーヒーをもう一杯いただけますか。　　可以再給我一杯咖啡嗎？
　ko.o.hi.i.o.mo.o.i.p.pa.i.i.ta.da.ke.ma.su.ka

9 タバコを吸ってもいいですか。　　　　可以抽菸嗎？
　ta.ba.ko.o.su.t.te.mo.i.i.de.su.ka

買單

1 どこで払うのですか。　　　　　　　　要到哪邊付帳呢？
　do.ko.de.ha.ra.u.no.de.su.ka

2 お勘定をお願いします。　　　　　　　麻煩你我要買單。
　o.ka.n.jo.o.o.o.ne.ga.i.shi.ma.su

3 別々にお願いします。　　　　　　　　麻煩你我們要分開付。
　be.tsu.be.tsu.ni.o.ne.ga.i.shi.ma.su

コーヒーをもう一杯いただけますか？

はい、かしこまりました。

100　餐廳

單字充電站

營業相關用語

日文	羅馬拼音	中文
営業中（えいぎょうちゅう）	e.i.gyo.o.chu.u	營業中
準備中（じゅんびちゅう）	ju.n.bi.chu.u	準備中
開店（かいてん）	ka.i.te.n	開店
閉店（へいてん）	he.i.te.n	打烊
定休日（ていきゅうび）	te.i.kyu.u.bi	公休
食券（しょっけん）	sho.k.ke.n	餐券
貸切（かしきり）	ka.shi.ki.ri	包場
撮影禁止（さつえいきんし）	sa.tsu.e.i.ki.n.shi	禁止攝影
飲食物持ち込み禁止（いんしょくぶつもちこみきんし）	i.n.sho.ku.bu.tsu.mo.chi.ko.mi.ki.n.shi	禁止攜帶外食
オーナー、店長（てんちょう）	o.o.na.a、te.n.cho.o	老闆、店長
店員（てんいん）	te.n.i.n	店員
予約（よやく）	yo.ya.ku	訂位
予約キャンセル（よやく）	yo.ya.ku.kya.n.se.ru	取消訂位
満席（まんせき）	ma.n.se.ki	客滿
テイクアウト	te.i.ku.a.u.to	外帶
接客サービス（せっきゃく）	se.k.kya.ku.sa.a.bi.su	待客服務
料理自慢／味自慢（りょうりじまん／あじじまん）	ryo.o.ri.ji.ma.n／a.ji.ji.ma.n	招牌菜／引以為豪的美味

いらっしゃい
いらっしゃい！
ラーメン

PART4　旅遊日語開口說　101

設備・座位

個室（こしつ）	ko.shi.tsu	包廂
席（せき）	se.ki	座位
禁煙・喫煙（きんえん・きつえん）	ki.n.e.n・ki.tsu.e.n	禁菸・吸菸
駐車場（ちゅうしゃじょう）	chu.u.sha.jo.o	停車場
キッズチェアー	ki.z.zu.che.a.a	兒童椅
カウンター席（せき）	ka.u.n.ta.a.se.ki	吧台座位
露天席（ろてんせき）	ro.te.n.se.ki	露天座位
予約席（よやくせき）	yo.ya.ku.se.ki	預約席

このおにぎり、おいしい！
本当だ！

結帳

勘定（かんじょう）	ka.n.jo.o	買單
割り勘（わりかん）	wa.ri.ka.n	各付各的
お会計（かいけい）	o.ka.i.ke.i	結帳
消費税（しょうひぜい）	sho.o.hi.ze.i	消費稅
サービス料（りょう）	sa.a.bi.su.ryo.o	服務費
領収書（りょうしゅうしょ）	ryo.o.shu.u.sho	收據
レシート	re.shi.i.to	發票
ポイントカード	po.i.n.to.ka.a.do	集點卡
割引券（わりびきけん）	wa.ri.bi.ki.ke.n	折價券
カード	ka.a.do	刷卡
基本料金（きほんりょうきん）	ki.ho.n.ryo.o.ki.n	低消

お勘定お願いします。

飲食說法

日文	羅馬拼音	中文
朝ごはん／朝食	a.sa.go.ha.n／cho.o.sho.ku	早餐
昼ごはん／昼食／ランチ	hi.ru.go.ha.n／chu.u.sho.ku／ra.n.chi	午餐
夕ご飯／夕食／ディナー	yu.u.go.ha.n／yu.u.sho.ku／di.na.a	晚餐
食事	sho.ku.ji	飯、餐、飲食
おやつ	o.ya.tsu	點心、零食
デザート	de.za.a.to	甜點
ドリンク	do.ri.n.ku	飲料
おつまみ	o.tsu.ma.mi	開胃菜
特盛り	to.ku.mo.ri	特大碗
大盛り	o.o.mo.ri	大碗
中盛り	chu.u.mo.ri	中碗
バイキング／ビュッフェ	ba.i.ki.n.gu／byu.f.fe	自助餐
（食べ／飲み）放題	(ta.be／no.mi) ho.o.da.i	吃到飽、喝到飽
お品書き／メニュー	o.shi.na.ga.ki／me.nyu.u	菜單
定食／コース／セット	te.i.sho.ku／ko.o.su／se.t.to	套餐
一品料理	i.p.pi.n.ryo.o.ri	單點
ご飯／ライス	go.ha.n／ra.i.su	白飯

各式餐館

レストラン	食堂	喫茶店	ラーメン屋
re.su.to.ra.n	sho.ku.do.o	ki.s.sa.te.n	ra.a.me.n.ya
餐廳	食堂	喫茶店	拉麵店

そば屋		焼肉屋	お好み焼き屋
so.ba.ya		ya.ki.ni.ku.ya	o.ko.no.mi.ya.ki.ya
蕎麥麵店		燒肉店	什錦燒店

居酒屋	スナック	バー	屋台
i.za.ka.ya	su.na.k.ku	ba.a	ya.ta.i
居酒屋	酒店	吧	路邊攤

カフェ	ねこカフェ	メイドカフェ	執事カフェ
ka.fe	ne.ko.ka.fe	me.i.do.ka.fe	shi.tsu.ji.ka.fe
咖啡店	貓咪咖啡店	女僕咖啡店	執事咖啡店

飲食店	カレー屋	ファミリーレストラン
i.n.sho.ku.te.n	ka.re.e.ya	fa.mi.ri.i.re.su.to.ra.n
餐飲店	咖哩店	大眾餐廳

ピザ屋	パン屋	ケーキ屋
pi.za.ya	pa.n.ya	ke.e.ki.ya
比薩店	麵包店	蛋糕店

將来、ねこカフェを やりたい！

各國料理

日本料理・和食
ni.ho.n.ryo.o.ri・wa.sho.ku
日本料裡・和風料理

中華料理
chu.u.ka.ryo.o.ri
中華料理

台湾料理
ta.i.wa.n.ryo.o.ri
台灣料理

韓国料理
ka.n.ko.ku.ryo.o.ri
韓國料理

エスニック料理
e.su.ni.k.ku.ryo.o.ri
民族料理

タイ料理
ta.i.ryo.o.ri
泰國料理

ベトナム料理
be.to.na.mu.ryo.o.ri
越南料理

インド料理
i.n.do.ryo.o.ri
印度料理

トルコ料理
to.ru.ko.ryo.o.ri
土耳其料理

欧米料理・洋食
o.o.be.i.ryo.o.ri・yo.o.sho.ku
歐美料理・西式料理

イタリア料理
i.ta.ri.a.ryo.o.ri
義大利料理

フランス料理
fu.ra.n.su.ryo.o.ri
法國料理

スペイン料理
su.pe.i.n.ryo.o.ri
西班牙料理

ドイツ料理
do.i.tsu.ryo.o.ri
德國料理

イギリス料理
i.gi.ri.su.ryo.o.ri
英式料理

アメリカ料理
a.me.ri.ka.ryo.o.ri
美式料理

メキシコ料理
me.ki.shi.ko.ryo.o.ri
墨西哥料理

わたしは中華料理が作れるよ！

PART4 旅遊日語開口說

日式料理

かいせきりょうり 懷石料理 ka.i.se.ki.ryo.o.ri 懷石料理	きょうどりょうり 鄉土料理 kyo.o.do.ryo.o.ri 鄉土料理	しょうじんりょうり 精進料理 sho.o.ji.n.ryo.o.ri 素食料理	すし 寿司 su.shi 壽司
さしみ 刺身 sa.shi.mi 生魚片	みそしる 味噌汁 mi.so.shi.ru 味噌湯	ちゃわんむ 茶碗蒸し cha.wa.n.mu.shi 茶碗蒸	ひややこ 冷奴 hi.ya.ya.ko 涼拌豆腐
つけもの　つくだに 漬物／佃煮 tsu.ke.mo.no／tsu.ku.da.ni 醬菜／佃煮（醬油及砂糖煮成的配菜）		てんぷら 天婦羅 te.n.pu.ra 天婦羅	そば 蕎麦 so.ba 蕎麥麵
や 焼きそば ya.ki.so.ba 炒麵	うどん u.do.n 烏龍麵	ラーメン ra.a.me.n 拉麵	
つけめん tsu.ke.me.n 沾麵	そうめん so.o.me.n 麵線	くしあ 串揚げ ku.shi.a.ge 炸串	エビフライ e.bi.fu.ra.i 炸蝦
とん 豚カツ to.n.ka.tsu 炸豬排	てんどん 天丼 te.n.do.n 炸蝦蓋飯	おやこどん 親子丼 o.ya.ko.do.n 雞肉雞蛋蓋飯	ぎゅうどん 牛丼 gyu.u.do.n 牛丼飯
どん カツ丼 ka.tsu.do.n 豬排丼飯	かいせんどん 海鮮丼 ka.i.se.n.do.n 海鮮丼	ちゃづ お茶漬け o.cha.zu.ke 茶泡飯	ハヤシライス ha.ya.shi.ra.i.su 牛肉燴飯

赤飯 せきはん se.ki.ha.n 紅飯	うな重／うな丼 じゅう どん u.na.ju.u／u.na.do.n 鰻魚便當／鰻魚飯	蒲焼 かばやき ka.ba.ya.ki 蒲燒
炊き込みごはん たこ ta.ki.ko.mi.go.ha.n 炊飯	肉じゃが にく ni.ku.ja.ga 馬鈴薯燉肉	ねこマンマ ne.ko.ma.n.ma 柴魚拌飯	きんぴらごぼう ki.n.pi.ra.go.bo.o 牛蒡絲
焼き魚 やざかな ya.ki.za.ka.na 烤魚	焼き鳥 やとり ya.ki.to.ri 烤雞串	お好み焼き／もんじゃ焼き やや o.ko.no.mi.ya.ki／mo.n.ja.ya.ki 什錦煎餅／文字燒
焼肉 やきにく ya.ki.ni.ku 燒肉	おでん o.de.n 黑輪、關東煮	たこ焼き や ta.ko.ya.ki 章魚燒	しゃぶしゃぶ sha.bu.sha.bu 涮涮鍋
モツ鍋 なべ mo.tsu.na.be 內臟鍋	水炊き みずた mi.zu.ta.ki 水炊鍋(雞肉鍋)	石狩鍋 いしかりなべ i.shi.ka.ri.na.be 石狩鍋	ちゃんこ鍋 なべ cha.n.ko.na.be 相撲火鍋
すき焼き や su.ki.ya.ki 壽喜燒

いらっしゃい

おいしそう！

ラーメン食べる？

ラーメン

いらっしゃい

西式料理 🔊 039

日文	羅馬拼音	中文
オードブル	o.o.do.bu.ru	開胃菜
スープ	su.u.pu	湯
サラダ	sa.ra.da	沙拉
ハンバーグ	ha.n.ba.a.gu	漢堡排／煎肉排
ステーキ	su.te.e.ki	牛排
クリームシチュー	ku.ri.i.mu.shi.chu.u	奶油濃湯
グラタン	gu.ra.ta.n	焗烤飯
ドリア	do.ri.a	焗飯
スパゲッティ・パスタ	su.pa.ge.t.ti・pa.su.ta	義大利麵
ポトフ	po.to.fu	法式蔬菜燉肉鍋
カレーライス	ka.re.e.ra.i.su	咖哩飯
パン	pa.n	麵包
コロッケ	ko.ro.k.ke	可樂餅
サンドイッチ	sa.n.do.i.c.chi	三明治
ハンバーガー	ha.n.ba.a.ga.a	漢堡(速食店)
ピザ	pi.za	披薩
フライドチキン	fu.ra.i.do.chi.ki.n	炸雞
ホットドッグ	ho.t.to.do.g.gu	熱狗麵包
フライドポテト	fu.ra.i.do.po.te.to	薯條

中華料理

小籠包 (ショウロンポウ) sho.o.ro.n.bo.o — 小籠包	肉まん (にく) ni.ku.ma.n — 肉包	麻婆豆腐 (まーぼーどうふ) ma.a.bo.o.do.o.fu — 麻婆豆腐	餃子 (ぎょうざ) gyo.o.za — 餃子、煎餃
酢豚 (すぶた) su.bu.da — 糖醋豬肉	チャーハン cha.a.ha.n — 炒飯	シュウマイ shu.u.ma.i — 燒賣	北京ダック (ペキン) be.ki.n.da.k.ku — 北京烤鴨
春巻き (はるま) ha.ru.ma.ki — 春捲	ワンタン麺 (めん) wa.n.ta.n.me.n — 餛飩麵	坦々麺 (たんたんめん) ta.n.ta.n.me.n — 擔擔麵	五目ヤキソバ (ごもく) go.mo.ku.ya.ki.so.ba — 什錦炒麵
焼きビーフン (や) ya.ki.bi.i.fu.n — 炒米粉	玉子スープ (たまご) ta.ma.go.su.u.pu — 蛋花湯	牛肉麺 (ぎゅうにくめん) gyu.u.ni.ku.me.n — 牛肉麵	チンジャオロース chi.n.ja.o.ro.o.su — 青椒肉絲

各式蛋料理

卵 (たまご) ta.ma.go — 蛋	ゆで卵 (たまご) yu.de.ta.ma.go — 水煮蛋	目玉焼き (めだまや) me.da.ma.ya.ki — 荷包蛋
温泉卵 (おんせんたまご) o.n.se.n.ta.ma.go — 溫泉蛋	オムレツ o.mu.re.tsu — 歐姆蛋	オムライス o.mu.ra.i.su — 蛋包飯

たまごかけごはん ta.ma.go.ka.ke.go.ha.n 生蛋拌飯	玉子焼き ta.ma.go.ya.ki 煎蛋捲	玉子サンド ta.ma.go.sa.n.do 雞蛋三明治

御飯糰口味

おにぎり o.ni.gi.ri 御飯糰	納豆 na.t.to.o 納豆	梅干 u.me.bo.shi 梅子	昆布 ko.n.bu 昆布
サラダ巻 sa.ra.da.ma.ki 沙拉捲	わかめ wa.ka.me 海帶芽	たけのこ ta.ke.no.ko 竹筍	シーチキン shi.i.chi.ki.n 海底雞
鮭 sa.ke 鮭魚	海老マヨネーズ（エビマヨ） e.bi.ma.yo.ne.e.zu (e.bi.ma.yo) 美乃滋蝦子		明太子 me.n.ta.i.ko 明太子
ツナマヨネーズ（ツナマヨ） tsu.na.ma.yo.ne.e.zu (tsu.na.ma.yo) 鮪魚美乃滋		とり五目 to.ri.go.mo.ku 雞肉什錦拌飯	豚キムチ bu.ta.ki.mu.chi 泡菜豬肉
照り焼きチキン te.ri.ya.ki.chi.ki.n 照燒雞肉			

おにぎりが半分しかないよ！

麵包

菓子パン(か) ka.shi.pa.n 點心麵包	あんパン a.n.pa.n 紅豆麵包	ジャムパン ja.mu.pa.n 果醬麵包	チョコレートパン cho.ko.re.e.to.pa.n 巧克力麵包
メロンパン me.ro.n.pa.n 波羅麵包	クリームパン ku.ri.i.mu.pa.n 奶油麵包	レーズンパン re.e.zu.n.pa.n 葡萄乾麵包	コロネ ko.ro.ne 螺旋捲麵包
かにぱん ka.ni.pa.n 螃蟹麵包	コッペパン ko.p.pe.pa.n 餐包	バターロール ba.ta.a.ro.o.ru 奶油捲	食パン(しょく) sho.ku.pa.n 土司麵包
揚げパン(あ) a.ge.pa.n 炸麵包	クロワッサン ku.ro.wa.s.sa.n 可頌麵包	フォカッチャ fo.ka.c.cha 佛卡夏	乾パン(かん) ka.n.pa.n 口糧餅乾
デニッシュ de.ni.s.shu 丹麥麵包	ベーグル be.e.gu.ru 貝果	スコーン su.ko.o.n 司康	ピロシキ pi.ro.shi.ki 夾餡麵包
シナモンロール shi.na.mo.n.ro.o.ru 肉桂捲	マフィン ma.fi.n 瑪芬	蒸しパン(む) mu.shi.pa.n 蒸麵包	

日式甜點

ようかん 羊羹 yo.o.ka.n 羊羹	だいふく 大福 da.i.fu.ku 大福	だいふく イチゴ大福 i.chi.go.da.i.fu.ku 草莓大福	わらびもち wa.ra.bi.mo.chi 蕨餅
かしわもち 柏餅 ka.shi.wa.mo.chi 柏餅	おはぎ o.ha.gi 萩餅	ひなあられ hi.na.a.ra.re 雛霰（3月3女兒節供棒用的點心）	
も なか 最中 mo.na.ka 最中	にんぎょう や 人形焼き ni.n.gyo.o.ya.ki 人形燒	カステラ ka.su.te.ra 蜂蜜蛋糕	なまやつはし 生八橋 na.ma.ya.tsu.ha.shi 生八橋
いそ べ や 磯辺焼き i.so.be.ya.ki 海苔年糕	や どら焼き do.ra.ya.ki 銅鑼燒	いまがわ や 今川焼き i.ma.ga.wa.ya.ki 今川燒（類似紅豆餅）	
や たい焼き ta.i.ya.ki 鯛魚燒	だんご 団子 da.n.go 糰子	だんご みたらし団子 mi.ta.ra.shi.da.n.go 御手洗糰子（沾砂糖醬油）	
つき み だんご 月見団子 tsu.ki.mi.da.n.go 月見糰子＊			

生八つ橋は
京都の名物だよ。

＊ 農曆8月15及9月13賞月時吃的糰子。

西式甜點

ケーキ ke.e.ki 蛋糕	ショートケーキ sho.o.to.ke.e.ki 奶油蛋糕	タルト ta.ru.to 塔	ロールケーキ ro.o.ru.ke.e.ki 瑞士捲
バウムクーヘン ba.u.mu.ku.u.he.n 年輪蛋糕	シュークリーム shu.u.ku.ri.i.mu 泡芙	カヌレ ka.nu.re 可麗露	マカロン ma.ka.ro.n 馬卡龍
プリン pu.ri.n 布丁	キャンディー kya.n.di.i 糖果	チョコレート cho.ko.re.e.to 巧克力	クレープ ku.re.e.pu 可麗餅

零食・點心

駄菓子（だがし） da.ga.shi 零食	せんべい se.n.be.i 仙貝	柿の種（かきのたね） ka.ki.no.ta.ne 柿子種米菓	かりんとう ka.ri.n.to.o 花林糖
飴（あめ） a.me 糖果	ミルクキャラメル mi.ru.ku.kya.ra.me.ru 牛奶糖	金平糖（こんぺいとう） ko.n.pe.i.to.o 金平糖	わた菓子（がし） wa.ta.ga.shi 棉花糖
ドライフルーツ do.ra.i.fu.ru.u.tsu 水果乾	ボールガム bo.o.ru.ga.mu 口香糖球	ゼリー ze.ri.i 果凍	大学芋（だいがくいも） da.i.ga.ku.i.mo 蜜地瓜

冰品

アイスクリーム a.i.su.ku.ri.i.mu 冰淇淋	シャーベット sha.a.be.t.to 雪酪	アイスキャンディー a.i.su.kya.n.di.i 冰棒
フローズンヨーグルト fu.ro.o.zu.n.yo.o.gu.ru.to 優格冰淇淋	スクリームコーン su.ku.ri.i.mu.ko.o.n 甜筒	カキ氷(ごおり) ka.ki.go.o.ri 剉冰

飲料

飲(の)み物(もの)／ドリンク no.mi.mo.no/do.ri.n.ku 飲料	水(みず) mi.zu 開水	お湯(ゆ) o.yu 熱開水
牛乳(ぎゅうにゅう)／ミルク gyu.u.nyu.u/mi.ru.ku 牛奶	コーヒー ko.o.hi.i 咖啡	
アイスコーヒー a.i.su.ko.o.hi.i 冰咖啡	カフェモカ ka.fe.mo.ka 摩卡咖啡	カフェラテ ka.fe.ra.te 拿鐵
お茶(ちゃ) o.cha 茶	ウーロン茶(ちゃ) u.u.ro.n.cha 烏龍茶	紅茶(こうちゃ) ko.o.cha 紅茶

緑茶	ミルクティー	チャイ	ソーダ
りょくちゃ	mi.ru.ku.ti.i	cha.i	so.o.da
ryo.ku.cha	奶茶	香料茶	蘇打飲料
緑茶			

オレンジジュース
o.re.n.ji.ju.u.su
柳橙汁

ジュース
ju.u.su
果汁

ココア
ko.ko.a
可可亞

名古屋から天むすを買ってきた。緑茶もあるよ！

ありがとう！

おいしそう！

酒類

🔊 o40

1 はしごする
ha.shi.go.su.ru
續攤

2 乾杯！
ka.n.pa.i
乾杯！

お酒
o.sa.ke
酒

日本酒（熱かん／冷酒）
ni.ho.n.shu(a.tsu.ka.n／re.i.shu)
日本酒（熱酒／冷酒）

ビール
bi.i.ru
啤酒

生ビール（中／大ジョッキ）
na.ma.bi.i.ru(chu.u／da.i.jo.k.ki)
生啤酒（中杯／大杯）

PART4　旅遊日語開口說　115

焼酎（お湯割り／水割り）
sho.o.chu.u (o.yu.wa.ri／mi.zu.wa.ri)
燒酒（熱開水稀釋／冷開水稀釋）

ハイボール
hi.i.bo.o.ru
威士忌調酒

酎ハイ
chu.u.ha.i
燒酒調酒

ライムハイ
ra.i.mu.ha.i
萊姆調酒

ウーロンハイ
u.u.ro.n.ha.i
烏龍茶調酒

梅酒
u.me.shu
梅酒

カクテル
ka.ku.te.ru
雞尾酒

杏酒
a.n.zu.shu
杏桃酒

ウィスキー
u.i.su.ki.i
威士忌

ブランデー
bu.ra.n.de.e
白蘭地

サワー（お酒＋果物）
sa.wa.a (o.sa.ke ＋ ku.da.mo.no)
沙瓦（酒精類＋水果）

巨峰サワー
kyo.ho.o.sa.wa.a
葡萄沙瓦

カルピスサワー
ka.ru.pi.su.sa.wa.a
可爾必思沙瓦

地ビール
ji.bi.i.ru
當地啤酒廠所釀造的啤酒

ワイン（赤ワイン／白ワイン）
wa.i.n (a.ka.wa.i.n／shi.ro.wa.i.n)
葡萄酒（紅酒／白酒）

ワインを買って来たよ。

いらっしゃい。

蔬菜

日文	羅馬拼音	中文
野菜	ya.sa.i	蔬菜
ピーマン	pi.i.ma.n	青椒
人参	ni.n.ji.n	紅蘿蔔
玉葱	ta.ma.ne.gi	洋蔥
ジャガイモ／ポテト	ja.ga.i.mo／po.te.to	馬鈴薯
トマト	to.ma.to	蕃茄
とうもろこし／コーン	to.o.mo.ro.ko.shi／ko.o.n	玉米
セロリ	se.ro.ri	芹菜
豆	ma.me	豆子
キュウリ	kyu.u.ri	小黃瓜
キャベツ	kya.be.tsu	高麗菜
かぼちゃ	ka.bo.cha	南瓜
ほうれん草	ho.o.re.n.so.o	菠菜
レタス	re.ta.su	萵苣
マッシュルーム	ma.s.shu.ru.u.mu	蘑菇
マツタケ	ma.tsu.ta.ke	松茸
椎茸	shi.i.ta.ke	香菇
カリフラワー	ka.ri.fu.ra.wa.a	花椰菜

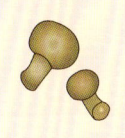

ブロッコリー bu.ro.k.ko.ri.i 綠花椰菜	アスパラガス a.su.pa.ra.ga.su 蘆筍	生姜(しょうが) sho.o.ga 薑
ニンニク ni.n.ni.ku 蒜頭	もやし mo.ya.shi 豆芽菜	オクラ o.ku.ra 秋葵	やまいも ya.ma.i.mo 山藥
レンコン re.n.ko.n 蓮藕	ごぼう go.bo.o 牛蒡	苦瓜(にがうり) ni.ga.u.ri 苦瓜	筍(たけのこ) ta.ke.no.ko 竹筍
茄子(なす) na.su 茄子

今日は野菜をいっぱい買いました。

水果

果物(くだもの) ku.da.mo.no 水果	みかん mi.ka.n 橘子	レモン re.mo.n 檸檬
オレンジ o.re.n.ji 柳橙	林檎(りんご) ri.n.go 蘋果	ぶどう bu.do.o 葡萄

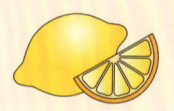

日文	羅馬拼音	中文
<ruby>苺<rt>いちご</rt></ruby>	i.chi.go	草莓
<ruby>桃<rt>もも</rt></ruby>／ピーチ	mo.mo／pi.i.chi	桃子
<ruby>柿<rt>かき</rt></ruby>	ka.ki	柿子
グレープフルーツ	gu.re.e.pu.fu.ru.u.tsu	葡萄柚
バナナ	ba.na.na	香蕉
メロン	me.ro.n	哈密瓜
パパイヤ	pa.pa.i.ya	木瓜
<ruby>西瓜<rt>すいか</rt></ruby>	su.i.ka	西瓜
マンゴー	ma.n.go.o	芒果
キウイ	ki.u.i	奇異果
<ruby>梅<rt>うめ</rt></ruby>	u.me	梅子
すもも	su.mo.mo	李子
<ruby>杏<rt>あんず</rt></ruby>	a.n.zu	杏桃
<ruby>梨<rt>なし</rt></ruby>	na.shi	梨子
さくらんぼ／チェリー	sa.ku.ra.n.bo／che.ri.i	櫻桃
アメリカンチェリー	a.me.ri.ka.n.che.ri.i	美國櫻桃
パイナップル	pa.i.na.p.pu.ru	鳳梨
<ruby>無花果<rt>いちじく</rt></ruby>	i.chi.ji.ku	無花果

ぼくは果物がきらい！

わたしは果物がだいすき！

PART4　旅遊日語開口說

肉類 🔊 o41

| 肉
ni.ku
肉 | 牛肉／ビーフ
gyu.u.ni.ku／bi.i.fu
牛肉 | ロース
ro.o.su
菲力 | カルビ
ka.ru.bi
牛五花 |

| ハラミ
ha.ra.mi
胸腹肉 | 牛タン
gyu.u.ta.n
牛舌 | 牛アキレス腱
gyu.u.a.ki.re.su.ke.n
牛腱 |

| 豚肉／ポーク
bu.ta.ni.ku／po.o.ku
豬肉 | 豚とろ
bu.ta.to.ro
松阪豬 | 豚ヒレ
bu.ta.hi.re
里肌 |

わたしはハムになりたくない！

| 豚もも
bu.ta.mo.mo
大腿肉 | ハム
ha.mu
火腿 | ベーコン
be.e.ko.n
培根 | 豚タン
bu.ta.ta.n
豬舌 | 豚バラ
bu.ta.ba.ra
豬五花 |

| 豚足
to.n.so.ku
豬腳 | 鶏肉／チキン
to.ri.ni.ku／chi.ki.n
雞肉 | ささみ
sa.sa.mi
雞胸肉 | 鶏モモ
to.ri.mo.mo
雞腿 |

| 手羽先
te.ba.sa.ki
雞翅 | ボンジリ
bo.n.ji.ri
雞屁股 | ラム
ra.mu
羔羊肉 | 鴨肉
ka.mo.ni.ku
鴨肉 | レバー
re.ba.a
肝 |

| ホルモン
ho.ru.mo.n
內臟 | 挽き肉
hi.ki.ni.ku
絞肉 | 合挽
a.i.bi.ki
豬、牛絞肉 |

海鮮

日文	羅馬拼音	中文
海鮮／魚介類（かいせん／ぎょかいるい）	ka.i.se.n／gyo.ka.i.ru.i	海鮮、海產
魚（さかな）	sa.ka.na	魚
鰯（いわし）	i.wa.shi	沙丁魚
鮭（さけ）	sa.ke	鮭魚
鯵（あじ）	a.ji	竹筴魚
鮪（大トロ／中トロ）（まぐろ・おお・ちゅう）	ma.gu.ro (o.o.to.ro／chu.u.to.ro)	鮪魚（大肚／中肚）
鰹（かつお）	ka.tsu.o	鰹魚
鱈（たら）	ta.ra	鱈魚
平目（ひらめ）	hi.ra.me	比目魚
鱒（ます）	ma.su	鱒魚
秋刀魚（さんま）	sa.n.ma	秋刀魚
鯛（たい）	ta.i	鯛魚
さば	sa.ba	鯖魚
鰻（うなぎ）	u.na.gi	鰻魚
ぶり	bu.ri	青魽魚
ししゃも	shi.sha.mo	柳葉魚
ふぐ	fu.gu	河豚
烏賊（いか）	i.ka	烏賊、墨魚
タコ	ta.ko	章魚
海老（えび）	e.bi	蝦子
ウニ	u.ni	海膽
蟹（かに）	ka.ni	螃蟹
伊勢海老（いせえび）	i.se.e.bi	龍蝦
牡蠣（かき）	ka.ki	牡蠣
浅蜊（あさり）	a.sa.ri	蛤蜊
蜆（しじみ）	shi.ji.mi	蜆
赤貝（あかがい）	a.ka.ga.i	赤貝
ほたて	ho.ta.te	干貝
帆立貝（ほたてがい）	ho.ta.te.ga.i	海扇貝
いくら	i.ku.ra	鮭魚卵
たらこ／明太子（めんたいこ）	ta.ra.ko／me.n.ta.i.ko	鱈魚卵／明太子

かずのこ ka.zu.no.ko 鯡魚卵	トビコ to.bi.ko 飛魚卵	ムール貝（がい） mu.u.ru.ga.i 淡菜	とりがい to.ri.ga.i 鳥尾蛤	海苔（のり） no.ri 海苔
ワカメ wa.ka.me 裙帶菜	昆布（こんぶ） ko.n.bu 海帶	海葡萄（うみぶどう） u.mi.bu.do.o 海葡萄		

海味

鰹節（かつおぶし） ka.tsu.o.bu.shi 柴魚片	桜えび（さくら） sa.ku.ra.e.bi 櫻花蝦	カラスミ ka.ra.su.mi 烏魚子	塩干魚（えんかんぎょ） e.n.ka.n.gyo 鹹魚乾	イカ干し（ほ） i.ka.bo.shi 魷魚乾

調味料

調味料（ちょうみりょう） cho.o.mi.ryo.o 調味料	塩（しお） shi.o 鹽	砂糖（さとう）／シュガー sa.to.o／shu.ga.a 砂糖
黒砂糖（くろざとう） ku.ro.za.to.o 黑砂糖	醤油（しょうゆ） sho.o.yu 醬油	ソース so.o.su 醬汁
味噌（みそ） mi.so 味噌	酢（す） su 醋	

みりん mi.ri.n 味醂	オイスターソース o.i.su.ta.a.so.o.su 蠔油	ラー油（ゆ） ra.a.yu 辣油	タレ ta.re 醬料
ドレッシング do.re.s.shi.n.gu 調味醬	山椒（さんしょう） sa.n.sho.o 山椒	胡椒（こしょう） ko.sho.o 胡椒	唐辛子（とうがらし） to.o.ga.ra.shi 辣椒
唐辛子（一味／七味）（とうがらし・いちみ・しちみ） to.o.ga.ra.shi (i.chi.mi/shi.chi.mi) 辣椒粉（一味／七味）	チリソース chi.ri.so.o.su 辣醬	タバスコ ta.ba.su.ko TABASCO 辣椒醬	
ケチャップ ke.cha.p.pu 蕃茄醬	めんつゆ me.n.tsu.yu 沾麵醬	からし（マスタード） ka.ra.shi(ma.su.ta.a.do) 芥末	
わさび wa.sa.bi 山葵	バター ba.ta.a 奶油	マーガリン ma.a.ga.ri.n 乳瑪琳	チーズ chi.i.zu 起士	スパイス su.pa.i.su 香料
香辛料（こうしんりょう） ko.o.shi.n.ryo.o 辛香料	ダシ da.shi 高湯	油（あぶら） a.bu.ra 油	マヨネーズ ma.yo.ne.e.zu 美乃滋	ジャム ja.mu 果醬
ピーナツバター pi.i.na.tsu.ba.ta.a 奶油花生醬	ウスターソース u.su.ta.a.so.o.su 烏斯特黑醋醬	タルタルソース ta.ru.ta.ru.so.o.su 塔塔醬	

烹調方法

| 焼く ya.ku 烤 | 煮る ni.ru 煮 | ゆでる yu.de.ru 川燙 | 揚げる a.ge.ru 炸 | 蒸す mu.su 蒸 |

| 炒める i.ta.me.ru 炒 | 炊く ta.ku 炊煮 | 刻む ki.za.mu 切碎 | かき混ぜる ka.ki.ma.ze.ru 攪拌 |

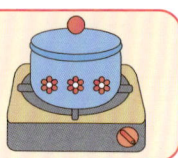

餐具・廚具

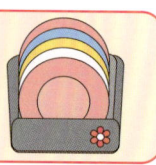

| 皿 sa.ra 盤子 | 小皿 ko.za.ra 小盤 | 大皿 o.o.za.ra 大盤 | 取皿 to.ri.za.ra 分食盤 |

| 小鉢 ko.ba.chi 小碟 | おわん o.wa.n 碗 | 茶わん cha.wa.n 飯碗 | どんぶり do.n.bu.ri 碗公 | お箸 o.ha.shi 筷子 |

| 箸置き ha.shi.o.ki 筷架 | れんげ re.n.ge 湯匙 | スプーン su.pu.u.n 湯匙 |

| ナイフ na.i.fu 刀 | フォーク fo.o.ku 叉 | 急須 kyu.u.su 小茶壺 | コップ ko.p.pu 杯子 | 湯呑 yu.no.mi 茶杯 |

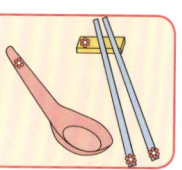

餐廳

日文	羅馬拼音	中文
ティーカップ	ti.i.ka.p.pu	茶杯
マグカップ	ma.gu.ka.p.pu	馬克杯
グラス	gu.ra.su	玻璃杯
ワイングラス	wa.i.n.gu.ra.su	紅酒杯
ジョッキ	jo.k.ki	啤酒杯
コースター	ko.o.su.ta.a	杯墊
楊枝(ようじ)	yo.o.ji	牙籤
おしぼり	o.shi.bo.ri	濕紙巾
しゃもじ	sha.mo.ji	飯杓
鍋(なべ)	na.be	鍋子
フライパン	fu.ra.i.pa.n	平底鍋
お玉(たま)	o.ta.ma	杓
フライ返し(がえ)	fu.ra.i.ga.e.shi	鍋鏟
包丁(ほうちょう)	ho.o.cho.o	菜刀
まな板(いた)	ma.na.i.ta	砧板
ピーラー	pi.i.ra.a	削皮刀
エッグスライサー	e.g.gu.su.ra.i.sa.a	切蛋器
おろし器(き)	o.ro.shi.ki	磨泥器
すりこぎ	su.ri.ko.gi	研磨棒
すり鉢(ばち)	su.ri.ba.chi	研磨缽
トレー	to.re.e	托盤
にんにく潰し(つぶ)	ni.n.ni.ku.tsu.bu.shi	蒜泥器
栓抜き(せんぬ)	se.n.nu.ki	開瓶器
缶切り(かんき)	ka.n.ki.ri	開罐器
泡立て器(あわだき)	a.wa.da.te.ki	打蛋器

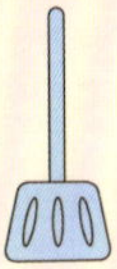

手伝いましょう！

ありがとう！

PART4　旅遊日語開口說　125

商店・逛街

尋找商店

1 いい店を知っていますか。
i.i.mi.se.o.shi.tte.i.ma.su.ka
你知道哪裡有不錯的店嗎？

2 この辺りで一番大きな書店はどこですか。
ko.no.a.ta.ri.de.i.chi.ba.n.o.o.ki.na.sho.te.n.wa.do.ko.de.su.ka
這附近最大的書店在哪裡？

3 あの店に日用品は売っていますか。
a.no.mi.se.ni.ni.chi.yo.o.hi.n.wa.u.tte.i.ma.su.ka
那家店有賣日用品嗎？

4 お休みはいつですか。
o.ya.su.mi.wa.i.tsu.de.su.ka
請問公休日是什麼時候？

顧客與店員的對話

會話 ❶

いらっしゃいませ。
i.ra.s.sha.i.ma.se
歡迎光臨。

何をお探しですか。
na.ni.o.o.sa.ga.shi.de.su.ka
請問要找什麼？

歯ブラシはありますか。
ha.bu.ra.shi.wa.a.ri.ma.su.ka
有牙刷嗎？

會話 ❷

正露丸をください。
se.i.ro.ga.n.o.ku.da.sa.i
請給我正露丸。

申し訳ありません、売り切れです。
mo.o.shi.wa.ke.a.ri.ma.se.n、u.ri.ki.re.de.su
非常抱歉，剛好賣完了。

會話 ❸

英語の分かる店員さんはいますか。
e.i.go.no.wa.ka.ru.te.n.i.n.sa.n.wa i.ma.su.ka

請問有會說英文的店員嗎？

少々お待ちください。
sho.o.sho.o.o.ma.chi.ku.da.sa.i

請稍等一下。

會話 ❹

ご予算は。
go.yo.sa.n.wa

請問你預算多少？

一万円以内です。
i.chi.ma.n.e.n.i.na.i.de.su

一萬元以內。

詢問店員

1 何に使うのですか。
na.ni.ni.tsu.ka.u.no.de.su.ka

這是做什麼用的？

2 使い方を教えてください。
tsu.ka.i.ka.ta.o.o.shi.e.te.ku.da.sa.i

請告訴我如何使用。

3 それは何で出来ているのですか。
so.re.wa.na.ni.de.de.ki.te.i.ru.no.de.su.ka

那是用什麼做的？

4 中国語の説明書がついていますか。
chu.u.go.ku.go.no.se.tsu.me.i.sho.ga tsu.i.te.i.ma.su.ka

有附中文說明書嗎？

5 なんの革ですか。
na.n.no.ka.wa.de.su.ka

是什麼皮革呢？

6 これは防水ですか。
ko.re.wa.bo.o.su.i.de.su.ka

這有防水嗎？

7 台湾で使えますか。
ta.i.wa.n.de.tsu.ka.e.ma.su.ka

在台灣可以用嗎？

PART4 旅遊日語開口說 127

8 これは婦人用ですか、紳士用ですか。
ko.re.wa.fu.ji.n.yo.o.de.su.ka、
shi.n.shi.yo.o.de.su.ka

這是女士用的,還是男士用的?

9 返品できますか。
he.n.pi.n.de.ki.ma.su.ka

可以退貨嗎?

要求店員

1 他のものも見せてください。
ho.ka.no.mo.no.mo.mi.se.te.ku.da.sa.i

請給我看看其他的。

2 もっと質のよいものはありませんか。
mo.t.to.shi.tsu.no.yo.i.mo.no.wa.a.ri.ma.se.n.ka

有沒有質料更好的?

3 ほかの色のはありませんか。
ho.ka.no.i.ro.no.wa.a.ri.ma.se.n.ka

有沒有其他顏色?

ほかの色のは
ありませんか?

關於尺寸

1 サイズをはかっていただけますか。
sa.i.zu.o.ha.ka.t.te.i.ta.da.ke.ma.su.ka

可以幫我量一下尺寸嗎?

2 このコートを試着してもいいですか。
ko.no.ko.o.to.o.shi.cha.ku.shi.te.mo.i.i.de.su.ka

我可以試穿一下這件外套嗎?

3 これは大きすぎます。/小さすぎます。
ko.re.wa.o.o.ki.su.gi.ma.su/chi.i.sa.su.gi.ma.su

這件太大了。/太小了。

4 このジャケットは私に合うサイズがありません。
ko.no.ja.ke.t.to.wa.wa.ta.shi.ni.a.u.sa.i.zu.ga
a.ri.ma.se.n

這件外套沒有適合我的尺寸。

5 もっと大きい/小さいのはありませんか。
mo.t.to.o.o.ki.i/chi.i.sa.i.no.wa.a.ri.ma.se.n.ka

有沒有大一點/小一點的呢?

6 ズボンの丈を直してもらえますか。
zu.bo.n.no.ta.ke.o.na.o.shi.te.mo.ra.e.ma.su.ka

可以幫我改褲子的長度嗎?

7 もう少し短くしてください。
mo.o.su.ko.shi.mi.ji.ka.ku.shi.te.ku.da.sa.i

請再幫我改短一點。

詢問價錢

043

1	これはいくらですか。 ko.re.wa.i.ku.ra.de.su.ka	這多少錢？
2	全部(ぜんぶ)でいくらですか。 ze.n.bu.de.i.ku.ra.de.su.ka	全部共多少錢？
3	この値段(ねだん)は税込(ぜいこ)みですか。 ko.no.ne.da.n.wa.ze.i.ko.mi.de.su.ka	這個價錢有含稅嗎？
4	一万円前後(いちまんえんぜんご)のバッグはありませんか。 i.chi.ma.n.e.n.ze.n.go.no.ba.g.gu.wa a.ri.ma.se.n.ka	請問有一萬元左右的包包嗎？
5	これは値引(ねび)きしてありますか。 ko.re.wa.ne.bi.ki.shi.te.a.ri.ma.su.ka	這個有打折嗎？
6	高(たか)すぎます。 ta.ka.su.gi.ma.su	太貴了。
7	値引(ねび)きしてもらえませんか。 ne.bi.ki.shi.te.mo.ra.e.ma.se.n.ka	可以幫我打個折嗎？
8	もっと安(やす)いものはありませんか。 mo.t.to.ya.su.i.mo.no.wa.a.ri.ma.se.n.ka	有沒有更便宜的呢？

下決定

1	これを下(くだ)さい。 ko.re.o.ku.da.sa.i	請給我這個。
2	これをとっておいてもらえますか。 ko.re.o.to.t.te.o.i.te.mo.ra.e.ma.su.ka	這件能幫我保留嗎？
3	あとで買(か)いに来(き)ます。 a.to.de.ka.i.ni.ki.ma.su	我等一下再來買。
4	欲(ほ)しいものが見(み)つかりません。 ho.shi.i.mo.no.ga.mi.tsu.ka.ri.ma.se.n	我找不到我要的。
5	少(すこ)し考(かんが)えてみます。 su.ko.shi.ka.n.ga.e.te.mi.ma.su	我考慮一下。
6	まだ決(き)めていません。 ma.da.ki.me.te.i.ma.se.n	我還沒有決定。
7	見(み)ているだけです。 mi.te.i.ru.da.ke.de.su	我只是看看。

會話

🐵 お決まりですか。
o.ki.ma.ri.de.su.ka
決定好了嗎？

🐵 まだ考え中です。
ma.da.ka.n.ga.e.chu.u.de.su.
我還在考慮。

結帳

1 クレジットカードは使えますか。
ku.re.ji.t.to.ka.a.do.wa.tsu.ka.e.ma.su.ka
可以用信用卡付帳嗎？

2 レシートをいただけますか。
re.shi.i.to.o.i.ta.da.ke.ma.su.ka
可以給我發票嗎？

3 領収書をいただけますか。
ryo.o.shu.u.sho.o.i.ta.da.ke.ma.su.ka
可以給我收據嗎？

會話

🐵 カードでお願いします。
ka.a.do.de.o.ne.ga.i.shi.ma.su
麻煩你，我要刷卡。

🐵 かしこまりました。
ka.shi.ko.ma.ri.ma.shi.ta
好的。

運送

1 これを自宅へ届けてください。
ko.re.o.ji.ta.ku.e.to.do.ke.te.ku.da.sa.i
請幫我把這個送到我家。

2 これを私の家まで送ってもらえますか。
ko.re.o.wa.ta.shi.no.i.e.ma.de
o.ku.t.te.mo.ra.e.ma.su.ka
可以幫我把這個送到我家嗎？

3 この住所に送ってください。
ko.no.ju.u.sho.ni.o.ku.t.te.ku.da.sa.i
請幫我送到這個地址。

4 送料はかかりますか。　　　　　　　需要付運費嗎？
　so.o.ryo.o.wa.ka.ka.ri.ma.su.ka

5 取り付けてもらえますか。／セットして　　能不能幫我安裝？
　もらえますか。
　to.ri.tsu.ke.te.mo.ra.e.ma.su.ka／se.t.to.shi.te
　mo.ra.e.ma.su.ka

6 いつごろ届きますか。　　　　　　　什麼時候可以送到？
　i.tsu.go.ro.to.do.ki.ma.su.ka

修理

1 故障しました。　　　　　　　　　　故障了。
　ko.sho.o.shi.ma.shi.ta

2 修理してください。／直してください。　請幫我修好。
　shu.u.ri.shi.te.ku.da.sa.i／na.o.shi.te
　ku.da.sa.i

3 いつできますか。　　　　　　　　　什麼時候會好？
　i.tsu.de.ki.ma.su.ka

4 明日までに直りますか。　　　　　　明天前會好嗎？
　a.shi.ta.ma.de.ni.na.o.ri.ma.su.ka

5 いくらかかりますか。　　　　　　　要多少錢呢？
　i.ku.ra.ka.ka.ri.ma.su.ka

會話

🐵 どうして壊れたのですか。　　　　　怎麼會壞掉呢？
　do.o.shi.te.ko.wa.re.ta.no.de.su.ka

🐵 落としてしまいました。　　　　　　不小心掉到地上了。
　o.to.shi.te.shi.ma.i.ma.shi.ta

落として
しまいました。

PART4　旅遊日語開口說　131

單字充電站 🔊 o44

各類商店

デパート de.pa.a.to 百貨公司	スーパーマーケット（スーパー） su.u.pa.a.ma.a.ke.t.to(su.u.pa.a) 超市	免税品店(めんぜいひんてん) me.n.ze.i.hi.n.te.n 免稅商店
コンビニエンスストア（コンビニ） ko.n.bi.ni.e.n.su.su.to.a(ko.n.bi.ni) 便利商店	量販店(りょうはんてん) ryo.o.ha.n.te.n 量販店	100円ショップ(ひゃくえん) hya.ku.e.n.sho.p.pu 百圓商店
アウトレットショップ a.u.to.re.t.to.sho.p.pu OUTLET 過季商品店	古着屋(ふるぎや) fu.ru.gi.ya 二手服飾店	靴屋(くつや) ku.tsu.ya 鞋店
コスメショップ ko.su.me.sho.p.pu 藥妝店	薬屋／薬局(くすりや／やっきょく) ku.su.ri.ya ／ ya.k.kyo.ku 藥局	
ドラッグストア do.ra.g.gu.su.to.a 藥妝店	本屋(ほんや) ho.n.ya 書店	CDショップ shi.i.di.i.sho.p.pu 唱片行	電気屋(でんきや) de.n.ki.ya 電器行
模型店(もけいてん) mo.ke.i.te.n 模型店	文房具屋(ぶんぼうぐや) bu.n.bo.o.gu.ya 文具店	おもちゃ屋(や) o.mo.cha.ya 玩具店

132 ❀ 商店・逛街

インテリアショップ i.n.te.ri.a.sho.p.pu 家飾用品店	雑貨屋(ざっかや) za.k.ka.ya 生活雜貨店	フォトショップ fo.to.sho.p.pu 照片沖洗店
床屋(とこや) to.ko.ya 理髮店	美容院(びよういん) bi.yo.o.i.n 美髮院	花屋(はなや) ha.na.ya 花店	駄菓子屋(だがしや) da.ga.shi.ya 懷舊菓子店
骨董品屋(こっとうひんや)／アンティークショップ ko.t.to.o.hi.n.ya／a.n.ti.i.ku.sho.p.pu 古董店	民芸品店(みんげいひんてん) mi.n.ge.i.hi.n.te.n 民俗藝品店	茶舗(ちゃほ) cha.ho 茶行
酒屋(さかや) sa.ka.ya 酒類專賣店	食器店(しょっきてん) sho.k.ki.te.n 餐具店	ペットショップ pe.t.to.sho.p.pu 寵物店
ファーストフード店(てん) fa.a.su.to.fu.u.do.te.n 速食店	八百屋(やおや) ya.o.ya 蔬菜店	
魚屋(さかなや) sa.ka.na.ya 魚舖	パン屋(や) pa.n.ya 麵包店	肉屋(にくや) ni.ku.ya 肉舖

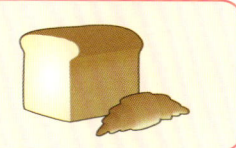

飾品

アクセサリー a.ku.se.sa.ri.i 飾品	指輪／リング ゆび わ yu.bi.wa／ri.n.gu 戒指	宝石／ジュエリー ほうせき ho.o.se.ki／ju.e.ri.i 寶石
真珠／パール しんじゅ shi.n.ju／pa.a.ru 珍珠	イヤリング i.ya.ri.n.gu 耳環	ピアス pi.a.su 穿孔耳環
		ブレスレット bu.re.su.re.t.to 手環
ネックレス ne.k.ku.re.su 項鍊	ブローチ bu.ro.o.chi 胸針	ペンダント pe.n.da.n.to 垂墜式項鍊
タイピン ta.i.pi.n 領帶夾	メガネ／グラス me.ga.ne／gu.ra.su 眼鏡	サングラス sa.n.gu.ra.su 太陽眼鏡
ハンドバッグ ha.n.do.ba.g.gu 手提包	カチューシャ ka.chu.u.sha 頭箍	シュシュ shu.shu 髮束
ヘアゴム he.a.go.mu 髮圈	ヘアバンド he.a.ba.n.do 髮帶	ヘアピン he.a.pi.n 髮夾
ヘアクリップ he.a.ku.ri.p.pu 鯊魚夾／鶴嘴夾	エクステ e.ku.su.te 接髮	

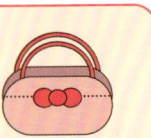

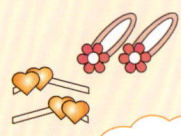

ネックレスを買いたいな…

紀念品・民藝品

かんざし ka.n.za.shi 髮簪	せん す 扇子 se.n.su 扇子	しっ き 漆器 shi.k.ki 漆器	かたな 刀 ka.ta.na 刀、劍
びょう ぶ 屏風 byo.o.bu 屏風	つぼ 壺 tsu.bo 壺、罈、罐	とう じ き 陶磁器 to.o.ji.ki 陶瓷器	たけせいひん 竹製品 ta.ke.se.i.hi.n 竹製品
たび 足袋 ta.bi 日式布襪	て ぬぐ 手拭い te.nu.gu.i 布手巾	お　　がみ 折り紙 o.ri.ga.mi 摺紙	
タオル ta.o.ru 毛巾	とう ち ご当地フォルムカード go.to.o.chi.fo.ru.mu.ka.a.do 當地特色明信片	の れん 暖簾 no.re.n 布簾
たこ 凧 ta.ko 風箏	こま 独楽 ko.ma 陀螺	たい こ 太鼓 ta.i.ko 鼓
にんぎょう 人形 ni.n.gyo.o 娃娃、人偶	オルゴール o.ru.go.o.ru 音樂盒	わ し 和紙 wa.shi 日本紙

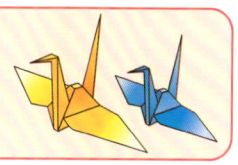

衣物 🔊 045

上着／トップス　うわぎ u.wa.gi／to.p.pu.su 上衣、上衣類	**Tシャツ** ti.i.sha.tsu T恤	**ロングTシャツ** ro.n.gu.ti.i.sha.tsu 長版T
カットソー ka.t.to.so.o 短袖T恤	**パーカ** pa.a.ka 連帽上衣	**ブラウス** bu.ra.u.su 罩衫、女用襯衫
シャツ sha.tsu 襯衫	**ポロシャツ** po.ro.sha.tsu Polo衫	**ワイシャツ** wa.i.sha.tsu 西裝白襯衫
スーツ／背広　せびろ su.u.tsu／se.bi.ro 西裝	**スポーツウエア** su.po.o.tsu.we.a 運動服	**セーター** se.e.ta.a 毛衣
カーディガン ka.a.di.ga.n 開襟毛衣	**ワンピース** wa.n.pi.i.su 連身裙	**ドレス** do.re.su 洋裝
コート ko.o.to 外套	**コットンジャケット** ko.t.to.n.ja.ke.t.to 棉質外套	**トレンチコート** to.re.n.chi.ko.o.to 風衣外套
ライダース ra.i.da.a.su 騎士外套	**ジャンパー** ja.n.pa.a 夾克	**ピーコート** pi.i.ko.o.to 雙排釦外套
		ポンチョ po.n.cho 斗篷

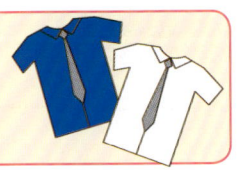

ボトムス bo.to.mu.su 下身類	ズボン／パンツ zu.bo.n／pa.n.tsu 褲子	ジーパン ji.i.pa.n 牛仔褲
デニムスカート de.ni.mu.su.ka.a.to 牛仔裙	ショートパンツ sho.o.to.pa.n.tsu 短褲	スカート su.ka.a.to 裙子
キャミソール kya.mi.so.o.ru 細肩帶	タンクトップ ta.n.ku.to.p.pu 坦克背心	ベスト be.su.to 背心
ブラトップキャミソール bu.ra.to.p.pu.kya.mi.so.o.ru 罩杯式小可愛	ブラトップシャツ bu.ra.to.p.pu.sha.tsu 罩杯式襯衫	下着（したぎ） shi.ta.gi 貼身衣物
パンティー pa.n.ti.i 內褲	ブラジャー bu.ra.ja.a 胸罩	機能性肌着（きのうせいはだぎ） ki.no.o.se.i.ha.da.gi 溫調內衣
発熱保温ウェア（はつねつほおん） ha.tsu.ne.tsu.ho.o.n.we.a 發熱衣	冷感ウェアー（れいかん） re.i.ka.n.we.a.a 涼感衣	着物（きもの） ki.mo.no 和服
浴衣（ゆかた） yu.ka.ta 浴衣	ボタン bo.ta.n 釦子	リボン ri.bo.n 蝴蝶結
安全ピン（あんぜん） a.n.ze.n.pi.n 安全別針	チャック／ジッパー cha.k.ku／ji.p.pa.a 拉鍊	

配件

スカーフ su.ka.a.fu 領巾	ネクタイ ne.ku.ta.i 領帶	マフラー ma.fu.ra.a 圍巾	スヌード su.nu.u.do 頸圍
ストール su.to.o.ru 披肩	パジャマ pa.ja.ma 睡衣	レギンス re.gi.n.su 內搭褲	メガネ me.ga.ne 眼鏡

手袋 (てぶくろ) te.bu.ku.ro 手套

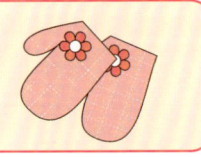

水着 (みずぎ) mi.zu.gi 泳裝

靴下/ソックス (くつした) ku.tsu.shi.ta / so.k.ku.su 襪子

ストッキング su.to.k.ki.n.gu 絲襪

タイツ ta.i.tsu 網襪

靴 (くつ) ku.tsu 鞋子

ブーツ bu.u.tsu 靴子

ハイヒール ha.i.hi.i.ru 高跟鞋

スニーカー su.ni.i.ka.a 休閒鞋

下駄 (げた) ge.ta 木屐

サンダル sa.n.da.ru 涼鞋

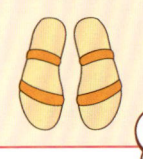

ミュール myu.u.ru 拖鞋式涼鞋

帽子 (ぼうし) bo.o.shi 帽子

> そのマフラーとても君に似合うよ！

> うれしい！ありがとう！

衣服花色

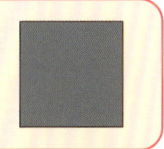

無地 (mu.ji) — 素面	柄／模様 (ga.ra／mo.yo.o) — 花紋
チェック (che.k.ku) — 格紋	タータンチェック (ta.a.ta.n.che.k.ku) — 方格紋
水玉模様 (mi.zu.ta.ma.mo.yo.o) — 圓點	縞模様／ボーダー (shi.ma.mo.yo.o／bo.o.da.a) — 條紋
プリント柄 (pu.ri.n.to.ga.ra) — 印花紋	花柄 (ha.na.ga.ra) — 碎花紋
動物柄 (do.o.bu.tsu.ga.ra) — 動物花紋	幾何学柄 (ki.ka.ga.ku.ga.ra) — 幾何學花紋
総柄 (so.o.ga.ra) — 滿版圖案	ピンストライプ (pi.n.su.to.ra.i.pu) — 細條紋
ノルディック柄 (no.ru.di.k.ku.ga.ra) — 北歐花紋	千鳥 (chi.do.ri) — 千鳥格紋樣

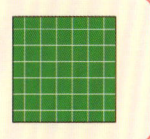

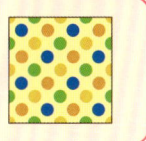

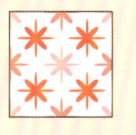

服飾類別

紳士用／紳士服 shi.n.shi.yo.o／shi.n.shi.fu.ku 男裝	婦人用／婦人服 fu.ji.n.yo.o／fu.ji.n.fu.ku 女裝
子供用／子供服 ko.do.mo.yo.o／ko.do.mo.fu.ku 童裝	ベビー服 be.bi.i.fu.ku 嬰兒服

古着 fu.ru.gi 二手服飾	重ね着 ka.sa.ne.gi 多層次穿搭	通勤服 tsu.u.ki.n.fu.ku 通勤裝	ギャル系 gya.ru.ke.i 辣妹風

山ガール系 ya.ma.ga.a.ru.ke.i 登山女孩風（山GIRL）	森ガール系 mo.ri.ga.a.ru.ke.i 森林女孩風（森GIRL）

ナチュラル系 na.chu.ra.ru.ke.i 自然風	ファッションスタイル fa.s.sho.n.su.ta.i.ru 流行風格	オジガール o.ji.ga.a.ru 老爺風女孩

ロリータ系 ro.ri.i.ta.ke.i 蘿莉塔風	アウトドア系 a.u.to.do.a.ke.i 戶外休閒風	アメカジ a.me.ka.ji 美式休閒風	カジュアル系 ka.ju.a.ru.ke.i 休閒風

ロック系 ro.k.ku.ke.i 搖滾風	モード mo.o.do 摩登風

古着が大好き！

布料・素材 🔊 046

| 棉 (めん) me.n 棉 | 絹／シルク (きぬ) ki.nu／shi.ru.ku 絲綢 | 麻 (あさ) a.sa 麻 | 羊毛／ウール (ようもう) yo.o.mo.o／u.u.ru 羊毛 |

| ポリエステル po.ri.e.su.te.ru 聚酯 | カシミヤ ka.shi.mi.ya 山羊絨／喀什米爾 | ファー fa.a 皮草 | レザー re.za.a 皮革 |

| メタリック me.ta.ri.k.ku 金屬感布料 | ラメ ra.me 金蔥 | レース re.e.su 蕾絲 | リネン ri.ne.n 亞麻 |

| リベット ri.be.t.to 鉚釘 |

> このワンピース全部シルクで作ったのよ！

衣袖・衣領

| 袖 (そで) so.de 袖子 | 半袖 (はんそで) ha.n.so.de 半袖 | 長袖 (ながそで) na.ga.so.de 長袖 | 七分袖 (しちぶそで) shi.chi.bu.so.de 七分袖 |

| 五分丈 (ごぶたけ) go.bu.ta.ke 五分長 | 衿 (えり) e.ri 領子 | 裾 (すそ) su.so 衣服下襬 |

> 袖が長すぎるよ！

電器製品

パソコン pa.so.ko.n 電腦	タブレットパソコン ta.bu.re.t.to.pa.so.ko.n 平板電腦
液晶モニター（えきしょう） e.ki.sho.o.mo.ni.ta.a 液晶螢幕	プリンター pu.ri.n.ta.a 印表機
テレビ te.re.bi 電視	ビデオデッキ bi.de.o.de.k.ki 錄影機
スピーカー su.pi.i.ka.a 音響	ラジカセ ra.ji.ka.se 手提音響
CDプレーヤー shi.i.di.i.pu.re.e.ya.a CD Player	レコード re.ko.o.do 唱片
炊飯器（すいはんき） su.i.ha.n.ki 電鍋	ノンフライヤー no.n.fu.ra.i.ya.a 氣炸機
ホームベーカリー ho.o.mu.be.e.ka.ri.i 製麵包機	トースター to.o.su.ta.a 烤麵包機
ポット po.t.to 熱水瓶	ミキサー mi.ki.sa.a 果汁機
電子レンジ（でんし） de.n.shi.re.n.ji 微波爐	オーブン o.o.bu.n 烤箱
冷蔵庫（れいぞうこ） re.i.zo.o.ko 冰箱	食器洗い機（しょっきあらき） sho.k.ki.a.ra.i.ki 洗碗機
乾燥機（かんそうき） ka.n.so.o.ki 烘衣機	

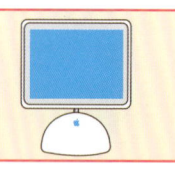

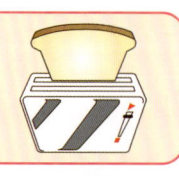

商店・逛街

洗濯機 せんたくき se.n.ta.ku.ki 洗衣機	アイロン a.i.ro.n 熨斗	掃除機 そうじき so.o.ji.ki 吸塵器	ミシン mi.shi.n 縫紉機
ドライヤー do.ra.i.ya.a 吹風機	クーラー ku.u.ra.a 冷氣	エアコン e.a.ko.n 空調	ヒーター hi.i.ta.a 暖氣裝置
こたつ ko.ta.tsu 暖桌	扇風機 せんぷうき se.n.pu.u.ki 電風扇	加湿器 かしつき ka.shi.tsu.ki 加濕器	
除湿乾燥機 じょしつかんそうき jo.shi.tsu.ka.n.so.o.ki 除濕機	ホットカーペット ho.t.to.ka.a.pe.t.to 電熱毯	電話機 でんわき de.n.wa.ki 電話	
携帯電話 けいたいでんわ ke.i.ta.i.de.n.wa 手機	ファックス fa.k.ku.su 傳真機	ICレコーダー a.i.shi.i.re.ko.o.da.a 錄音筆	イヤホン i.ya.ho.n 耳機
ヘッドホーン he.d.do.ho.o.n 耳罩式耳機	マイク ma.i.ku 麥克風	電卓 でんたく de.n.ta.ku 計算機	充電器 じゅうでんき ju.u.de.n.ki 充電器
	電池／乾電池 でんち／かんでんち de.n.chi／ka.n.de.n.chi 電池／乾電池	カーナビ ka.a.na.bi 汽車導航系統	

手機相關

日文	羅馬拼音	中文
スマートフォン	su.ma.a.to.fo.n	智慧型手機
タッチパネル	ta.c.chi.pa.ne.ru	觸碰式面板
ストラップ	su.to.ra.p.pu	手機吊飾
スマホケース	su.ma.ho.ke.e.su	手機殼
画面保護シート（がめんほご）	ga.me.n.ho.go.shi.i.to	螢幕保護貼
着信音（ちゃくしんおん）	cha.ku.shi.n.o.n	來電鈴聲
着信メロディー（着メロ）（ちゃくしん／ちゃく）	cha.ku.shi.n.me.ro.di.i (cha.ku.me.ro)	來電音樂
マナーモード	ma.na.a.mo.o.do	靜音
受話音量（じゅわおんりょう）	ju.wa.o.n.ryo.o	接聽音量
着信音量（ちゃくしんおんりょう）	cha.ku.shi.n.o.n.ryo.o	來電音量
機内モード（きない）	ki.na.i.mo.o.do	飛航模式
ダイヤルロック	da.i.ya.ru.ro.k.ku	按鍵鎖
ロック解除（かいじょ）	ro.k.ku.ka.i.jo	解鎖
暗証番号（あんしょうばんごう）	a.n.sho.o.ba.n.go.o	密碼
リダイヤル	ri.da.i.ya.ru	重撥
留守録（るすろく）	ru.su.ro.ku	語音信箱
待ち受け画面（まうがめん）	ma.chi.u.ke.ga.me.n	待機畫面
壁紙（かべがみ）	ka.be.ga.mi	桌面
圏外（けんがい）	ke.n.ga.i	沒訊號
Wi-Fi	wa.i.fa.i	無線網路
ワンセグ	wa.n.se.gu	行動電視
無料通話（むりょうつうわ）	mu.ryo.o.tsu.u.wa	免付費電話
緊急電話（きんきゅうでんわ）	ki.n.kyu.u.de.n.wa	緊急電話
アプリケーション（アプリ）	a.pu.ri.ke.e.sho.n (a.pu.ri)	應用程式

鐘錶

時計 to.ke.i 時鐘	腕時計 u.de.do.ke.i 手錶	掛け時計 ka.ke.do.ke.i 掛鐘
置時計 o.ki.do.ke.i 座鐘	目覚まし時計 me.za.ma.shi.do.ke.i 鬧鐘	アナログ a.na.ro.gu 指針式手錶
		デジタル de.ji.ta.ru 電子錶

相機相關

🔊 047

カメラ ka.me.ra 相機	デジタルカメラ(デジカメ) de.ji.ta.ru.ka.me.ra(de.ji.ka.me) 數位相機	トイカメラ to.i.ka.me.ra 玩具照相機
フイルム fi.ru.mu 底片	レンズ re.n.zu 鏡頭	フラッシュ fu.ra.s.shu 閃光燈
		ズーム zu.u.mu 焦距
手ブレ補正 te.bu.re.ho.se.i 防手震裝置	シャッター sha.t.ta.a 快門	現像 ge.n.zo.o 沖洗
焼き増し ya.ki.ma.shi 加洗	引き伸ばし hi.ki.no.ba.shi 放大的照片	SDメモリーカード e.su.di.i.me.mo.ri.i.ka.a.do SD記憶卡

デジカメを買ったよ！

PART4 旅遊日語開口說 145

メモリースティック	白黒フイルム	カラーフイルム
me.mo.ri.i.su.ti.k.ku	しろくろ shi.ro.ku.ro.fi.ru.mu	ka.ra.a.fi.ru.mu
記憶卡	黑白底片	彩色底片

三十六枚撮り	防湿庫	保証期間
さんじゅうろくまい ど sa.n.ju.u.ro.ku.ma.i.do.ri	ほうしつこ bo.o.shi.tsu.ko	ほしょうきかん ho.sho.o.ki.ka.n
36張裝底片	防潮箱	保固

化妝保養品

化粧品／コスメ		口紅
けしょうひん ke.sho.o.hi.n／ko.su.me		くちべに ku.chi.be.ni
化妝品／保養品		口紅

リップクリーム	グロス	パウダー
ri.p.pu.ku.ri.i.mu	gu.ro.su	pa.u.da.a
護唇膏	唇蜜	蜜粉

ファンデーション	アイブロウ	アイシャドウ
fa.n.de.e.sho.n	a.i.bu.ro.o	a.i.sha.do.o
粉底	眉毛（彩妝）	眼影

アイライナー	マスカラ	チークカラー
a.i.ra.i.na.a	ma.su.ka.ra	chi.i.ku.ka.ra.a
眼線	睫毛膏	腮紅

日文	羅馬拼音	中文
化粧水／ローション	ke.sho.o.su.i／ro.o.sho.n	化妝水
乳液	nyu.u.e.ki	乳液
クリーム	ku.ri.i.mu	乳霜
ハンドクリーム	ha.n.do.ku.ri.i.mu	護手霜
日焼け止め	hi.ya.ke.do.me	防曬乳
マニキュア	ma.ni.kyu.a	指甲油
ネイルリムーバー／除光液	ne.i.ru.ri.mu.u.ba.a／jo.ko.o.e.ki	去光水
コットン	ko.t.to.n	化妝棉
スポンジ	su.po.n.ji	化妝海綿
シェービングクリーム	she.e.bi.n.gu.ku.ri.i.mu	脫毛膏
かみそり	ka.mi.so.ri	剃刀
くし	ku.shi	梳子
香水	ko.o.su.i	香水
ウィッグ	wi.g.gu	假髮
つけ毛	tsu.ke.ge	假髮（小的）
シャンプー	sha.n.pu.u	洗髮精
リンス	ri.n.su	潤髮精
トリートメント	to.ri.i.to.me.n.to	護髮乳
メイク落とし／クレンジング	me.i.ku.o.to.shi／ku.re.n.ji.n.gu	卸妝乳
洗顔料	se.n.ga.n.ryo.o	洗臉用品
石鹸	se.k.ke.n	肥皂

文具用品 o48

| 文具
bu.n.gu
文具 | 鉛筆
e.n.pi.tsu
鉛筆 | 消しゴム
ke.shi.go.mu
橡皮擦 | ボールペン
bo.o.ru.pe.n
原子筆 |

シャープペンシル（シャーペン）
sha.a.pu.pe.n.shi.ru(sha.a.pe.n)
自動鉛筆

水性ペン
su.i.se.i.pe.n
水性筆

油性ペン
yu.se.i.pe.n
油性筆

万年筆
ma.n.ne.n.hi.tsu
鋼筆

ラインマーカー
ra.i.n.ma.a.ka.a
螢光筆

シャーペンの芯
sha.a.pe.n.no.shi.n
自動鉛筆筆芯

インク
i.n.ku
墨水

修正液
shu.u.se.i.e.ki
立可白

修正テープ
shu.u.se.i.te.e.pu
立可帶

はがき
ha.ga.ki
明信片

絵葉書
e.ha.ga.ki
美術明信片

マスキングテープ
ma.su.ki.n.gu.te.e.pu
紙膠帶

ポストイット
po.su.to.i.t.to
便利貼

ノート
no.o.to
筆記本

封筒
fu.u.to.o
信封

便箋
bi.n.se.n
信紙

レターセット
re.ta.a.se.t.to
信封信紙組

ファイル
fa.i.ru
資料夾

定規
jo.o.gi
尺

鉛筆削り
e.n.pi.tsu.ke.zu.ri
削鉛筆機

のり
no.ri
漿糊

定規を貸して？
はい。

148 商店・逛街

書報雜誌

本（ほん）	ho.n	書
雑誌（ざっし）	za.s.shi	雜誌
小説（しょうせつ）	sho.o.se.tsu	小說
洋書（ようしょ）	yo.o.sho	外文書
付録つき雑誌（ふろくつきざっし）	fu.ro.ku.tsu.ki.za.s.shi	附贈品雜誌
ムック	mu.k.ku	情報誌
地図／マップ（ちず）	chi.zu／ma.p.pu	地圖
新聞（しんぶん）	shi.n.bu.n	報紙
古本（ふるほん）	fu.ru.ho.n	二手書
コミック	ko.mi.k.ku	漫畫
電子書籍（でんししょせき）	de.n.shi.sho.se.ki	電子書
写真集（しゃしんしゅう）	sha.shi.n.shu.u	攝影集
楽譜（がくふ）	ga.ku.fu	樂譜
絵本（えほん）	e.ho.n	繪本
図鑑（ずかん）	zu.ka.n	圖鑑
辞書（じしょ）	ji.sho	字典
英和辞典（えいわじてん）	e.i.wa.ji.te.n	英和字典
和英辞典（わえいじてん）	wa.e.i.ji.te.n	和英字典
百科事典（ひゃっかじてん）	hya.k.ka.ji.te.n	百科字典
オーディオブック	o.o.di.o.bu.k.ku	有聲書
専門書（せんもんしょ）	se.n.mo.n.sho	專門書
洋雑誌（ようざっし）	yo.o.za.s.shi	外文雜誌
文庫（ぶんこ）	bu.n.ko	文庫版
ハードカバー	ha.a.do.ka.ba.a	精裝版
ポスター	po.su.ta.a	海報

私は本を読むことがすきです。

日常用品

歯ブラシ ha.bu.ra.shi 牙刷	歯磨き粉 ha.mi.ga.ki.ko 牙膏	電動歯ブラシ de.n.do.o.ha.bu.ra.shi 電動牙刷
デンタルフロス de.n.ta.ru.fu.ro.su 牙線	うがい薬 u.ga.i.gu.su.ri 漱口水	爪きり tsu.me.ki.ri 指甲剪 / タオル ta.o.ru 毛巾
バスタオル ba.su.ta.o.ru 浴巾	ハンカチ ha.n.ka.chi 手帕	ハンドタオル ha.n.do.ta.o.ru 擦手巾
フェイスタオル fe.i.su.ta.o.ru 毛巾	トイレットペーパー to.i.re.tto.pe.e.pa.a 衛生紙	ティッシュペーパー ti.s.shu.pe.e.pa.a 面紙
ウエットティッシュ u.e.tto.ti.s.shu 濕紙巾	生理用品 se.i.ri.yo.o.hi.n 生理用品	絆創膏 ba.n.so.o.ko.o OK繃 / 体温計 ta.i.o.n.ke.i 體溫計
傘 ka.sa 傘	漂白剤 hyo.o.ha.ku.za.i 漂白水	洗濯バサミ se.n.ta.ku.ba.sa.mi 曬衣夾 / 洗剤 se.n.za.i 洗衣精 / 柔軟剤 ju.u.na.n.za.i 柔軟精

傢俱・家飾

| 家具(かぐ) ka.gu 家具 | 手(て)づくり家具(かぐ) te.zu.ku.ri.ka.gu 手工家具 | テーブル te.e.bu.ru 餐桌 | 机(つくえ) tsu.ku.e 桌子 |

コタツ ko.ta.tsu 暖桌

椅子(いす) i.su 椅子

ソファー so.fa.a 沙發

ソファーベッド so.fa.a.be.t.do 沙發床

座布団(ざぶとん) za.bu.to.n 坐墊

カーテン ka.a.te.n 窗簾

靴箱(くつばこ) ku.tsu.ba.ko 鞋櫃

食器棚(しょっきだな) sho.k.ki.da.na 食器櫃

箪笥(たんす) ta.n.su 抽屜櫃

本棚(ほんだな) ho.n.da.na 書櫃

クローゼット ku.ro.o.ze.t.to 壁櫥

衣装(いしょう)ケース i.sho.o.ke.e.su 衣櫃

鏡台(きょうだい) kyo.o.da.i 梳妝台

ドレッサー do.re.t.sa.a 梳妝台

ベッド be.d.do 床

二段(にだん)ベッド ni.da.n.be.d.do 雙層床

布団(ふとん) fu.to.n 棉被

枕(まくら) ma.ku.ra 枕頭

クッション ku.s.sho.n 抱枕

パソコンデスク pa.so.ko.n.de.su.ku 電腦桌

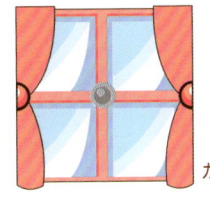

カーテン

寵物店 puppy

日本語	ローマ字	中文
猫（ねこ）	ne.ko	貓
犬（いぬ）	i.nu	狗
鳥（とり）	to.ri	鳥
魚（さかな）	sa.ka.na	魚
ウサギ	u.sa.gi	兔子
りす	ri.su	松鼠
亀（かめ）	ka.me	烏龜
ハムスター	ha.mu.su.ta.a	倉鼠
ミニブタ	mi.ni.bu.ta	迷你豬
フェレット	fe.re.t.to	雪貂
金魚（きんぎょ）	ki.n.gyo	金魚
熱帯魚（ねったいぎょ）	ne.t.ta.i.gyo	熱帶魚
えさ	e.sa	飼料
猫缶／犬缶（ねこかん／いぬかん）	ne.ko.ka.n／i.nu.ka.n	貓罐頭／狗罐頭
ケージ	ke.e.ji	籠子
爪とぎ（つめとぎ）	tsu.me.to.gi	貓抓板
猫じゃらし（ねこじゃらし）	ne.ko.ja.ra.shi	逗貓棒
リード	ri.i.do	散步繩

花店

梅（うめ）	u.me	梅花
ラン	ra.n	蘭花
菊（きく）	ki.ku	菊花
桜（さくら）	sa.ku.ra	櫻花
朝顔（あさがお）	a.sa.ga.o	牽牛花
ヒマワリ	hi.ma.wa.ri	向日葵
カーネーション	ka.a.ne.e.sho.n	康乃馨
チューリップ	chu.u.ri.p.pu	鬱金香

日文	羅馬拼音	中文
水仙（すいせん）	su.i.se.n	水仙花
たんぽぽ	ta.n.po.po	蒲公英
ツツジ	tsu.tsu.ji	杜鵑花
パンジー	pa.n.ji.i	三色堇
ヒナゲシ	hi.na.ge.shi	麗春花
あじさい	a.ji.sa.i	繡球花
牡丹（ぼたん）	bo.ta.n	牡丹
椿（つばき）	tsu.ba.ki	山茶花
ガーベラ	ga.a.be.ra	非洲菊
ユリ	yu.ri	百合
ラベンダー	ra.be.n.da.a	薰衣草
ミズバショウ	mi.zu.ba.sho.o	睡蓮
キキョウ	ki.kyo.o	桔梗
ライラック	ra.i.ra.k.ku	紫丁香花
キンモクセイ	ki.n.mo.ku.se.i	金木犀
こぶし	ko.bu.shi	木蘭花
しゃくやく	sha.ku.ya.ku	芍藥
アブラナ	a.bu.ra.na	油菜花
シロツメクサ	shi.ro.tsu.me.ku.sa	酢漿草
サボテン	sa.bo.te.n	仙人掌
薬草（やくそう）	ya.ku.so.o	藥草
ハーブ	ha.a.bu	香草
多肉植物（たにくしょくぶつ）	ta.ni.ku.sho.ku.bu.tsu	多肉植物
観葉植物（かんようしょくぶつ）	ka.n.yo.o.sho.ku.bu.tsu	觀賞植物
鉢物（はちもの）（花鉢（はなばち）／観葉（かんよう））	ha.chi.mo.no (ha.na.ba.chi/ka.n.yo.o)	盆栽（花盆／觀賞植物）
花束（はなたば）	ha.na.ta.ba	花束

交通

ここはなに口ですか？

◆ 車站

在車站內

1 <ruby>南<rt>みなみ</rt></ruby><ruby>口<rt>ぐち</rt></ruby>はどうやって<ruby>行<rt>い</rt></ruby>きますか。
mi.na.mi.gu.chi.wa.do.o.ya.t.te.i.ki.ma.su.ka
南出口要怎麼去呢？

2 <ruby>時刻表<rt>じこくひょう</rt></ruby>はどこにありますか。
ji.ko.ku.hyo.o.wa.do.ko.ni.a.ri.ma.su.ka
哪裡有時刻表？

3 ここはなに<ruby>口<rt>ぐち</rt></ruby>ですか。
ko.ko.wa.na.ni.gu.chi.de.su.ka
這裡是什麼出口？

詢問如何買票

1 <ruby>切符売<rt>きっぷう</rt></ruby>り<ruby>場<rt>ば</rt></ruby>はどこですか。
ki.p.pu.u.ri.ba.wa.do.ko.de.su.ka
請問售票處在哪裡？

2 <ruby>定期券<rt>ていきけん</rt></ruby>はどこで<ruby>買<rt>か</rt></ruby>えますか。
te.i.ki.ke.n.wa.do.ko.de.ka.e.ma.su.ka
哪裡可以買到定期車票？

3 この<ruby>販売機<rt>はんばいき</rt></ruby>の<ruby>使<rt>つか</rt></ruby>い<ruby>方<rt>かた</rt></ruby>を<ruby>教<rt>おし</rt></ruby>えていただけませんか。
ko.no.ha.n.ba.i.ki.no.tsu.ka.i.ka.ta.o o.shi.e.te.i.ta.da.ke.ma.se.n.ka
能教我如何使用這台售票機嗎？

4 <ruby>京都<rt>きょうと</rt></ruby>までいくらかかりますか。
kyo.o.to.ma.de.i.ku.ra.ka.ka.ri.ma.su.ka
到京都要多少錢？

5 <ruby>片道料金<rt>かたみちりょうきん</rt></ruby>(<ruby>往復料金<rt>おうふくりょうきん</rt></ruby>)はいくらですか。
ka.ta.mi.chi.ryo.o.ki.n(o.o.fu.ku.ryo.o.ki.n)wa i.ku.ra.de.su.ka
單程票價（來回票價）多少錢？

6 <ruby>急行料金<rt>きゅうこうりょうきん</rt></ruby>はいくらですか。
kyu.u.ko.o.ryo.o.ki.n.wa.i.ku.ra.de.su.ka
快車票要多少錢？

買票

會話

岡山までの切符を下さい。
o.ka.ya.ma.ma.de.no.ki.p.pu.o.ku.da.sa.i
我要買到岡山的車票。

何時発の列車ですか。
na.n.ji.ha.tsu.no.re.s.sha.de.su.ka
請問您要坐幾點的？

今日の１８時５分です。
kyo.o.no.ju.u.ha.chi.ji.go.fu.n.de.su
今天下午六點五分。

片道ですか。
ka.ta.mi.chi.de.su.ka
單程嗎？

往復です。
o.o.fu.ku.de.su
來回的。

お一人様ですか。
o.hi.to.ri.sa.ma.de.su.ka
一位嗎？

二人です。
fu.ta.ri.de.su
兩位。

自由席ですか、指定席ですか。
ji.yu.u.se.ki.de.su.ka、shi.te.i.se.ki.de.su.ka.
請問要自由入座還是對號入座？

自由席でお願いします。
ji.yu.u.se.ki.de.o.ne.ga.i.shi.ma.su
自由入座就可以了。

一万二千円になります。
i.chi.ma.n.ni.se.n.e.n.ni.na.ri.ma.su
這樣是一萬兩千元。

ありがとうございます。
a.ri.ga.to.o.go.za.i.ma.su
謝謝。

＊日本的指定席票價較高，但確定有位子座。自由席雖然票價低，卻不一定有位子坐。

二人です。

お一人ですか？

切符売り場

PART4　旅遊日語開口說

詢問目的地

1 倉敷へは次の駅でおりるのですか。
ku.ra.shi.ki.e.wa.tsu.gi.no.e.ki.de
o.ri.ru.no.de.su.ka

倉敷在下一站下車嗎？

2 どこの駅でおりるのですか。
do.ko.no.e.ki.de.o.ri.ru.no.de.su.ka

要在哪一站下車呢？

會話 ①

🐵 この地下鉄は皇居前に停まりますか。
ko.no.chi.ka.te.tsu.wa.ko.o.kyo.ma.e.ni
to.ma.ri.ma.su.ka

這班地下鐵有停皇居前嗎？

🐵 はい、停まります。
ha.i、to.ma.ri.ma.su

是的，有停。

會話 ②

🐵 秋葉原に行きますか。
a.ki.ha.ba.ra.ni.i.ki.ma.su.ka

有到秋葉原嗎？

🐵 はい、行きますよ。
ha.i、i.ki.ma.su.yo

有的。

會話 ③

🐵 いくつ目の駅ですか。
i.ku.tsu.me.no.e.ki.de.su.ka

第幾個車站呢？

🐵 3つ目の駅です。
mi.t.tsu.me.no.e.ki.de.su

第3個車站。

會話 ❹

大阪城へ行くにはどの交通機関が一番いいですか。
o.o.sa.ka.jo.o.e.i.ku.ni.wa.do.no ko.o.tsu.u.ki.ka.n.ga.i.chi.ba.n.i.i.de.su.ka

到大阪城搭什麼交通工具最方便？

電車が一番速いですよ。
de.n.sha.ga.i.chi.ba.n.ha.ya.i.de.su.yo

搭電車最快喔！

會話 ❺

バスとタクシーではどちらがいいですか。
ba.su.to.ta.ku.shi.i.de.wa.do.chi.ra.ga i.i.de.su.ka

巴士和計程車，搭哪一種好呢？

バスは時間がかかるので、タクシーがいいですよ。
ba.su.wa.ji.ka.n.ga.ka.ka.ru.no.de、ta.ku.shi.i.ga.i.i.de.su.yo

坐巴士很花時間，還是計程車好喔！

詢問如何換車

1 甲子園へ行くにはどこで乗り換えればいいですか。
ko.o.shi.e.n.e.i.ku.ni.wa.do.ko.de no.ri.ka.e.re.ba.i.i.de.su.ka

到甲子園要在哪邊換車？

會話

どこで乗り換えるのか教えていただけませんか。
do.ko.de.no.ri.ka.e.ru.no.ka o.shi.e.te.i.ta.da.ke.ma.se.n.ka

能告訴我要在哪邊換車嗎？

次の次です。
tsu.gi.no.tsu.gi.de.su

在下下站換。

搭車前 🔊 051

1 神戸へは何番線に乗ればいいですか。
ko.o.be.e.wa.na.n.ba.n.se.n.ni.no.re.ba
i.i.de.su.ka
到神戶要坐幾號線？

2 横浜行きは何番線から出ますか。
yo.ko.ha.ma.yu.ki.wa.na.n.ba.n.se.n.ka.ra
de.ma.su.ka
往橫濱的車從幾號線開呢？

3 これは名古屋行きですか。
ko.re.wa.na.go.ya.yu.ki.de.su.ka
這是開往名古屋的嗎？

4 札幌行きのプラットホームはここですか。
sa.p.po.ro.yu.ki.no.pu.ra.t.to.ho.o.mu.wa
ko.ko.de.su.ka
往札幌的月台是在這裡嗎？

5 何時に金沢到着ですか。／着きますか。
na.n.ji.ni.ka.na.za.wa.to.o.cha.ku.de.su.ka
／tsu.ki.ma.su.ka
幾點會到金澤？

6 次の富士山行きは何時に出ますか。
tsu.gi.no.fu.ji.sa.n.yu.ki.wa.na.n.ji.ni.de.ma.su.ka
下一班往富士山的車幾點開？

7 静岡行きの新幹線は何時発ですか。
shi.zu.o.ka.yu.ki.no.shi.n.ka.n.se.n.wa
na.n.ji.ha.tsu.de.su.ka
往靜岡的新幹線幾點開？

8 終電は何時に出ますか。
shu.u.de.n.wa.na.n.ji.ni.de.ma.su.ka
最後一班電車幾點開？

9 地下鉄路線図をいただけませんか。
chi.ka.te.tsu.ro.se.n.zu.o.i.ta.da.ke.ma.se.n.ka
可以給我一份地下鐵路線圖嗎？

在列車上

1 この席は空いてますか。
ko.no.se.ki.wa.a.i.te.ma.su.ka
這位子有人坐嗎？

2 タバコを吸っても構いませんか。
ta.ba.ko.o.su.t.te.mo.ka.ma.i.ma.se.n.ka
我可以抽菸嗎？

3 化粧室はどこですか。
ke.sho.o.shi.tsu.wa.do.ko.de.su.ka
化妝室在哪裡？

4 空席があれば禁煙席に移りたいのですが。 　　如果有空位的話，我想
ku.u.se.ki.ga.a.re.ba.ki.n.e.n.se.ki.ni 　　換到禁菸區去。
u.tsu.ri.ta.i.no.de.su.ga

有狀況時

1 電車に乗り遅れました。　　　　　　　　我錯過電車了。
de.n.sha.ni.no.ri.o.ku.re.ma.shi.ta

2 間違って切符を買ってしまいました。　　我買錯車票了。
ma.chi.ga.t.te.ki.p.pu.o.ka.t.te.shi.ma.i.ma.shi.ta

3 どこでこの切符を払い戻すことができますか。　我可以在哪裡退票呢？
do.ko.de.ko.no.ki.p.pu.o
ha.ra.i.mo.do.su.ko.to.ga.de.ki.ma.su.ka

4 切符をなくしました。　　　　　　　　　我把車票弄丟了。
ki.p.pu.o.na.ku.shi.ma.shi.ta

◆ 公車

搭車前

切符を
なくしました。

🔊 o52

1 道後温泉行きはどのバスですか。　　　　往道後溫泉要搭哪一輛
do.o.go.o.on.se.n.yu.ki.wa.do.no.ba.su.de.su.ka　　公車？

2 天橋立行きのバス停はどこですか。　　　往天橋立的公車站在哪
a.ma.no.ha.shi.da.te.yu.ki.no.ba.su.te.i.wa　　裡？
do.ko.de.su.ka

3 このバスは富良野へ行きますか。　　　　這輛公車有到富良野嗎？
ko.no.ba.su.wa.fu.ra.no.e.i.ki.ma.su.ka

4 首里城へ行くバスは何番ですか。　　　　往首里城去的公車是幾
shu.ri.jo.o.e.i.ku.ba.su.wa.na.n.ba.n.de.su.ka　　號？

5 このバスは金閣寺前に停まりますか。　　這班車有停金閣寺前嗎？
ko.no.ba.su.wa.ki.n.ka.ku.ji.ma.e.ni
to.ma.ri.ma.su.ka

PART4 旅遊日語開口說 159

詢問時間或距離

1 湯布院行きのバスは何時に来ますか。
   yu.fu.i.n.yu.ki.no.ba.su.wa.na.n.ji.ni.ki.ma.su.ka

   往湯布院的公車幾點會到？

2 天満宮までどのくらい時間がかかりますか。
   te.n.ma.n.gu.u.ma.de.do.no.ku.ra.i.ji.ka.n.ga.ka.ka.ri.ma.su.ka

   到天滿宮需要花多久時間？

3 最終バスは何時ですか。
   sa.i.shu.u.ba.su.wa.na.n.ji.de.su.ka

   最後一班公車是幾點？

詢問票價

1 金閣寺までいくらですか。
   ki.n.ka.ku.ji.ma.de.i.ku.ra.de.su.ka

   到金閣寺要多少錢？

2 前払いですか、後払いですか。
   ma.e.ba.ra.i.de.su.ka、a.to.ba.ra.i.de.su.ka

   上車付錢還是下車付錢？

3 バスカード（回数券）を下さい。
   ba.su.ka.a.do(ka.i.su.u.ke.n)o.ku.da.sa.i

   我要一張公車卡（回數券）。

4 両替できますか。
   ryo.o.ga.e.de.ki.ma.su.ka

   可以換零錢嗎？

下車時

1 おります。
   o.ri.ma.su

   我要下車。

2 次のバス停でおります。
   tsu.gi.no.ba.su.te.i.de.o.ri.ma.su

   我要在下一站下。

11時30分です。

最終バスは何時ですか？

BUS STOP

◆ 計程車

搭車前

會話 ①

タクシー乗り場はどこですか。
ta.ku.shi.i.no.ri.ba.wa.do.ko.de.su.ka

請問計程車搭乘處在哪？

正面玄関をでたところです。
sho.o.me.n.ge.n.ka.n.o.de.ta.to.ko.ro.de.su

走出正門就是了。

會話 ②

タクシーを呼んでいただきたいのですが。
ta.ku.shi.i.o.yo.n.de.
i.ta.da.ki.ta.i.no.de.su.ga

我想請你幫我叫計程車。

はい、すぐにお呼びいたします。
ha.i、su.gu.ni.o.yo.bi.i.ta.shi.ma.su

好的，立刻為您派車。

向司機詢問價錢

會話 ①

浅草までいくらですか。
a.sa.ku.sa.ma.de.i.ku.ra.de.su.ka

到淺草要多少錢？

だいたい千五百円ぐらいです。
da.i.ta.i.se.n.go.hya.ku.e.n.gu.ra.i.de.su

大約1500元左右。

會話 ②

二千円以内で東京ディズニーランドへ行けますか。
ni.se.n.e.n.i.na.i.de
to.o.kyo.o.o.di.zu.ni.i.ra.n.do.e.i.ke.ma.su.ka

2000元以內到得了東京迪士尼樂園嗎？

三千円はかかりますよ。
sa.n.ze.n.e.n.wa.ka.ka.ri.ma.su.yo

可能要3000元喔！

搭車

1 この住所までお願いします。　　麻煩載我到這個地址。
　ko.no.ju.u.sho.ma.de.o.ne.ga.i.shi.ma.su

會話

乗ってもいいですか。　　我可以搭乘嗎？
no.t.te.mo.i.i.de.su.ka

どうぞ。どちらまで。　　請上車，要到哪裡呢？
do.o.zo.do.chi.ra.ma.de

原宿までお願いします。急いでください。　　麻煩載我到原宿。請你快一點。
ha.ra.ju.ku.ma.de.o.ne.ga.i.shi.ma.su
i.so.i.de.ku.da.sa.i

指示司機

1 まっすぐ行ってください。　　請直走。
　ma.s.su.gu.i.t.te.ku.da.sa.i

2 次の角を右（左）に曲がってください。　　請在下一個轉角右轉（左轉）。
　tsu.gi.no.ka.do.o.mi.gi(hi.da.ri)ni
　ma.ga.t.te.ku.da.sa.i

3 上野公園のところでおろしてください。　　請在上野公園讓我下車。
　u.e.no.ko.o.e.n.no.to.ko.ro.de
　o.ro.shi.te.ku.da.sa.i

4 ここでとまってください。　　請在這裡停車。
　ko.ko.de.to.ma.t.te.ku.da.sa.i

5 トランクを開けてください。　　請幫我打開行李箱。
　to.ra.n.ku.o.a.ke.te.ku.da.sa.i

162　交通

◆ 飛機

服務台詢問

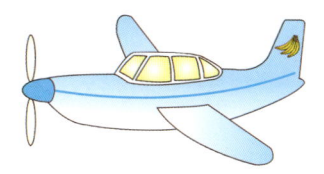

會話

> アジア航空はどのカウンターですか。
> a.ji.a.ko.o.ku.u.wa.do.no.ka.u.n.ta.a.de.su.ka
>
> 一番右端のカウンターになります。
> i.chi.ba.n.mi.gi.ha.shi.no.ka.u.n.ta.a.ni na.ri.ma.su

亞細亞航空在哪一個櫃檯呢？

在最右邊的櫃檯。

預約

會話 ①

> 予約を確認したいのですが。
> yo.ya.ku.o.ka.ku.ni.n.shi.ta.i.no.de.su.ga
>
> チケットとパスポートを見せてください。
> chi.ke.t.to.to.pa.su.po.o.to.o mi.se.te.ku.da.sa.i

我想確認預約機位。

麻煩給我看一下機票和護照。

會話 ②

> 予約の変更をしたいのですが。
> yo.ya.ku.no.he.n.ko.o.o.shi.ta.i.no.de.su.ga
>
> どちらの便に変更しますか。
> do.chi.ra.no.bi.n.ni.he.n.ko.o.shi.ma.su.ka
>
> 十二時発の便です。
> ju.u.ni.ji.ha.tsu.no.bi.n.de.su

我想變更預約。

請問要更改成哪個班機呢？

12點起飛的班機。

劃位

會話

チケットとパスポートを出してください。
chi.ke.t.to.to.pa.su.po.o.to.o
da.shi.te.ku.da.sa.i
麻煩出示您的機票和護照。

お預けのお荷物はおひとつですね。
o.a.zu.ke.no.o.ni.mo.tsu.wa
o.hi.to.tsu.de.su.ne
您托運的行李只有一個對吧？

はい。
ha.i
是的。

お席は通路側と窓側のどちらにしますか。
o.se.ki.wa.tsu.u.ro.ga.wa.to.ma.do.ga.wa.no
do.chi.ra.ni.shi.ma.su.ka
請問您的位置要靠走道還是窗戶呢？

窓側でお願いします。
ma.do.ga.wa.de.o.ne.ga.i.shi.ma.su
麻煩你我要靠窗戶的。

こちらが搭乗券になります。
ko.chi.ra.ga.to.o.jo.o.ke.n.ni.na.ri.ma.su
這是您的登機證。

在飛機上

會話 ①

なにか読み物をいただけますか。
na.ni.ka.yo.mi.mo.no.o.i.ta.da.ke.ma.su.ka
可以拿什麼讀物給我看嗎？

新聞でよろしいですか。
shi.n.bu.n.de.yo.ro.shi.i.de.su.ka
報紙好嗎？

はい、中国語のをお願いします。
ha.i、chu.u.go.ku.go.no.o
o.ne.ga.i.shi.ma.su
好的，麻煩給我中文的。

會話 ❷

ちょっと寒(さむ)いのですが。
cho.t.to.sa.mu.i.no.de.su.ga

不好意思，我有點冷。

毛布(もうふ)をお持(も)ちします。
mo.o.fu.o.o.mo.chi.shi.ma.su

我去拿毛毯給您。

會話 ❸

なにか温(あたた)かい飲(の)み物(もの)をください。
na.ni.ka.a.ta.ta.ka.i.no.mi.mo.no.o.ku.da.sa.i

請給我一杯溫的飲料。

紅茶(こうちゃ)、コーヒー、スープがございますが。
ko.o.cha、ko.o.hi.i、su.u.pu.ga go.za.i.ma.su.ga

有紅茶、咖啡和湯…
（您要什麼呢？）

じゃあ、スープをお願(ねが)いします。
ja.a、su.u.pu.o.o.ne.ga.i.shi.ma.su

那、麻煩你給我一碗湯。

會話 ❹

定刻通(ていこくどお)りの到着予定(とうちゃくよてい)ですか。
te.i.ko.ku.do.o.ri.no.to.o.cha.ku.yo.te.i.de.su.ka

請問會按照預定時間抵達嗎？

はい、定刻通(ていこくどお)りです。
ha.i、te.i.ko.ku.do.o.ri.de.su

是的，會準時抵達。

行李

會話 ❶

どこで荷物(にもつ)を受(う)け取(と)るのですか。
do.ko.de.ni.mo.tsu.o.u.ke.to.ru.no.de.su.ka

請問要到哪裡領行李？

1階(いっかい)です。
i.k.ka.i.de.su

1樓。

PART4　旅遊日語開口說　165

會話 ❷

にもつ　みあ 荷物が見当たらないのですが。 ni.mo.tsu.ga.mi.a.ta.ra.na.i.no.de.su.ga	不好意思，我找不到我的行李。
にもつ どのようなお荷物ですか。 do.no.yo.o.na.o.ni.mo.tsu.de.su.ka	您的行李長什麼樣子呢？
あかいろ 赤色のスーツケースです。 a.ka.i.ro.no.su.u.tsu.ke.e.su.de.su	是紅色的行李箱。
たいへんもう　わけ 大変申し訳ありません。 ta.i.he.n.mo.o.shi.wa.ke.a.ri.ma.se.n	非常抱歉。
さが すぐお探しします。こちらですか。 su.gu.o.sa.ga.shi.shi.ma.su ko.chi.ra.de.su.ka	我馬上幫您找。是這個嗎？
まちが はい、間違いありません。 ha.i、ma.chi.ga.i.a.ri.ma.se.n	是的，沒錯。
ありがとうございました。 a.ri.ga.to.o.go.za.i.ma.shi.ta	謝謝你。
めいわく ご迷惑おかけして、 go.me.i.wa.ku.o.ka.ke.shi.te もう　わけ 申し訳ございませんでした。 mo.o.shi.wa.ke.go.za.i.ma.se.n.de.shi.ta	抱歉給您添麻煩了。

◆ 租車　　　　　　　　　　　　　🔊 055

租借時

1　りょうきん
料金はいくらですか。
ryo.o.ki.n.wa.i.ku.ra.de.su.ka　　　租一次多少錢？

2　だい　こ
ガソリン代は込みですか。
ga.so.ri.n.da.i.wa.ko.mi.de.su.ka　　含油費嗎？

3　ほしょうきん　ひつよう
保証金が必要ですか。
ho.sho.o.ki.n.ga.hi.tsu.yo.o.de.su.ka　需要保證金嗎？

4　くるま
どんな車がありますか。
do.n.na.ku.ru.ma.ga.a.ri.ma.su.ka　　有些什麼車呢？

166　❀ 交通

5 広島に乗り捨てたいのですが。　　　　　我想開到廣島就地還車。
hi.ro.shi.ma.ni.no.ri.su.te.ta.i.no.de.su.ga

會話

車を借りたいのですが。　　　　　　我想租車。
ku.ru.ma.o.ka.ri.ta.i.no.de.su.ga

免許はありますか。　　　　　　　　有駕照嗎？
me.n.kyo.wa.a.ri.ma.su.ka

加油站

1 一番近いガソリンスタンドはどこですか。　　請問最近的加油站在哪裡？
i.chi.ba.n.chi.ka.i.ga.so.ri.n.su.ta.n.do.wa
do.ko.de.su.ka

2 一リットルいくらですか。　　　　　一公升多少錢呢？
i.chi.ri.t.to.ru.i.ku.ra.de.su.ka

3 満タンにしてください。　　　　　　請幫我加滿。
ma.n.ta.n.ni.shi.te.ku.da.sa.i

有狀況時

1 車の調子が悪いのですが。　　　　　車子有點狀況。
ku.ru.ma.no.cho.o.shi.ga.wa.ru.i.no.de.su.ga

2 点検していただけますか。　　　　　可以幫我檢查一下嗎？
te.n.ke.n.shi.te.i.ta.da.ke.ma.su.ka

3 パンクしてしまいました。　　　　　車子爆胎了。
pa.n.ku.shi.te.shi.ma.i.ma.shi.ta

開車

1 ここの制限速度はどのくらいですか。　這裡的時速限制大約多少？
ko.ko.no.se.i.ge.n.so.ku.do.wa
do.no.ku.ra.i.de.su.ka

2 ここは一方通行ですか。　　　　　　這裡是單行道嗎？
ko.ko.wa.i.p.po.o.tsu.u.ko.o.de.su.ka

3 この辺に駐車場はありますか。　　　這附近有停車場嗎？
ko.no.he.n.ni.chu.u.sha.jo.o.wa.a.ri.ma.su.ka

PART4　旅遊日語開口說　167

單字充電站

道路・交通

切符／チケット（きっぷ）	ki.p.pu／chi.ke.t.to	車票
案内書／ガイドブック（あんないしょ）	a.n.na.i.sho／ga.i.do.bu.k.ku	指南書
地図（ちず）	chi.zu	地圖
船（ふね）	fu.ne	船
フェリー	fe.ri.i	渡船
交番（こうばん）	ko.o.ba.n	派出所
信号（しんごう）	shi.n.go.o	紅綠燈
歩道橋（ほどうきょう）	ho.do.o.kyo.o	天橋
横断歩道（おうだんほどう）	o.o.da.n.ho.do.o	斑馬線
交差点（こうさてん）	ko.o.sa.te.n	十字路口
まっすぐ（に行く）（い）	ma.s.su.gu.(ni.i.ku)	直走
右（へ行く）（みぎ・い）	mi.gi.(e.i.ku)	向右走
左（へ行く）（ひだり・い）	hi.da.ri.(e.i.ku)	向左走
渋滞（じゅうたい）	ju.u.ta.i	塞車
ラッシュアワー	ra.s.shu.a.wa.a	尖峰時刻
目的地（もくてきち）	mo.ku.te.ki.chi	目的地

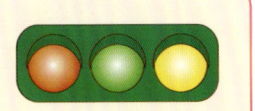

はい、わかりました。

チケットを1枚ください。

車站内

| 駅 (えき) e.ki 車站 | 駅員 (えきいん) e.ki.i.n 站務員 | 車掌 (しゃしょう) sha.sho.o 車掌 | 切符売り場 (きっぷうりば) ki.p.pu.u.ri.ba 售票處 | 電車 (でんしゃ) de.n.sha 電車 |

| 自動券売機 (じどうけんばいき) ji.do.o.ke.n.ba.i.ki 車票自動販賣機 | みどりの窓口 (まどぐち) mi.do.ri.no.ma.do.gu.chi 綠色窗口（服務台） | 地下鉄 (ちかてつ) chi.ka.te.tsu 地下鐵 |

| 乗り場 (のりば) no.ri.ba 搭乘處 | ホーム ho.o.mu 月台 | 入口 (いりぐち) i.ri.gu.chi 入口 | 出口 (でぐち) de.gu.chi 出口 | 北口 (きたぐち) ki.ta.gu.chi 北口 |

| 南口 (みなみぐち) mi.na.mi.gu.chi 南口 | 西口 (にしぐち) ni.shi.gu.chi 西口 | 東口 (ひがしぐち) hi.ga.shi.gu.chi 東口 | 改札口 (かいさつぐち) ka.i.sa.tsu.gu.chi 剪票口 | 清算所 (せいさんしょ) se.i.sa.n.sho 補票處 |

| 地下鉄路線図 (ちかてつろせんず) chi.ka.te.tsu.ro.se.n.zu 地下鐵路線圖 | 忘れ物取り扱い所 (わすれものとりあつかいじょ) wa.su.re.mo.no.to.ri.a.tsu.ka.i.jo 失物招領處 | 案内所 (あんないじょ) a.n.na.i.jo 服務處 |

| コインロッカー ko.i.n.ro.k.ka.a 置物櫃 | 荷物一時預かり所 (にもついちじあずかりじょ) ni.mo.tsu.i.chi.ji.a.zu.ka.ri.jo 行李暫時保管處 | 検札 (けんさつ) ke.n.sa.tsu 驗票 |

| 時刻表 (じこくひょう) ji.ko.ku.hyo.o 時刻表 | 新幹線 (しんかんせん) shi.n.ka.n.se.n 新幹線 |

時刻表はどこにありますか？

案内所にあります。

PART4 旅遊日語開口說

票種 🔊 o57

| おとな
o.to.na
成人票 | こども
ko.do.mo
兒童票 | 特急券(とっきゅうけん)
to.k.kyu.u.ke.n
特急券 | グリーン券(けん)
gu.ri.i.n.ke.n
綠色記號車箱票 |

| 往復切符(おうふくきっぷ)
o.o.fu.ku.ki.p.pu
來回車票 | 片道切符(かたみちきっぷ)
ka.ta.mi.chi.ki.p.pu
單程車票 |

| 周遊券(しゅうゆうけん)
shu.u.yu.u.ke.n
周遊券 | 回数券(かいすうけん)
ka.i.su.u.ke.n
回數票 | 一日乗車券(いちにちじょうしゃけん)
i.chi.ni.chi.jo.o.sha.ke.n
一日票 |

- Icoca　i.ko.ka　JR 西日本 ICOCA IC 儲值卡
- Toica　to.i.ka　JR 東海 TOICA IC 儲值卡
- Suica　su.i.ka　JR 東日本 SUICA IC 儲值卡＊
- PASMO　pa.su.mo　PASMO IC 儲值卡

＊ Suica 日本全國通用

170　交通

電車種類

各駅停車 ka.ku.e.ki.te.i.sha 每站停車	快速 ka.i.so.ku 快速列車	急行 kyu.u.ko.o 快速電車	特急 to.k.kyu.u 特快速電車
通勤特快 tsu.u.ki.n.to.k.ka.i 通勤特快列車＊	始発 shi.ha.tsu 首班車	終電 shu.u.de.n 末班車	回送 kai.i.so.o 空車返回總站

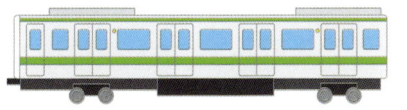

＊（只在通勤時間運行）

> 禁煙車でお願いします。

車廂種類

禁煙車 ki.n.e.n.sha 禁菸車廂	喫煙車 ki.tsu.e.n.sha 吸菸車廂	寝台車 shi.n.da.i.sha 臥舖車廂	食堂車 sho.ku.do.o.sha 供餐車廂

一番前（先頭）の車両 i.chi.ba.n.ma.e(se.n.to.o)no.sha.ryo.o 最前面的車廂	一番後ろの車両 i.chi.ba.n.u.shi.ro.no.sha.ryo.o 最後面的車廂

五号車 go.go.o.sha 五號車廂	自由席 ji.yu.u.se.ki 自由入座	指定席 shi.te.i.se.ki 對號入座	グリーン車 gu.ri.i.n.sha 綠色車廂

PART4 旅遊日語開口說 171

巴士

こうそく 高速バス／ハイウェーバス	ko.o.so.ku.ba.su／ha.i.we.e.ba.su	高速公路巴士
ちょうきょり 長距離バス	cho.o.kyo.ri.ba.su	長途巴士
りょうきんひょう 料金表	ryo.o.ki.n.hyo.o	價目表
てい バス停	ba.su.te.i	巴士站
バスターミナル	ba.su.ta.a.mi.na.ru	巴士總站
やこう 夜行バス	ya.ko.o.ba.su	夜行巴士
れんらく 連絡バス	re.n.ra.ku.ba.su	接駁車

汽車

どうろちず 道路地図	do.o.ro.chi.zu	路線圖
ちゅうしゃじょう 駐車場	chu.u.sha.jo.o	停車場
ガソリンスタンド	ga.so.ri.n.su.ta.n.do	加油站
ガソリン	ga.so.ri.n	汽油
オイル	o.i.ru	油
パンク	pa.n.ku	爆胎
クラクション	ku.ra.ku.sho.n	喇叭
バックミラー	ba.k.ku.mi.ra.a	後照鏡
フロントガラス	fu.ro.n.to.ga.ra.su	擋風玻璃
せんしゃ 洗車	se.n.sha	洗車
ちゅうこしゃ 中古車	chu.u.ko.sha	中古車

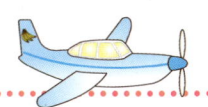

飛機

くうこう 空港 ku.u.ko.o 機場	とうじょうけん 搭乗券 to.o.jo.o.ke.n 機票	パスポート pa.su.po.o.to 護照	でんし 電子チケット de.n.shi.chi.ke.t.to 電子機票
ぜいかん 税関 ze.i.ka.n 海關	とうじょうてつづ 搭乗手続き to.o.jo.o.te.tsu.zu.ki 登機手續	とうじょう 搭乗ゲート to.o.jo.o.ge.e.to 登機門	にゅうこく 入国カード nyu.u.ko.ku.ka.a.do 入境卡

にもつうけとりしょう 荷物受取証 ni.mo.tsu.u.ke.to.ri.sho.o 行李領取証	ちえんしょうめいしょ 遅延証明書 chi.e.n.sho.o.me.i.sho 延遲證明
まどぎわせき 窓際の席 ma.do.gi.wa.no.se.ki 靠窗座位	つうろがわせき 通路側の席 tsu.u.ro.ga.wa.no.se.ki 靠走道座位

ちゃくりく 着陸 cha.ku.ri.ku 著地	りりく 離陸 ri.ri.ku 起飛	ちゃくよう シートベルト着用のサイン shi.i.to.be.ru.to.cha.ku.yo.o.no.sa.i.n 安全帶指示燈

めんぜいはんばい 免税販売 me.n.ze.i.ha.n.ba.i 免税商品販售	めんぜいひん 免税品 me.n.ze.i.hi.n 免税商品	じょうむいん 乗務員 jo.o.mu.i.n 空服人員

きないしょく 機内食 ki.na.i.sho.ku 飛機餐	けっこう 欠航 ke.k.ko.o 班機取消	しようちゅう 使用中 shi.yo.o.chu.u 使用中（指廁所使用中）

娛樂

まだ席は
ありますか？

🔊 058

購票

1 プレイガイドはどこですか。
   pu.re.i.ga.i.do.wa.do.ko.de.su.ka
   戲票預售處在哪？

2 演劇とコンサートの案内がほしいんですが。
   e.n.ge.ki.to.ko.n.sa.a.to.no.a.n.na.i.ga
   ho.shi.i.n.de.su.ga
   我想要戲劇和音樂會的導覽。

3 オペラの切符をお願いできますか。
   o.pe.ra.no.ki.p.pu.o.o.ne.ga.i.de.ki.ma.su.ka
   可以給我歌劇票嗎？

4 歌舞伎を見たいのですが。
   ka.bu.ki.o.mi.ta.i.no.de.su.ga
   我想看歌舞伎。

5 切符売り場はどこですか。
   ki.p.pu.u.ri.ba.wa.do.ko.de.su.ka
   售票處在哪裡？

6 まだ席はありますか。
   ma.da.se.ki.wa.a.ri.ma.su.ka
   還有位置嗎？

7 どんな席がありますか。
   do.n.na.se.ki.ga.a.ri.ma.su.ka
   有什麼樣的座位？

8 入場料はいくらですか。
   nyu.u.jo.o.ryo.o.wa.i.ku.ra.de.su.ka
   入場券要多少錢？

9 一般席はいくらですか。
   i.p.pa.n.se.ki.wa.i.ku.ra.de.su.ka
   普通座位要多少錢？

10 指定席はいくらですか。
   shi.te.i.se.ki.wa.i.ku.ra.de.su.ka
   對號座位要多少錢？

11 一番安いのはいくらですか。
   i.chi.ba.n.ya.su.i.no.wa.i.ku.ra.de.su.ka
   最便宜的票是多少錢？

12 一般席を一枚下さい。
   i.p.pa.n.se.ki.o.i.chi.ma.i.ku.da.sa.i
   請給我一張普通座位的。

174 娛樂

13 今夜の指定席を二枚下さい。
ko.n.ya.no.shi.te.i.se.ki.o.ni.ma.i.ku.da.sa.i

請給我兩張今晚的對號券。

14 前売り券を買っておかなくてはなりませんか。
ma.e.u.ri.ke.n.no.ka.t.te.o.ka.na.ku.te.wa
na.ri.ma.se.n.ka

我必須預先購票嗎？

電影

1 今どんな映画が上映されていますか。
i.ma.do.n.na.e.i.ga.ga.jo.o.e.i.sa.re.te.i.ma.su.ka

現在在上映什麼電影？

2 その映画はどこで上映されていますか。
so.no.e.i.ga.wa.do.ko.de
jo.o.e.i.sa.re.te.i.ma.su.ka

那部電影在哪裡上映？

3 この映画はいつまで上映される予定ですか。
ko.no.e.i.ga.wa.i.tsu.ma.de
jo.o.e.i.sa.re.ru.yo.te.i.de.su.ka

這部電影預定上映到什麼時候？

4 何時に始まりますか。
na.n.ji.ni.ha.ji.ma.ri.ma.su.ka

幾點開始呢？

5 どんな映画ですか。
do.n.na.e.i.ga.de.su.ka

是什麼樣的電影？

6 それはコメディーですか。
so.re.wa.ko.me.di.i.de.su.ka

那是喜劇片嗎？

7 それは子供にも見せられますか。
so.re.wa.ko.do.mo.ni.mo.mi.se.ra.re.ma.su.ka

那部電影小朋友也可以看嗎？

8 吹き替え版ですか、それとも字幕ですか。
fu.ki.ka.e.ba.n.de.su.ka、
so.re.to.mo.ji.ma.ku.de.su.ka

它是配音版嗎？還是有字幕的？

劇場 🔊 059

1 国立劇場では何を上演してますか。
ko.ku.ri.tsu.ge.ki.jo.o.de.wa
na.ni.o.jo.o.e.n.shi.te.ma.su.ka

國立劇場現在在演什麼？

2 それはどんな劇ですか。
so.re.wa.do.n.na.ge.ki.de.su.ka

那是什麼樣的戲劇？

3 千秋楽はいつですか。
se.n.shu.u.ra.ku.wa.i.tsu.de.su.ka

閉幕演出是什麼時候？

音樂

1 今夜なんのコンサートがありますか。
ko.n.ya.na.n.no.ko.n.sa.a.to.ga
a.ri.ma.su.ka

今晚有什麼樣的演唱會呢？

2 Misiaのコンサートはいつですか。
mi.i.sha.no.ko.n.sa.a.to.wa.i.tsu.de.su.ka

米希亞的演唱會是什麼時候？

運動

1 テニスがしたいです。
te.ni.su.ga.shi.ta.i.de.su

我想打網球。

2 ボーリングに行きたいです。
bo.o.ri.n.gu.ni.i.ki.ta.i.de.su

我想去打保齡球。

3 相撲を見に行きたいです。
su.mo.o.o.mi.ni.i.ki.ta.i.de.su

我想去看相撲。

4 野球の試合が見たいです。
ya.kyu.u.no.shi.a.i.ga.mi.ta.i.de.su

我想看棒球賽。

5 ボールを借りることができますか。
bo.o.ru.o.ka.ri.ru.ko.to.ga.de.ki.ma.su.ka

可以借球嗎？

6 対戦相手はどこですか。
ta.i.se.n.a.i.te.wa.do.ko.de.su.ka

競賽對手在哪裡？

7 ルールがよく分かりません。
ru.u.ru.ga.yo.ku.wa.ka.ri.ma.se.n

我不太清楚規則。

8 ルールを説明していただけませんか。　　可以幫我說明規則嗎？
　ru.u.ru.o.se.tsu.me.i.shi.te.i.ta.da.ke.ma.se.n.ka

9 この辺にスポーツジムはありますか。　　這附近有運動場嗎？
　ko.no.he.n.ni.su.po.o.tsu.ji.mu.wa.a.ri.ma.su.ka

電視

1 野球の試合はなんチャンネルですか。　　棒球賽在第幾台？
　ya.kyu.u.no.shi.a.i.wa.na.n.cha.n.ne.ru.de.su.ka

2 これは二ケ国語放送ですか。　　這是雙語節目嗎？
　ko.re.wa.ni.ka.ko.ku.go.ho.o.so.o.de.su.ka

3 英語のチャンネル案内はありますか。　　有沒有英語的節目表？
　e.i.go.no.cha.n.ne.ru.a.n.na.i.wa.a.ri.ma.su.ka

會話

外に出かけませんか。　　要不要出去走走？
so.to.ni.de.ka.ke.ma.se.n.ka

私は部屋でテレビを見ているほうがいいです。　　我在房間看電視就好了。
wa.ta.shi.wa.he.ya.de.te.re.bi.o
mi.te.i.ru.ho.o.ga.i.i.de.su

單字充電站　🔊 060

電影

映画	映画館	演劇	劇場	字幕
えいが	えいがかん	えんげき	げきじょう	じまく
e.i.ga	e.i.ga.ka.n	e.n.ge.ki	ge.ki.jo.o	ji.ma.ku
電影	電影院	戲劇	劇場	字幕

俳優	女優	監督	新作映画
はいゆう	じょゆう	かんとく	しんさくえいが
ha.i.yu.u	jo.yu.u	ka.n.to.ku	shi.n.sa.ku.e.i.ga
演員	女演員	導演	電影新作

電影種類

ＳＦ e.su.e.fu 科幻片	せんそう 戦争もの se.n.so.o.mo.no 戰爭電影	れんあい 恋愛もの re.n.a.i.mo.no 愛情電影	ミステリー mi.su.te.ri.i 推理片
ホラー ho.ra.a 恐怖片	コメディー ko.me.di.i 喜劇片	ドキュメンタリー do.kyu.me.n.ta.ri.i 記錄片	
アニメ a.ni.me 動畫	アクション a.ku.sho.n 動作片		

恋愛もの

電影院・劇場

じょうえんちゅう 上演中 jo.o.e.n.chu.u 上映中（電影或戲劇等都可使用）	じょうえいちゅう 上映中 jo.o.e.i.chu.u 上映中（只限於電影）

おとな o.to.na 成人票	こども ko.do.mo 兒童票	がくせいわりびき 学生割引 ga.ku.se.i.wa.ri.bi.ki 學生優待	とうじつけん 当日券 to.o.ji.tsu.ke.n 當天的票
まえうりけん 前売り券 ma.e.u.ri.ke.n 預售票	じゆうせきけん 自由席券 ji.yu.u.se.ki.ke.n 不對號票	していせきけん 指定席券 shi.te.i.se.ki.ke.n 對號票	たちみせき 立見席 ta.chi.mi.se.ki 站票

觀光

> ツアーに参加したいのですが…。

在觀光服務中心

1. 観光案内所はどこですか。
   ka.n.ko.o.a.n.na.i.jo.wa.do.ko.de.su.ka
   觀光服務處在哪裡？

2. ツアーに参加したいのですが。
   tsu.a.a.ni.sa.n.ka.shi.ta.i.no.de.su.ga
   我想參加行程。

3. どんなツアーがありますか。
   do.n.na.tsu.a.a.ga.a.ri.ma.su.ka
   有什麼樣的行程呢？

4. パンフレットをもらえますか。
   pa.n.fu.re.tto.o.mo.ra.e.ma.su.ka
   可以給我觀光指南手冊嗎？

5. 鎌倉の名所を紹介していただけませんか。
   ka.ma.ku.ra.no.me.i.sho.o
   sho.o.ka.i.shi.te.i.ta.da.ke.ma.se.n.ka
   能不能幫我介紹鎌倉的名勝呢？

6. 富士山へ行くツアーはありますか。
   fu.ji.sa.n.e.i.ku.tsu.a.a.wa.a.ri.ma.su.ka
   有沒有到富士山的行程呢？

7. 英語を話すガイドさんはいますか。
   e.i.go.o.ha.na.su.ga.i.do.sa.n.wa.i.ma.su.ka
   有沒有會說英語的導遊呢？

8. 日帰りツアーですか。
   hi.ga.e.ri.tsu.a.a.de.su.ka
   是當天往返的行程嗎？

9. スケジュールを詳しく教えていただけませんか。
   su.ke.ju.u.ru.o.ku.wa.shi.ku
   o.shi.e.te.i.ta.da.ke.ma.se.n.ka
   可以告訴我詳細的行程嗎？

10. 出発はどこからですか。
    shu.p.pa.tsu.wa.do.ko.ka.ra.de.su.ka
    從哪裡出發呢？

11. 出発は何時ですか。
    shu.p.pa.tsu.wa.na.n.ji.de.su.ka
    幾點出發呢？

12. どのくらい時間がかかりますか。
    do.no.ku.ra.i.ji.ka.n.ga.ka.ka.ri.ma.su.ka
    要花多少時間呢？

PART4 旅遊日語開口說 179

13 ツアーの料金はいくらですか。 旅費是多少？
tsu.a.a.no.ryo.o.ki.n.wa.i.ku.ra.de.su.ka

14 食事つきですか。 有附餐嗎？
sho.ku.ji.tsu.ki.de.su.ka

15 交通費は込みですか。 交通費包含在內嗎？
ko.o.tsu.u.hi.wa.ko.mi.de.su.ka

觀光中

1 中に入れますか。 可以進去嗎？
na.ka.ni.ha.i.re.ma.su.ka

2 入館料はいりますか。 要入館費嗎？
nyu.u.ka.n.ryo.o.wa.i.ri.ma.su.ka

3 あれはなんのお祭りですか。 那是什麼樣的祭典？
a.re.wa.na.n.no.o.ma.tsu.ri.de.su.ka

4 写真を撮っても構いませんか。 可以拍照嗎？
sha.shi.n.o.to.t.te.mo.ka.ma.i.ma.se.n.ka

5 一緒に写真を撮らせていただけませんか。 可以和你一起拍照嗎？
i.s.sho.ni.sha.shi.n.o
to.ra.se.te.i.ta.da.ke.ma.se.n.ka

6 この辺りにお手洗いはありますか。 這附近有洗手間嗎？
ko.no.a.ta.ri.ni.o.te.a.ra.i.wa.a.ri.ma.su.ka

7 ここは立ち入り禁止ですか。 這裡禁止進入嗎？
ko.ko.wa.ta.chi.i.ri.ki.n.shi.de.su.ka

8 陶芸をやってみたいです。 我想做陶藝看看。
to.o.ge.i.o.ya.t.te.mi.ta.i.de.su

9 着物を着てみたいです。 我想穿和服看看。
ki.mo.no.o.ki.te.mi.ta.i.de.su

單字充電站

觀光

かんこう 観光 ka.n.ko.o 觀光	かんこうあんないじょ 観光案内所 ka.n.ko.o.a.n.na.i.jo 觀光服務處	りょこうがいしゃ 旅行会社 ryo.ko.o.ga.i.sha 旅行社	ガイドブック ga.i.do.bu.k.ku 觀光指南
かんこう 観光バス ka.n.ko.o.ba.su 觀光巴士	ガイド ga.i.do 導覽、導遊	りょこうあんないしょ 旅行案内書／パンフレット ryo.ko.o.a.n.na.i.sho／pa.n.fu.re.t.to 旅遊指南	
ツアー tsu.a.a 旅遊行程	にゅうじょうりょう 入場料 nyu.u.jo.o.ryo.o 入場費		

お寺　面白い！

設施

めいしょ 名所 me.i.sho 名勝	きゅうせき 旧跡 kyu.u.se.ki 古蹟	いせき 遺跡 i.se.ki 遺跡	きねんひ 記念碑 ki.ne.n.hi 紀念碑	しろ お城 o.shi.ro 城
てら お寺 o.te.ra 寺廟	はくぶつかん 博物館 ha.ku.bu.tsu.ka.n 博物館	びじゅつかん 美術館 bi.ju.tsu.ka.n 美術館	ゆうえんち 遊園地 yu.u.e.n.chi 遊樂園	
しょくぶつえん 植物園 sho.ku.bu.tsu.e.n 植物園	どうぶつえん 動物園 do.o.bu.tsu.e.n 動物園	すいぞくかん 水族館 su.i.zo.ku.ka.n 水族館		

テーマパーク te.e.ma.pa.a.ku 主題樂園	いちば 市場 i.chi.ba 市場	うみ 海 u.mi 海	かいがん 海岸 ka.i.ga.n 海邊
やま 山 ya.ma 山	かわ 川 ka.wa 河川	みずうみ 湖 mi.zu.u.mi 湖	たき 滝 ta.ki 瀑布
はし 橋 ha.shi 橋	みなと 港 mi.na.to 港口	ふんすい 噴水 fu.n.su.i 噴水池	おんせん 温泉 o.n.se.n 溫泉

温泉はいいな～

日本文化藝術

さどう 茶道 sa.do.o 茶道	かどう 華道 ka.do.o 花道	しょどう 書道 sho.do.o 書法	まっちゃ 抹茶 ma.c.cha 抹茶	いばな 生け花 i.ke.ba.na 插花

かぶき 歌舞伎 ka.bu.ki 歌舞伎	のう 能 no.o 能（日本古典藝能的一種）	ぶんらく 文楽 bu.n.ra.ku 文樂（日本人偶劇）

まつ 祭り ma.tsu.ri 祭典	にほんぶよう 日本舞踊 ni.ho.n.bu.yo.o 日本舞

ぼくは書道ができるよ！

寺廟・神社

寺（てら）	te.ra	寺院
神社（じんじゃ）	ji.n.ja	神社
願いごと（ねが）	ne.ga.i.go.to	許願
参拝（さんぱい）	sa.n.pa.i	參拜
おみくじ	o.mi.ku.ji	抽籤
賽銭箱（さいせんばこ）	sa.i.se.n.ba.ko	香油錢箱
お賽銭（さいせん）	o.sa.i.se.n	香油錢
鳥居（とりい）	to.ri.i	鳥居（神社中用以象徵神域的一種門。）
山門（さんもん）	sa.n.mo.n	寺院的正門
本殿（ほんでん）	ho.n.de.n	正殿
拝殿（はいでん）	ha.i.de.n	前殿
手水舎（てみずや）	te.mi.zu.ya	進神社參拜前，洗手淨身處
狛犬（こまいぬ）	ko.ma.i.nu	神社前狀似石獅子的雕像
燈籠（とうろう）	to.o.ro.o	石燈籠
お守り（まも）	o.ma.mo.ri	護身符
絵馬（えま）	e.ma	繪馬（用來祈願或還願繪有圖案的木板。）
破魔矢（はまや）	ha.ma.ya	弓箭型的祈福飾物
神主（かんぬし）	ka.n.nu.shi	神社祭司
僧（そう）	so.o	僧侶
巫女（みこ）	mi.ko	巫女（在神社中輔助神職的女性）

禁止事項（告示牌）

危険 (き けん)	立ち入り禁止 (た い きん し)	禁煙 (きん えん)	撮影禁止 (さつえい きん し)
ki.ke.n	ta.chi.i.ri.ki.n.shi	ki.n.e.n	sa.tsu.e.i.ki.n.shi
危險	禁止進入	禁菸	禁止攝影

三脚使用禁止 (さんきゃく し ようきん し)	フラッシュ使用禁止 (し ようきん し)	止まれ (と)
sa.n.kya.ku.shi.yo.o.ki.n.shi	fu.ra.s.shu.shi.yo.o.ki.n.shi	to.ma.re
禁止使用三腳架	禁止使用閃光燈	止步

工事中 (こう じ ちゅう)	駐車禁止 (ちゅうしゃ きん し)	ごみを捨てないでください (す)
ko.o.ji.chu.u	chu.u.sha.ki.n.shi	go.mi.o.su.te.na.i.de.ku.da.sa.i
施工中	禁止停車	請勿丟垃圾

芝生の中に入らないでください (しば ふ なか はい)	手を触れないでください (て ふ)
shi.ba.fu.no.na.ka.ni.ha.i.ra.na.i.de.ku.da.sa.i	te.o.fu.re.na.i.de.ku.da.sa.i
請勿踐踏草坪	請勿動手

きれいな芝生ですね！

芝生の中に入らないでください

打電話

もしもし！

🟢 尋找電話

1 電話をかけたいです。
de.n.wa.o.ka.ke.ta.i.de.su
我想打電話。

2 公衆電話はどこですか。
ko.o.shu.u.de.n.wa.wa.do.ko.de.su.ka
公共電話在哪裡？

3 電話をお借りできますか。
de.n.wa.o.o.ka.ri.de.ki.ma.su.ka
可以借一下電話嗎？

4 この電話のかけ方を教えていただけませんか。
ko.no.de.n.wa.no.ka.ke.ka.ta.o
o.shi.e.te.i.ta.da.ke.ma.se.n.ka
可以告訴我如何打這個電話嗎？

🟢 打電話

1 電話がつながりません。
de.n.wa.ga.tsu.na.ga.ri.ma.se.n
電話不通。

2 話し中です。
ha.na.shi.chu.u.de.su
電話中。

3 声が聞こえないのですが。
ko.e.ga.ki.ko.e.na.i.no.de.su.ga
我聽不到聲音。

4 もう一度言っていただけませんか。
mo.o.i.chi.do.i.t.te.i.ta.da.ke.ma.se.n.ka
可以請你再說一次嗎？

5 もう少しゆっくり話してください。
mo.o.su.ko.shi.yu.k.ku.ri.ha.na.shi.te.ku.da.sa.i
請再說慢一點。

6 もっと大きな声で話していただけませんか。
mo.t.to.o.o.ki.na.ko.e.de.ha.na.shi.te.i.ta.da.ke.ma.se.n.ka
可以請你再說大聲一點嗎？

7 （テレホン）カードが終わりそうです。
(te.re.ho.n)ka.a.do.ga.o.wa.ri.so.o.de.su
電話卡好像快用完了。

8 もう小銭がありません。
mo.o.ko.ze.ni.ga.a.ri.ma.se.n
我已經沒零錢了。

通話中

1 すぐかけなおします。
su.gu.ka.ke.na.o.shi.ma.su
等一下立刻回電給你。

2 また電話します。
ma.ta.de.n.wa.shi.ma.su
我會再打電話。

3 お電話ありがとうございました。
o.de.n.wa.a.ri.ga.to.o.go.za.i.ma.shi.ta
謝謝你的來電。

4 コレクトコールにしてください。
ko.re.ku.to.ko.o.ru.ni.shi.te.ku.da.sa.i
請接對方付費電話。

5 内線 514 番をお願いします。
na.i.se.n.go.hya.ku.ju.u.yo.n.ba.n.o
o.ne.ga.i.shi.ma.su
請接分機514號。

打電話到別人家裡

會話

伊藤さんのお宅ですか。
i.to.o.sa.n.no.o.ta.ku.de.su.ka
請問是伊藤家嗎？

はい、そうです。どちらさまでしょうか。
ha.i、so.o.de.su。
do.chi.ra.sa.ma.de.sho.o.ka
是的。請問哪位？

鄭と申します。アキさんはいらっしゃいますか。
te.i.to.mo.o.shi.ma.su。
a.ki.sa.n.wa.i.ra.s.sha.i.ma.su.ka
我姓鄭。
請問aki在嗎？

申し訳ありません、只今外出中です。
mo.o.shi.wa.ke.a.ri.ma.se.n、ta.da.i.ma
ga.i.shu.tsu.chu.u.de.su
抱歉，她現在外出。

そうですか、またお電話いたします。
so.o.de.su.ka、ma.ta.o.de.n.wa.i.ta.shi.ma.su
這樣啊，我會再打電話過去。

失礼します。
shi.tsu.re.i.shi.ma.su
打擾了。

打電話到公司

會話

はい、サクラ株式会社です。
ha.i、sa.ku.ra.ka.bu.shi.ki.ga.i.sha.de.su
您好，這裡是櫻花有限公司。

山下さんをお願いします。
ya.ma.shi.ta.sa.n.o.o.ne.ga.i.shi.ma.su
麻煩你我要找山下先生。

申し訳ございません。
mo.o.shi.wa.ke.go.za.i.ma.se.n
很抱歉，

山下は只今席を外しております。
ya.ma.shi.ta.wa.ta.da.i.ma se.ki.o.ha.zu.shi.te.o.ri.ma.su
山下現在不在他的座位上。

對答❶

のちほどお電話をいただけますか。
no.chi.ho.do.o.de.n.wa.o i.ta.da.ke.ma.su.ka
能請您稍晚再打電話過來嗎？

何時頃がよろしいですか。
na.n.ji.go.ro.ga.yo.ro.shi.i.de.su.ka
方便幾點打過去呢？

三時ごろにお願いします。
sa.n.ji.go.ro.ni.o.ne.ga.i.shi.ma.su
麻煩您3點左右打來。

對答❷

伝言をお願いできますか。
de.n.go.n.o.o.ne.ga.i.de.ki.ma.su.ka
能幫我留個話嗎？

かしこまりました。
ka.shi.ko.ma.ri.ma.shi.ta
好的。

對答❸

山下さんに電話があったことをお伝えください。
ya.ma.shi.ta.sa.n.ni.de.n.wa.ga.a.tta.ko.to.o o.tsu.ta.e.ku.da.sa.i
麻煩你跟山下先生說我來過電話。

打錯電話

會話 ❶

もしもし、澤田さんですか。
mo.shi.mo.shi、sa.wa.da.sa.n.de.su.ka

喂、是澤田嗎？

いいえ、違います。かけ間違いですよ。
i.i.e、chi.ga.i.ma.su。ka.ke.ma.chi.ga.i.de.su.yo

不、不是。你打錯了喔！

すみません。
su.mi.ma.se.n

對不起。

會話 ❷

はい、池田です。
ha.i、i.ke.da.de.su

你好，我是池田。

あ、すみません。間違えました。
a、su.mi.ma.se.n。ma.chi.ga.e.ma.shi.ta

啊、對不起。我打錯了。

詢問電話號碼

1 あなたの電話番号を教えてください。
a.na.ta.no.de.n.wa.ba.n.go.o.o
o.shi.e.te.ku.da.sa.i

請告訴我你的電話號碼。

2 番号案内は何番ですか。
ba.n.go.o.a.n.na.i.wa.na.n.ba.n.de.su.ka

查號台是幾號？

3 フジテレビの電話番号を教えていただきたいのですが。
fu.ji.te.re.bi.no.de.n.wa.ba.n.go.o.o
o.shi.e.te.i.ta.da.ki.ta.i.no.de.su.ga

我想查詢富士電視台的電話號碼。

4 千葉市の市外局番は何番ですか。
chi.ba.shi.no.shi.ga.i.kyo.ku.ba.n.wa
na.n.ba.n.de.su.ka

千葉市區域號碼是幾號？

5 台湾の国番号は何番ですか。
ta.i.wa.n.no.ku.ni.ba.n.go.o.wa.na.n.ba.n.de.su.ka

台灣的國碼是幾號？

國際電話

1 国際電話をかけたいんですが。
　ko.ku.sa.i.de.n.wa.o.ka.ke.ta.i.n.de.su.ga

2 この電話で国際電話がかけられますか。
　ko.no.de.n.wa.de.ko.ku.sa.i.de.n.wa.ga
　ka.ke.ra.re.ma.su.ka

3 台湾に電話をしたいのですが。
　ta.i.wa.n.ni.de.n.wa.o.shi.ta.i.no.de.su.ga

我想打國際電話。

這電話可以打國際電話嗎？

我想打電話到台灣。

公共電話

1 テレホンカードを買いたいのですが。
　te.re.ho.n.ka.a.do.o.ka.i.ta.i.no.de.su.ga

2 これを十円玉に換えてください。
　ko.re.o.ju.u.e.n.da.ma.ni.ka.e.te.ku.da.sa.i

我想買電話卡。

請幫我換成10元硬幣。

單字充電站

🔊 065

電話用語

電話 でんわ de.n.wa 電話	電話ボックス でんわ de.n.wa.bo.k.ku.su 電話亭	公衆電話 こうしゅうでんわ ko.o.shu.u.de.n.wa 公共電話	電話帳 でんわちょう de.n.wa.cho.o 電話簿
電話局 でんわきょく de.n.wa.kyo.ku 電話局	電話番号 でんわばんごう de.n.wa.ba.n.go.o 電話號碼	内線 ないせん na.i.se.n 分機	伝言 でんごん de.n.go.n 留言
コレクトコール ko.re.ku.to.ko.o.ru 對方付費電話		テレホンカード te.re.ho.n.ka.a.do 電話卡	

郵局

この辺にポストがありますか？

尋找

1 郵便局はどこですか。
   yu.u.bi.n.kyo.ku.wa.do.ko.de.su.ka
   郵局在哪裡？

2 この辺にポストがありますか。
   ko.no.a.ta.ri.ni.po.su.to.ga.a.ri.ma.su.ka
   這附近有郵筒嗎？

在郵局

1 切手はどの窓口で買えますか。
   ki.t.te.wa.do.no.ma.do.gu.chi.de.ka.e.ma.su.ka
   在哪個窗口可以買到郵票？

2 50円切手を3枚ください。
   go.ju.u.e.n.ki.t.te.o.sa.n.ma.i.ku.da.sa.i
   請給我三張50元郵票。

3 郵便番号簿（ポスタルガイド）を見せてください。
   yu.u.bi.n.ba.n.go.o.bo(po.su.ta.ru.ga.i.do)o mi.se.te.ku.da.sa.i
   請給我看一下郵遞區號簿。

4 目黒区の郵便番号を教えてください。
   me.gu.ro.ku.no.yu.u.bi.n.ba.n.go.o.o o.shi.e.te.ku.da.sa.i
   請告訴我目黑區的郵遞區號。

詢問價錢

小包が届いたよ！

1 イタリアまで航空便でいくらですか。
   i.ta.ri.a.ma.de.ko.o.ku.u.bi.n.de.i.ku.ra.de.su.ka
   寄到義大利的航空郵件要多少錢？

2 船便だといくらかかりますか。
   fu.na.bi.n.da.to.i.ku.ra.ka.ka.ri.ma.su.ka
   海運的話要多少錢？

詢問路程

1 インドネシアまで何日くらいかかりますか。
i.n.do.ne.shi.a.ma.de.na.n.ni.chi.ku.ra.i
ka.ka.ri.ma.su.ka

寄到印尼要多少天？

2 二週間以内に着きますか。
ni.shu.u.ka.n.i.na.i.ni.tsu.ki.ma.su.ka

兩週內會到嗎？

限時・掛號

1 速達でお願いします。
so.ku.ta.tsu.de.o.ne.ga.i.shi.ma.su

我要寄限時。

2 書留でお願いします。
ka.ki.to.me.de.o.ne.ga.i.shi.ma.su

我要寄掛號。

包裹

1 この小包を台湾へ送りたいのですが。
ko.no.ko.zu.tsu.mi.o.ta.i.wa.n.e
o.ku.ri.ta.i.no.de.su.ga

我想把這個包裹寄到台灣。

2 この小包の重さをはかっていただけますか。
ko.no.ko.zu.tsu.mi.no.o.mo.sa.o
ha.ka.tt.e.i.ta.da.ke.ma.su.ka

能幫我秤一下這個包裹的重量嗎？

郵便局

この小包の重さをはかっていただけますか？

はい、かしこまりました。

🔊 067

單字充電站

郵局相關

葉書
ha.ga.ki
明信片

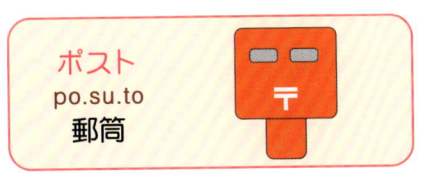

ポスト
po.su.to
郵筒

〒

窓口
ma.do.gu.chi
窗口

PART4 旅遊日語開口說 191

日文	羅馬拼音	中文
エアメール	e.a.me.e.ru	航空信
船便（ふなびん）	fu.na.bi.n	海運
書留（かきとめ）	ka.ki.to.me	掛號
速達（そくたつ）	so.ku.ta.tsu	限時
小包（こづつみ）	ko.zu.tsu.mi	包裹
電報（でんぽう）	de.n.po.o	電報
宛先（あてさき）	a.te.sa.ki	收件人地址
住所（じゅうしょ）	ju.u.sho	地址
名前（なまえ）	na.ma.e	姓名
郵便番号（ゆうびんばんごう）	yu.u.bi.n.ba.n.go.o	郵遞區號
料金（りょうきん）	ryo.o.ki.n	費用
切手（きって）	ki.t.te	郵票
郵便配達（ゆうびんはいたつ）	yu.u.bi.n.ha.i.ta.tsu	郵遞
郵便為替（ゆうびんかわせ）	yu.u.bi.n.ka.wa.se	郵匯
郵便貯金（ゆうびんちょきん）	yu.u.bi.n.cho.ki.n	郵政存款
縦（たて）	ta.te	直式信封
横（よこ）	yo.ko	橫式信封

お母さんに手紙を贈ろう！

例：從台灣寄到日本

<直式信封>

<橫式信封>

語言學習

語言

1. 私は日本語を勉強しています。　　　　　我在學日語。
   wa.ta.shi.wa.ni.ho.n.go.o
   be.n.kyo.o.shi.te.i.ma.su

2. 私は日本語が話せます。　　　　　　　　我會說日語。
   wa.ta.shi.wa.ni.ho.n.go.ga.ha.na.se.ma.su

3. 読めますが、話せません。　　　　　　　我看得懂，可是不會說。
   yo.me.ma.su.ga、ha.na.se.ma.se.n

4. 聞き取ることはできますが、話せません。　我聽得懂，可是不會說。
   ki.ki.to.ru.ko.to.wa.de.ki.ma.su.ga、
   ha.na.se.ma.se.n

5. 主人はオランダ語が分かります。　　　　我先生懂荷蘭語。
   shu.ji.n.wa.o.ra.n.da.go.ga.wa.ka.ri.ma.su

6. 妹はベトナム語が分かりません。　　　　我妹妹不懂越南話。
   i.mo.o.to.wa.be.to.na.mu.go.ga
   wa.ka.ri.ma.se.n

7. 彼は日本語を習いたがっています。　　　他想學日語。
   ka.re.wa.ni.ho.n.go.o.na.ra.i.ta.ga.tte.i.ma.su

8. 私の母はイタリア語を勉強したことがあります。　我媽媽學過義大利語。
   wa.ta.shi.no.ha.ha.wa.i.ta.ri.a.go.o
   be.n.kyo.o.shi.ta.ko.to.ga.a.ri.ma.su

9. あの方は日本語の先生です。　　　　　　那一位是日語老師。
   a.no.ka.ta.wa.ni.ho.n.go.no.se.n.se.i.de.su

語言中心

1 日本語学校を探しています。　　　　　我正在尋找日語學校。
ni.ho.n.go.ga.k.ko.o.o.sa.ga.shi.te.i.ma.su

2 いい日本語学校を紹介していただけませんか。　你能幫我介紹好的日語學校嗎？
i.i.ni.ho.n.go.ga.k.ko.o.o
sho.o.ka.i.shi.te.i.ta.da.ke.ma.se.n.ka

3 日本語をワンバイワンで勉強したいです。　我想要一對一學習日語。
ni.ho.n.go.o.wa.n.ba.i.wa.n.de
be.n.kyo.o.shi.ta.i.de.su

4 短期コースはありますか。　　　　　有短期課程嗎？
ta.n.ki.ko.o.su.wa.a.ri.ma.su.ka

5 授業は何語で行われますか。　　　上課是用哪一種語言？
ju.gyo.o.wa.na.ni.go.de
o.ko.na.wa.re.ma.su.ka

6 授業は何時からですか。　　　　　幾點開始上課？
ju.gyo.o.wa.na.n.ji.ka.ra.de.su.ka

7 授業は毎日ありますか。　　　　　每天都有課嗎？
ju.gyo.o.wa.ma.i.ni.chi.a.ri.ma.su.ka

8 夏休みはいつからですか。　　　　暑假什麼時候開始？
na.tsu.ya.su.mi.wa.i.tsu.ka.ra.de.su.ka

9 寮に入ることはできますか。　　　我可以住宿舍嗎？
ryo.o.ni.ha.i.ru.ko.to.wa.de.ki.ma.su.ka

10 授業料の分割払いはできますか。　　可以分期支付學費嗎？
ju.gyo.o.ryo.o.no.bu.n.ka.tsu.ba.ra.i.wa
de.ki.ma.su.ka

其他

1 私の発音はあっていますか。　　　我的發音標準嗎？
wa.ta.shi.no.ha.tsu.o.n.wa.a.t.te.i.ma.su.ka

2 発音がおかしかったら直してください。　發音如果不正確，請幫我糾正。
ha.tsu.o.n.ga.o.ka.shi.ka.t.ta.ra
na.o.shi.te.ku.da.sa.i

單字充電站

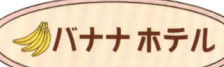

語言學習

平仮名 (ひらがな) hi.ra.ga.na 平假名	片仮名 (カタカナ) ka.ta.ka.na 片假名	漢字 (かんじ) ka.n.ji 漢字	ローマ字 (じ) ro.o.ma.ji 羅馬拼音	英語 (えいご) e.i.go 英語
中国語 (ちゅうごくご) chu.u.go.ku.go 中文	韓国語 (かんこくご) ka.n.ko.ku.go 韓語	タイ語 (ご) ta.i.go 泰語	広東語 (カントンご) ka.n.to.n.go 廣東話	イタリア語 (ご) i.ta.ri.a.go 義大利語
ポルトガル語 (ご) po.ru.to.ga.ru.go 葡萄牙語	フランス語／仏語 (ご／ふつご) fu.ra.n.su.go／fu.tsu.go 法語		ドイツ語 (ご) do.i.tsu.go 德語	スペイン語 (ご) su.pe.i.n.go 西班牙語
学期 (がっき) ga.k.ki 學期	言語交換 (げんごこうかん) ge.n.go.ko.o.ka.n 語言交換	敬語 (けいご) ke.i.go 敬語	尊敬語 (そんけいご) so.n.ke.i.go 尊敬語	謙譲語 (けんじょうご) ke.n.jo.o.go 謙讓語
丁寧語 (ていねいご) te.i.ne.i.go 丁寧語	四字熟語 (よじじゅくご) yo.ji.ju.ku.go 四字成語	俗語 (ぞくご) zo.ku.go 通俗語	ことわざ ko.to.wa.za 諺語	外来語 (がいらいご) ga.i.ra.i.go 外來語
擬音語／擬態語 (ぎおんご／ぎたいご) gi.o.n.go／gi.ta.i.go 擬聲語／擬態語		単語／語彙 (たんご／ごい) ta.n.go／go.i 單字	会話 (かいわ) ka.i.wa 會話	文法 (ぶんぽう) bu.n.po.o 文法

部屋を探していただけますか？

租屋

尋找住處

1 部屋を探していただけますか。
　he.ya.o.sa.ga.shi.te.i.ta.da.ke.ma.su.ka
　可以幫我找房子嗎？

2 大学の近くに適当な部屋はありますか。
　da.i.ga.ku.no.chi.ka.ku.ni.te.ki.to.o.na.he.ya.wa.a.ri.ma.su.ka
　大學附近有沒有適合的房子？

3 駅の近くで探したいです。
　e.ki.no.chi.ka.ku.de.sa.ga.shi.ta.i.de.su
　我想找車站附近的。

4 もっと広い部屋はありますか。
　mo.t.to.hi.ro.i.he.ya.wa.a.ri.ma.su.ka
　有沒有更大一點的房間？

5 狭くても構わないので安いところはありませんか。
　se.ma.ku.te.mo.ka.ma.wa.na.i.no.de.ya.su.i.to.ko.ro.wa.a.ri.ma.se.n.ka
　小一點也沒關係，有沒有便宜一點的？

租屋設備

1 洋室（和室）ですか。
　yo.o.shi.tsu(wa.shi.tsu)de.su.ka
　是洋室（和室）的嗎？

2 家具がついていますか。
　ka.gu.ga.tsu.i.te.i.ma.su.ka
　有附家具嗎？

3 畳の部屋ですか。
　ta.ta.mi.no.he.ya.de.su.ka
　是榻榻米的房間嗎？

4 台所はどのくらいの広さですか。
　da.i.do.ko.ro.wa.do.no.ku.ra.i.no.hi.ro.sa.de.su.ka
　廚房大概多大呢？

5 駐車場はありますか。
　chu.u.sha.jo.o.wa.a.ri.ma.su.ka
　有停車場嗎？

租屋

6 電話をつけても構いませんか。
de.n.wa.o.tsu.ke.te.mo.ka.ma.i.ma.se.n.ka

可以裝電話嗎？

7 トイレは部屋についていますか。
to.i.re.wa.he.ya.ni.tsu.i.te.i.ma.su.ka

房間內有廁所嗎？

8 エアコンを取り付けてもらえますか。
e.a.ko.n.o.to.ri.tsu.ke.te.mo.ra.e.ma.su.ka

可以請你幫我裝空調嗎？

9 トイレとバスルームは分かれていますか。
to.i.re.to.ba.su.ru.u.mu.wa.wa.ka.re.te.i.ma.su.ka

請問廁所跟浴室是分開嗎？

週遭環境

1 環境は静かですか。
ka.n.kyo.o.wa.shi.zu.ka.de.su.ka

四周環境很安靜嗎？

2 一番近い駅はどこですか。
i.chi.ba.n.chi.ka.i.e.ki.wa.do.ko.de.su.ka

最近的車站在哪裡？

3 ここから駅までどのくらいありますか。
ko.ko.ka.ra.e.ki.ma.de.do.no.ku.ra.i.a.ri.ma.su.ka

這裡離車站有多遠？

4 近くに病院がありますか。
chi.ka.ku.ni.byo.o.i.n.ga.a.ri.ma.su.ka

附近有醫院嗎？

租金

1 家賃はいくらですか。
ya.chi.n.wa.i.ku.ra.de.su.ka

租金多少？

2 三万円以内の部屋を探しています。
sa.n.ma.n.e.n.i.na.i.no.he.ya.o.sa.ga.shi.te.i.ma.su

我想找三萬元以內的房子。

3 もう少し高くても構いません。
mo.o.su.ko.shi.ta.ka.ku.te.mo.ka.ma.i.ma.se.n

稍貴一點也沒關係。

4 敷金はいくらですか。
shi.ki.ki.n.wa.i.ku.ra.de.su.ka

押金要多少？

5 毎月どのように支払えばいいですか。
ma.i.tsu.ki.do.no.yo.o.ni.shi.ha.ra.e.ba.i.i.de.su.ka

每月要如何支付呢？

6 電気代やガス代はどうすればいいでしょうか。 　電費和瓦斯費要怎麼付呢？
　 de.n.ki.da.i.ya.ga.su.da.i.wa.do.o.su.re.ba i.i.de.sho.o.ka

7 敷金と礼金は何か月分ですか 　請問押金跟禮金各需要付幾個月呢？
　 shi.ki.ki.n.to.re.i.ki.n.wa.na.n.ka.ge.tsu.bu.n.de.su.ka

契約

1 契約はいつですか。 　何時訂契約？
　 ke.i.ya.ku.wa.i.tsu.de.su.ka

2 保証人は必要ですか。 　需要保證人嗎？
　 ho.sho.o.ni.n.wa.hi.tsu.yo.o.de.su.ka

3 いつから入れますか。 　什麼時候可以搬進去？
　 i.tsu.ka.ra.ha.i.re.ma.su.ka

單字充電站

🔊 071

> ガス代を払うのわすれちゃた！

租屋

| 家賃 ya.chi.n 房租 | 敷金 shi.ki.ki.n 押金 | 水道代 su.i.do.o.da.i 水費 | 電気代 de.n.ki.da.i 電費 | ガス代 ga.su.da.i 瓦斯費 |

| 管理費 ka.n.ri.hi 管理費 | 共益費 kyo.o.e.ki.hi 公共設施費 | 電話代 de.n.wa.da.i 電話費 | インターネット代 i.n.ta.a.ne.t.to.da.i 網路連線費 |

| 礼金 re.i.ki.n 酬謝金 | 駐車場あり chu.u.sha.jo.o.a.ri 附停車場 | バス・トイレつき ba.su.to.i.re.tsu.ki 附浴室・廁所 |

大家さん／管理人さん
o.o.ya.sa.n／ka.n.ri.ni.n.sa.n
房東

保証人
ho.sho.o.ni.n
保證人

契約
ke.i.ya.ku
契約

房屋形式

マンション
ma.n.sho.n
高級公寓

アパート
a.pa.a.to
公寓

一戸建て
i.k.ko.da.te
獨門獨戶

木造
mo.ku.zo.o
木造

鉄筋
te.k.ki.n
鋼筋

1DK
wa.n.di.i.ke.e
一房間加廚房餐廳合併

1LDK
wa.n.e.ru.di.i.ke.e
一房間加客廳廚房餐廳合併

借家
sha.ku.ya
租房

六畳
ro.ku.jo.o
六席（榻榻米）的房間

四畳半
yo.jo.o.ha.n
四席半（榻榻米）的房間

内部結構

玄関
ge.n.ka.n
前門、玄關

廊下
ro.o.ka
走廊

部屋
he.ya
房間

居間
i.ma
和式客廳

寝室
shi.n.shi.tsu
寢室

子供部屋
ko.do.mo.be.ya
兒童房

和室
wa.shi.tsu
和室

お座敷
o.za.shi.ki
鋪著榻榻米的房間

食堂
sho.ku.do.o
餐廳

だいどころ 台所	da.i.do.ko.ro	廚房
トイレ	to.i.re	廁所
せんめんじょ 洗面所	se.n.me.n.jo	盥洗室
ふろば 風呂場	fu.ro.ba	浴室
ふろ お風呂	o.fu.ro	浴池
おし い 押入れ	o.shi.i.re	壁櫥（日式）
クローゼット	ku.ro.o.ze.t.to	壁櫥（西式）
フローリング／ゆか 床	fu.ro.o.ri.n.gu／yu.ka	地板
フロア	fu.ro.a	樓層
たたみ	ta.ta.mi	榻榻米
しょうじ 障子	sho.o.ji	日式拉窗
ふすま 襖	fu.su.ma	（兩面糊紙的）拉門
ざ たく 座卓	za.ta.ku	和室桌
ざ ぶ とん 座布団	za.bu.to.n	坐墊
にわ 庭	ni.wa	庭院
えんがわ 縁側	e.n.ga.wa	日式陽台
ベランダ	be.ra.n.da	陽台

おにぎりを十個もらったから一緒に食べよう！

きれいな庭ですよね！

おいしそう！

200 美髪

美髮

💬 ひげをそってください。

🔊 072

🌸 剪髮

1 このような髪型(かみがた)にしてください。　　請幫我剪這種髮型。
　ko.no.yo.o.na.ka.mi.ga.ta.ni.shi.te.ku.da.sa.i

2 カットだけでお願(ねが)いします。　　我想剪髮就好。
　ka.t.to.da.ke.de.o.ne.ga.i.shi.ma.su

3 短(みじか)めに切(き)ってください。　　請幫我剪短一點。
　mi.ji.ka.me.ni.ki.t.te.ku.da.sa.i

4 あまり短(みじか)くしないでください。　　請不要剪太短。
　a.ma.ri.mi.ji.ka.ku.shi.na.i.de.ku.da.sa.i

5 もう少(すこ)し短(みじか)くしてください。　　請再剪短一點。
　mo.o.su.ko.shi.mi.ji.ka.ku.shi.te.ku.da.sa.i

6 毛先(けさき)をそろえるだけにしてください。　　請幫我把髮尾修齊就好。
　ke.sa.ki.o.so.ro.e.ru.da.ke.ni.shi.te.ku.da.sa.i

7 後(うし)ろを少(すこ)し長(なが)めにしてください。　　後面要稍微長一點。
　u.shi.ro.o.su.ko.shi.na.ga.me.ni.shi.te.ku.da.sa.i

8 六時(ろくじ)までに終(お)わりますか。　　六點前會結束嗎？
　ro.ku.ji.ma.de.ni.o.wa.ri.ma.su.ka

9 セットをお願(ねが)いします。　　我要吹髮。
　se.t.to.o.o.ne.ga.i.shi.ma.su

10 シャンプーとセットをしてください。　　請幫我洗頭和吹髮。
　sha.n.pu.u.to.se.t.to.o.shi.te.ku.da.sa.i

11 この形(かたち)でけっこうです。　　這種髮型就可以了。
　ko.no.ka.ta.chi.de.ke.k.ko.o.de.su

12 横(よこ)わけにしてください。　　請幫我旁分。
　yo.ko.wa.ke.ni.shi.te.ku.da.sa.i

13 カットとシャンプーでいくらになりますか。　　剪髮加洗髮要多少錢？
ka.t.to.to.sha.n.pu.u.de.i.ku.ra.ni.na.ri.ma.su.ka

14 どの美容師さんでも結構です。　　哪一位美髮師都行。
do.no.bi.yo.o.shi.sa.n.de.mo.ke.k.ko.o.de.su

15 予約は必要ですか。　　需要預約嗎？
yo.ya.ku.wa.hi.tsu.yo.o.de.su.ka

16 あとどのくらい待たなければなりませんか。　　大概還要等多久？
a.to.do.no.ku.ra.i.ma.ta.na.ke.re.ba
na.ri.ma.se.n.ka

🌿 美容院

1 パーマをかけてください。　　請幫我燙髮。
pa.a.ma.o.ka.ke.te.ku.da.sa.i

2 ストレートパーマをかけたいんですが。　　我想燙離子燙。
su.to.re.e.to.pa.a.ma.o.ka.ke.ta.i.n.de.su.ga

3 肩ぐらいの長さに切ってください。　　請幫我剪到肩膀的長度。
ka.ta.gu.ra.i.no.na.ga.sa.ni.ki.t.te.ku.da.sa.i

4 前髪を作ってください。　　請幫我剪出瀏海。
ma.e.ga.mi.o.tsu.ku.t.te.ku.da.sa.i

5 すいてください。　　請幫我打薄。
su.i.te.ku.da.sa.i

🌿 理髪店

1 カットをお願いします。　　請幫我剪髮。
ka.t.to.o.o.ne.ga.i.shi.ma.su

2 ひげをそってください。　　請幫我刮鬍子。
hi.ge.o.so.t.te.ku.da.sa.i

3 もみあげを残してください。　　鬢角請幫我留著不要剪。
mo.mi.a.ge.o.no.ko.shi.te.ku.da.sa.i

單字充電站

美容用語

日文	羅馬拼音	中文
びょういん 美容院	bi.yo.o.i.n	美容院
とこや／りょういん 床屋／理容院	to.ko.ya／ri.yo.o.i.n	理髮店
ヘアサロン	he.a.sa.ro.n	美髮沙龍
びょうし 美容師	bi.yo.o.shi	髮型師
カット	ka.t.to	剪髮
パーマ	pa.a.ma	燙髮
ストレートパーマ	su.to.re.e.to.pa.a.ma	離子燙
シャンプー	sha.n.pu.u	洗髮
セット	se.t.to	吹整頭髮
マッサージ	ma.s.sa.a.ji	按摩
はさみ	ha.sa.mi	剪髮刀
かみそり	ka.mi.so.ri	剃刀
ひげそり／シェーバー	hi.ge.so.ri／she.e.ba.a	刮鬍刀
まえがみ	ma.e.ga.mi	瀏海
もみあげ	mo.mi.a.ge	鬢角
えりあし	e.ri.a.shi	髮際（頸部）
ひげ	hi.ge	鬍子
よやく 予約	yo.ya.ku	預約

予約していません。

予約してありますか？

beauty

Hair Salon

溫泉

🔊 o74

温泉～いいな～

お風呂はいいな～

🌱 詢問

1 <ruby>温泉<rt>おんせん</rt></ruby>はどこですか。
o.n.se.n.wa.do.ko.de.su.ka
請問哪裡有溫泉？

2 この<ruby>近<rt>ちか</rt></ruby>くに<ruby>温泉<rt>おんせん</rt></ruby>はありますか。
ko.no.chi.ka.ku.ni.o.n.se.n.wa.a.ri.ma.su.ka
這附近有溫泉嗎？

3 <ruby>温泉<rt>おんせん</rt></ruby>は<ruby>何時<rt>なんじ</rt></ruby>からですか。
o.n.se.n.wa.na.n.ji.ka.ra.de.su.ka
泡溫泉幾點開始？

4 <ruby>何時<rt>なんじ</rt></ruby>まで<ruby>開<rt>あ</rt></ruby>いてますか。
na.n.ji.ma.de.a.i.te.ma.su.ka
開到幾點？

5 <ruby>石鹸<rt>せっけん</rt></ruby>やシャンプーなどがありますか。
se.k.ke.n.ya.sha.n.pu.u.na.do.ga.a.ri.ma.su.ka
有肥皂和洗髮精嗎？

6 <ruby>何<rt>なに</rt></ruby>を<ruby>持<rt>も</rt></ruby>っていけばいいですか。
na.ni.o.mo.t.te.i.ke.ba.i.i.de.su.ka
要帶什麼東西去呢？

7 どちらが<ruby>男性<rt>だんせい</rt></ruby>（<ruby>女性<rt>じょせい</rt></ruby>）の<ruby>入<rt>い</rt></ruby>り<ruby>口<rt>ぐち</rt></ruby>ですか。
do.chi.ra.ga.da.n.se.i (jo.se.i) no.i.ri.gu.chi.de.su.ka
哪邊是男生浴池（女生浴池）的入口呢？

8 <ruby>洋服<rt>ようふく</rt></ruby>はロッカーに<ruby>入<rt>い</rt></ruby>れておいたほうがいいですか。
yo.o.fu.ku.wa.ro.k.ka.a.ni.i.re.te.o.i.ta.ho.o.ga.i.i.de.su.ka
把衣服放在置物箱比較好嗎？

9 シャンプーとリンスをください。
sha.n.pu.u.to.ri.n.su.o.ku.da.sa.i
請給我洗髮精和潤髮精。

10 ここ<ruby>空<rt>あ</rt></ruby>いていますか。
ko.ko.a.i.te.i.ma.su.ka
這裡有人用嗎？

11 この<ruby>洗面器<rt>せんめんき</rt></ruby>を<ruby>使<rt>つか</rt></ruby>ってもいいですか。
ko.no.se.n.me.n.ki.o.tsu.ka.t.te.mo.i.i.de.su.ka
我可以用這個洗臉台嗎？

泡湯・遇到問題時

遇到問題時

鍵をなくしました。

尋求幫助

1 助けて！
ta.su.ke.te
救命！

2 どうしたんですか。
do.o.shi.ta.n.de.su.ka
發生什麼事了？

3 交番はどこか教えてください。
ko.o.ba.n.wa.do.ko.ka.o.shi.e.te.ku.da.sa.i
請告訴我派出所在哪裡。

4 警察署へ連れて行ってください。
ke.i.sa.tsu.sho.e.tsu.re.te.i.t.te.ku.da.sa.i
請帶我去警察局。

5 警察を呼んでください。
ke.i.sa.tsu.o.yo.n.de.ku.da.sa.i
請幫我叫警察。

6 警察に届けたいのです。
ke.i.sa.tsu.ni.to.do.ke.ta.i.no.de.su
我想(把這個)交給警察。

遺失物品

1 切符をなくしました。
ki.p.pu.o.na.ku.shi.ma.shi.ta
我把車票弄丟了。

↳ 你也可以將□裡的字代換成以下詞彙喔！

＊パスポート
pa.su.po.o.to
護照

＊鍵
ka.gi
鑰匙

2 財布をなくしました。
sa.i.fu.o.na.ku.shi.ma.shi.ta
我弄丟錢包了。

3 財布をどこかに置き忘れました。
sa.i.fu.o.do.ko.ka.ni.o.ki.wa.su.re.ma.shi.ta
我忘了把錢包放在哪裡了。

PART4　旅遊日語開口說

4 電車の中にかばんを置き忘れました。
de.n.sha.no.na.ka.ni.ka.ba.no.o.ki.wa.su.re.ma.shi.ta

我把包包忘在電車裡了。

5 タクシーに荷物を忘れてしまいました。
ta.ku.shi.i.ni.ni.mo.tsu.o.wa.su.re.te.shi.ma.i.ma.shi.ta

我把行李遺忘在計程車裡了。

6 車の番号は覚えていません。
ku.ru.ma.no.ba.n.go.o.wa.o.bo.e.te.i.ma.se.n

我不記得車號。

7 再発行していただけますか。
sa.i.ha.k.ko.o.shi.te.i.ta.da.ke.ma.su.ka

能再發一張新卡給我嗎？

8 きのうなくしました。
ki.no.o.na.ku.shi.ma.shi.ta

昨天弄丟了。

9 いま探していただけますか。
i.ma.sa.ga.shi.te.i.ta.da.ke.ma.su.ka

現在能幫我找一下嗎？

10 遺失物取扱所はどこですか。
i.shi.tsu.bu.tsu.to.ri.a.tsu.ka.i.jo.wa.do.ko.de.su.ka

失物招領處在哪裡？

11 見つかり次第連絡してもらえますか。
mi.tsu.ka.ri.shi.da.i.re.n.ra.ku.shi.te.mo.ra.e.ma.su.ka

找到之後能請你跟我連絡嗎？

交通事故

1 交通事故に遭いました。
ko.o.tsu.u.ji.ko.ni.a.i.ma.shi.ta

我發生車禍了。

2 衝突しました。
sho.o.to.tsu.shi.ma.shi.ta

我撞車了。

3 バイクにぶつかりました。
ba.i.ku.ni.bu.tsu.ka.ri.ma.shi.ta

我撞到摩托車了。

4 制限速度を守っていました。
se.i.ge.n.so.ku.do.o.ma.mo.t.te.i.ma.shi.ta

我有遵守限速。

5 信号は青でした。
shi.n.go.o.wa.a.o.de.shi.ta

那時是綠燈。

6 怪我人がいます。
ke.ga.ni.n.ga.i.ma.su

有人受傷了。

7 救急車を呼んでください。
kyu.u.kyu.u.sha.o.yo.n.de.ku.da.sa.i

請幫忙叫救護車。

8 車がエンコしてしまいました。
ku.ru.ma.ga.e.n.ko.shi.te.shi.ma.i.ma.shi.ta

車子拋錨了。

9 タイヤがパンクしました。
ta.i.ya.ga.pa.n.ku.shi.ma.shi.ta

爆胎了。

遭小偷

1 泥棒！
do.ro.bo.o

小偷！

2 財布を取られました。
sa.i.fu.o.to.ra.re.ma.shi.ta

我的錢包被搶了。

3 パスポートを盗まれました。
pa.su.po.o.to.o.nu.su.ma.re.ma.shi.ta

護照被偷了。

4 泥棒に入られました。
do.ro.bo.o.ni.ha.i.ra.re.ma.shi.ta

房間遭小偷了。

5 スリに遭いました。
su.ri.ni.a.i.ma.shi.ta

我被扒手扒了。

6 ほんの数分前のことです。
ho.n.no.su.u.fu.n.ma.e.no.ko.to.de.su

才不過幾分鐘前的事。

7 自転車は戻ってくるでしょうか。
ji.te.n.sha.wa.mo.do.tte.ku.ru.de.sho.o.ka

腳踏車找得回來嗎？

8 引ったくりに遭いました。
hi.tta.ku.ri.ni.a.i.ma.shi.ta

我被搶了。

9 バイクに乗っていました。
ba.i.ku.ni.no.tte.i.ma.shi.ta

他騎著摩托車逃走了。

小孩走失

1 道に迷いました。
mi.chi.ni.ma.yo.i.ma.shi.ta

我迷路了。

2 子供を見失いました。　　　　　　　　　我跟我的小孩失散了。
　ko.do.mo.o.mi.u.shi.na.i.ma.shi.ta

3 子供とはぐれたのです。　　　　　　　　我的小孩走失了。
　ko.do.mo.to.ha.gu.re.ta.no.de.su

4 名前は多恵です。　　　　　　　　　　　她的名字叫多惠。
　na.ma.e.wa.ta.e.de.su

5 五歳の女の子（男の子）です。　　　　　五歲的小女孩（小男孩）。
　go.sa.i.no.o.n.na.no.ko(o.to.ko.no.ko)de.su

6 黄色いトレーナーに青いズボンをはいています。　她穿著黃色上衣配藍色褲子。
　ki.i.ro.i.to.re.e.na.a.ni.a.o.i.zu.bo.n.o
　ha.i.te.i.ma.su

7 子供を捜してください。　　　　　　　　請幫我尋找孩子。
　ko.do.mo.o.sa.ga.shi.te.ku.da.sa.i

單字充電站

求助・事件

警察署 ke.i.sa.tsu.sho 警察局	交番 ko.o.ba.n 派出所	遺失物取扱所 i.shi.tsu.bu.tsu.to.ri.a.tsu.ka.i.jo 失物招領處	スリ su.ri 扒手
痴漢 chi.ka.n 色狼	泥棒 do.ro.bo.o 小偷	ひったくり hi.t.ta.ku.ri 搶劫	空き巣 a.ki.su 闖空門	火事 ka.ji 火災
ガス漏れ ga.su.mo.re 瓦斯外漏	交通事故 ko.o.tsu.u.ji.ko 交通意外	駐車違反 chu.u.sha.i.ha.n 違規停車	スピード違反 su.pi.i.do.i.ha.n 違規超速	示談 ji.da.n 和解

生病時

ちょっと熱があります。

尋求幫助

1 病院へ連れて行ってください。　　　請帶我到醫院。
byo.o.i.n.e.tsu.re.te.i.t.te.ku.da.sa.i

2 一番近い病院はどこですか。　　　最近的醫院在哪裡？
i.chi.ba.n.chi.ka.i.byo.o.i.n.wa.do.ko.de.su.ka

3 ひとりでは動けません。　　　我自己不能動。
hi.to.ri.de.wa.u.go.ke.ma.se.n

4 助けてください。　　　請幫我一下。
ta.su.ke.te.ku.da.sa.i

5 救急車を呼んでください。　　　請幫我叫救護車。
kyu.u.kyu.u.sha.o.yo.n.de.ku.da.sa.i

6 お医者さんを呼んでください。　　　請幫我叫醫生來。
o.i.sha.sa.n.o.yo.n.de.ku.da.sa.i

掛號

1 診察を受けたいのですが。　　　我想要看診。
shi.n.sa.tsu.o.u.ke.ta.i.no.de.su.ga

2 予約していないのですが、構いませんか。　　　我沒有預約可以嗎？
yo.ya.ku.shi.te.i.na.i.no.de.su.ga、
ka.ma.i.ma.se.n.ka

3 急診をお願いします。　　　麻煩你，我要急診。
kyu.u.shi.n.o.o.ne.ga.i.shi.ma.su

傳達症狀

1 気分が悪いです。　　　我覺得不舒服。
ki.bu.n.ga.wa.ru.i.de.su

2 せきがでます 　　　　　　　　　　　我咳嗽。
se.ki.ga.de.ma.su

3 のどが痛いです 　　　　　　　　　　我喉嚨痛。
no.do.ga.i.ta.i.de.su

4 お腹が痛いです。 　　　　　　　　　我肚子痛。
o.na.ka.ga.i.ta.i.de.su

5 胃が刺すように痛みます。 　　　　　我的腹部陣陣刺痛。
i.ga.sa.su.yo.o.ni.i.ta.mi.ma.su

6 とても痛いです。／少し痛いです。 　非常痛。／有點痛。
to.te.mo.i.ta.i.de.su／su.ko.shi.i.ta.i.de.su

7 頭痛がします。 　　　　　　　　　　我頭痛。
zu.tsu.u.ga.shi.ma.su

8 寒気(悪寒)がします。 　　　　　　　我發冷。
sa.mu.ke(o.ka.n)ga.shi.ma.su

9 眩暈がします。 　　　　　　　　　　我頭暈。
me.ma.i.ga.shi.ma.su

10 吐き気がします。 　　　　　　　　　我覺得噁心想吐。
ha.ki.ke.ga.shi.ma.su

11 ちょっと熱があります。 　　　　　　我有點發燒。
cho.t.to.ne.tsu.ga.a.ri.ma.su

12 下痢です。 　　　　　　　　　　　　我拉肚子。
ge.ri.de.su

13 痔です。 　　　　　　　　　　　　　我患了痔瘡。
ji.de.su

14 高血圧です。 　　　　　　　　　　　我有高血壓。
ko.o.ke.tsu.a.tsu.de.su

與醫生對話

1 注射をしますか。 　　　　　　　　　要打針嗎？
chu.u.sha.o.shi.ma.su.ka

2 妊娠をしています。 　　　　　　　　懷孕了。
ni.n.shi.n.o.shi.te.i.ma.su

3 ペニシリンにアレルギーを起こします。　　我對青黴素過敏。
　pe.ni.shi.ri.n.ni.a.re.ru.gi.i.o.o.ko.shi.ma.su

4 すぐに治りますか。　　很快就會好嗎？
　su.gu.ni.na.o.ri.ma.su.ka

5 安静にしていなければなりませんか。　　我必須安靜休養嗎？
　a.n.se.i.ni.shi.te.i.na.ke.re.ba.na.ri.ma.se.n.ka

6 どうしたんですか。　　怎麼了？
　do.o.shi.ta.n.de.su.ka

7 どこか悪いのですか。　　是不是哪裡不舒服？
　do.ko.ka.wa.ru.i.no.de.su.ka

8 調子が悪そうですね。　　你看起來不太對勁耶。
　cho.o.shi.ga.wa.ru.so.o.de.su.ne

9 アレルギーはありますか。　　你會藥物過敏嗎？
　a.re.ru.gi.i.wa.a.ri.ma.su.ka

會話

ここが痛いですか。　　這裡痛嗎？
ko.ko.ga.i.ta.i.de.su.ka

はい、痛いです。　　是的，很痛。
ha.i、i.ta.i.de.su

別人生病時

🔊 078

1 友人が病気です。　　我朋友生病了。
　yu.u.ji.n.ga.byo.o.ki.de.su

2 意識を失っています。　　他失去意識了。
　i.shi.ki.o.u.shi.na.t.te.i.ma.su

3 顔が真っ青です。　　她的臉色發青。
　ka.o.ga.ma.s.sa.o.de.su

受傷

1 怪我をしています。　　我受傷了。
　ke.ga.o.shi.te.i.ma.su

2 足の骨を折りました。　　　　　　　　我的腳骨折了。
a.shi.no.ho.ne.o.o.ri.ma.shi.ta

3 出血しています。　　　　　　　　　　流血了。
shu.k.ke.tsu.shi.te.i.ma.su

4 腕に擦り傷を作りました。　　　　　　我的手擦傷了。
u.de.ni.su.ri.ki.zu.o.tsu.ku.ri.ma.shi.ta

5 手首を捻挫しました。　　　　　　　　手腕扭傷了。
te.ku.bi.o.ne.n.za.shi.ma.shi.ta

6 火傷をしました。　　　　　　　　　　我被燙傷了。
ya.ke.do.o.shi.ma.shi.ta

7 階段から落ちました。　　　　　　　　從樓梯摔下來。
ka.i.da.n.ka.ra.o.chi.ma.shi.ta

8 傷が完治するまでにどのくらいかかりますか。　傷口要花多久時間才能完全治癒？
ki.zu.ga.ka.n.chi.su.ru.ma.de.ni.do.no.ku.ra.i
ka.ka.ri.ma.su.ka

服藥

1 腹痛の薬はありますか。　　　　　　　有沒有肚子痛的藥？
fu.ku.tsu.u.no.ku.su.ri.wa.a.ri.ma.su.ka

2 頭痛には何が効きますか。　　　　　　什麼對頭痛有效？
zu.tsu.u.ni.wa.na.ni.ga.ki.ki.ma.su.ka

3 いつ飲むのですか。　　　　　　　　　何時服用？
i.tsu.no.mu.no.de.su.ka

4 食事の後に飲むのですか。　　　　　　飯後服用嗎？
sho.ku.ji.no.a.to.ni.no.mu.no.de.su.ka

5 一回にいくつ飲むのですか。　　　　　一次服用幾粒？
i.k.ka.i.ni.i.ku.tsu.no.mu.no.de.su.ka

6 一日に何回飲むのですか。　　　　　　一天服用幾次？
i.chi.ni.chi.ni.na.n.ka.i.no.mu.no.de.su.ka

7 それは抗生物質ですか。　　　　　　　那是抗生素嗎？
so.re.wa.ko.o.se.i.bu.s.shi.tsu.de.su.ka

8 これは解熱剤ですか。　　　　　　　　這是退燒藥嗎？
ko.re.wa.ge.ne.tsu.za.i.de.su.ka

單字充電站

看醫生

病気	びょうき byo.o.ki	生病
怪我	けが ke.ga	受傷
お医者さん	いしゃ o.i.sha.sa.n	醫生
看護婦さん	かんごふ ka.n.go.fu.sa.n	護士
患者さん	かんじゃ ka.n.ja.sa.n	病患
病院	びょういん byo.o.i.n	醫院
受付	うけつけ u.ke.tsu.ke	掛號處
診察室	しんさつしつ shi.n.sa.tsu.shi.tsu	診療處
注射	ちゅうしゃ chu.u.sha	打針
点滴	てんてき te.n.te.ki	打點滴
手術	しゅじゅつ shu.ju.tsu	手術
麻酔	ますい ma.su.i	麻醉
急患	きゅうかん kyu.u.ka.n	緊急病患
食事療法	しょくじりょうほう sho.ku.ji.ryo.o.ho.o	飲食療法
入院	にゅういん nyu.u.i.n	住院
退院	たいいん ta.i.i.n	出院
救急車	きゅうきゅうしゃ kyu.u.kyu.u.sha	救護車

救急車を呼んでください。

醫院內各科名稱

| ない か
内科
na.i.ka
內科 | げ か
外科
ge.ka
外科 | しょう に か
小児科
sho.o.ni.ka
小兒科 | じ び いんこう か
耳鼻咽喉科
ji.bi.i.n.ko.o.ka
耳鼻喉科 |

| い ちょう か
胃腸科
i.cho.o.ka
腸胃科 | がん か
眼科
ga.n.ka
眼科 | し か
歯科
shi.ka
齒科 | さん ふ じん か
産婦人科
sa.n.fu.ji.n.ka
婦產科 |

| ひ ふ か
皮膚科
hi.fu.ka
皮膚科 | せいしん か
精神科
se.i.shi.n.ka
精神科 | ひ にょう き か
泌尿器科
hi.nyo.o.ki.ka
泌尿科 | か
アレルギー科
a.re.ru.gi.i.ka
過敏科 |

| しんりょうない か
心療内科
shi.n.ryo.o.na.i.ka
心理醫科 |

わたしは歯科の医者です。

症狀

| ず つう
頭痛
zu.tsu.u
頭痛 | い つう
胃痛
i.tsu.u
胃痛 | は いた
歯痛
ha.i.ta
牙齒痛 | せき
咳
se.ki
咳嗽 | げ り
下痢
ge.ri
拉肚子 |

| べん ぴ
便秘
be.n.pi
便秘 | はな
鼻づまりがします
ha.na.zu.ma.ri.ga.shi.ma.su
鼻塞 | はな みず
鼻水がでます
ha.na.mi.zu.ga.de.ma.su
流鼻水 |

214 生病時

寒気／悪寒 sa.mu.ke／o.ka.n 發冷	**吐き気** ha.ki.ke 噁心（想吐）	**体がだるいです** ka.ra.da.ga.da.ru.i.de.su 全身沒力
眩暈 me.ma.i 頭昏眼花	**かゆみ** ka.yu.mi 發癢	**かぶれ** ka.bu.re 斑疹
火傷 ya.ke.do 燒傷、燙傷	**虫刺され** mu.shi.sa.sa.re 昆蟲咬傷	
二日酔い fu.tsu.ka.yo.i 宿醉	**風邪** ka.ze 感冒	**肺炎** ha.i.e.n 肺炎
盲腸炎 mo.o.cho.o.e.n 盲腸炎	**扁桃腺炎** he.n.to.o.se.n.e.n 扁桃腺炎	
ノロウイルス no.ro.wi.ru.su 急性腸胃炎（諾羅病毒）	**じんましん** ji.n.ma.shi.n 蕁麻疹	**骨折** ko.s.se.tsu 骨折
捻挫 ne.n.za 扭傷	**アレルギー** a.re.ru.gi.i 過敏	**寝違える** ne.chi.ga.e.ru 落枕

二日酔い！

身體部位

🔊 o80

身体 ka.ra.da 身體	**頭** a.ta.ma 頭	**顔** ka.o 臉	**額** hi.ta.i 額頭	**目** me 眼睛

PART4 旅遊日語開口說 215

みみ 耳 mi.mi 耳朵	はな 鼻 ha.na 鼻子	は 歯 ha 牙齒	くち 口 ku.chi 嘴巴	した 舌 shi.ta 舌頭
あご 顎 a.go 下巴	のど 喉 no.do 喉嚨	くび 首 ku.bi 脖子	かた 肩 ka.ta 肩膀	むね 胸 mu.ne 胸
なか お腹 o.na.ka 肚子	うで 腕 u.de 手臂	て 手 te 手	ゆび 指 yu.bi 手指	あし 足 a.shi 腳
もも mo.mo 大腿	ひざ 膝 hi.za 膝蓋	ふくらはぎ fu.ku.ra.ha.gi 小腿		い 胃 i 胃
しんぞう 心臓 shi.n.zo.o 心臟	はい 肺 ha.i 肺	かんぞう 肝臓 ka.n.zo.o 肝臟	じんぞう 腎臓 ji.n.zo.o 腎臟	ちょう 腸 cho.o 腸
しきゅう 子宮 shi.kyu.u 子宮	ほね 骨 ho.ne 骨頭	ち　けつえき 血／血液 chi／ke.tsu.e.ki 血／血液		けっかん 血管 ke.k.ka.n 血管
きんにく 筋肉 ki.n.ni.ku 肌肉	しんけい 神経 shi.n.ke.i 神經	ひふ 皮膚 hi.fu 皮膚	はだ 肌 ha.da 肌膚	

歯が痛い〜

醫療用具

| 薬
くすり
ku.su.ri
藥 | 薬局／ドラッグストア
やっきょく
ya.k.kyo.ku／do.ra.g.gu.su.to.a
藥房、藥局 | 処方箋
しょほうせん
sho.ho.o.se.n
處方箋 |

目薬 / めぐすり / me.gu.su.ri / 眼藥
胃薬 / いぐすり / i.gu.su.ri / 胃藥
頭痛薬 / ずつうやく / zu.tsu.u.ya.ku / 頭痛藥
風邪薬 / かぜぐすり / ka.ze.gu.su.ri / 感冒藥

下痢止め / げりどめ / ge.ri.do.me / 止瀉藥
かゆみ止め / かゆみどめ / ka.yu.mi.do.me / 止癢藥
ビタミン剤 / ざい / bi.ta.mi.n.za.i / 維他命劑
下剤 / げざい / ge.za.i / 瀉藥

アスピリン / a.su.pi.ri.n / 阿斯匹靈
軟膏 / なんこう / na.n.ko.o / 軟膏
救急箱 / きゅうきゅうばこ / kyu.u.kyu.u.ba.ko / 急救箱

体温計 / たいおんけい / ta.i.o.n.ke.i / 體溫計
湿布 / しっぷ / shi.p.pu / 貼布
包帯 / ほうたい / ho.o.ta.i / 繃帶
ガーゼ / ga.a.ze / 紗布

バンドエイド／絆創膏 / ばんそうこう / ba.n.do.e.i.do／ba.n.so.o.ko.o / OK繃

薬屋

風邪薬はありますか？

ありますよ！

ドラッグストア

電腦用語

上網

1 インターネットをする。
　i.n.ta.a.ne.t.to.o.su.ru　　　　　上網

電腦相關產品名稱

パソコン pa.so.ko.n 電腦	ノートパソコン no.o.to.pa.so.ko.n 筆記型電腦	ミニノートパソコン mi.ni.no.o.to.pa.so.ko.n 小筆電
タブレットパソコン ta.bu.re.tto.pa.so.ko.n 平板電腦	画面（がめん） ga.me.n 電腦畫面	モニター mo.ni.ta.a 電腦顯示器
		マウス ma.u.su 滑鼠
カートリッジ ka.a.to.ri.j.ji 墨水匣	インク i.n.ku 墨水	プリンター pu.ri.n.ta.a 印表機
		スキャナー su.kya.na.a 掃描器
CD-ROM shi.i.di.i-ro.mu CD-ROM	DVD-ROM di.i.bu.i.di.i-ro.mu DVD-ROM	ハードディスク ha.a.do.di.su.ku 硬碟
LAN ケーブル ra.n.ke.e.bu.ru 網路線	メモリーカード me.mo.ri.i.ka.a.do 記憶卡	

鍵盤名稱

キーボード ki.i.bo.o.do 鍵盤	エンターキー e.n.ta.a.ki.i Enter鍵	スペースキー su.pe.e.su.ki.i 空白鍵	シフトキー shi.fu.to.ki.i Shift鍵
デリートキー de.ri.i.to.ki.i Delete 鍵		オルトキー o.ru.to.ki.i Alt 鍵	

電腦畫面名稱

カーソル ka.a.so.ru 游標	ツールバー tsu.u.ru.ba.a 工具列	アドレス帳(ちょう) a.do.re.su.cho.o 通訊錄	ウイルス u.i.ru.su 病毒
オフライン o.fu.ra.i.n 離線	オンライン o.n.ra.i.n 上線	拡張子(かくちょうし) ka.ku.cho.o.shi 副檔名	ごみ箱(ばこ) go.mi.ba.ko 資源回收筒
スクリーンセーバー su.ku.ri.i.n.se.e.ba.a 螢幕保護程式		ソフトウェア so.fu.to.we.a 軟體	ハードウェア ha.a.do.we.a 硬體
ファイル fa.i.ru 資料夾	フォルダ fo.ru.da 文件夾	フォント fo.n.to 字型	トップページ to.p.pu.pe.e.ji 首頁

添付ファイル（てんぷ）	te.n.pu.fa.i.ru	附檔
電子メール（でんし）	de.n.shi.me.e.ru	電子郵件
メールボックス	me.e.ru.bo.k.ku.su	收信匣
ホームページ	ho.o.mu.pe.e.ji	網頁
ホームページアドレス	ho.o.mu.pe.e.ji.a.do.re.su	網址
壁紙（かべがみ）	ka.be.ga.mi	桌布

操作

圧縮（あっしゅく）	a.s.shu.ku	壓縮
インストール	i.n.su.to.o.ru	安裝
キャンセル	kya.n.se.ru	取消
クリック	ku.ri.k.ku	點滑鼠一下
ダブルクリック	da.bu.ru.ku.ri.k.ku	點兩下
再起動（さいきどう）	sa.i.ki.do.o	重新啟動電腦
スキャン	su.kya.n	掃描
ダウンロード	da.u.n.ro.o.do	下載
電源を入れる（でんげん・い）	de.n.ge.n.o.i.re.ru	打開電源
電源を切る（でんげん・き）	de.n.ge.n.o.ki.ru	關掉電源
入力（にゅうりょく）	nyu.u.ryo.ku	輸入
ドラッグする	do.ra.g.gu.su.ru	拖曳
フォーマット	fo.o.ma.t.to	格式化

社群網站

1 友達を招待します。　　　　　　邀請朋友。
　to.mo.da.chi.o.sho.o.ta.i.shi.ma.su

2 ウォールに書き込みましょう。　　在牆上留言。
　wo.o.ru.ni.ka.ki.ko.mi.ma.sho.o

3 プロフィール写真を変えます。　　換大頭貼。
　pu.ro.fi.i.ru.sha.shi.n.o.ka.e.ma.su

其他

絵文字	顔文字
e.mo.ji	ka.o.mo.ji
表情符號	表情符號

フリーズ	文字化け	容量	スカイプ
fu.ri.i.zu	mo.ji.ba.ke	yo.o.ryo.o	su.ka.i.pu
當機	亂碼	容量	SKYPE

ミクシィー	フェイスブック	ツイッター
mi.ku.shi.i	fe.i.su.bu.k.ku	tsu.i.t.ta.a
mixi 社群網站	臉書 (facebook)	推特 (twitter)

いいね	シェア	コメントする	つぶやき
i.i.ne	she.a	ko.me.n.to.su.ru	tsu.bu.ya.ki
讚	分享	留言	自言自語、嘀咕

喜怒哀樂

ひとりで寂しいです。

喜

1 私はとても幸せです。
   wa.ta.shi.wa.to.te.mo.shi.a.wa.se.de.su
   我非常幸福。

2 最高です。
   sa.i.ko.o.de.su
   太棒了！

3 生きててよかった。
   i.ki.te.te.yo.ka.t.ta
   活著真好！

會話

うれしそうですね、何かありましたか。
u.re.shi.so.o.de.su.ne、na.ni.ka.a.ri.ma.shi.ta.ka
你看起來很高興的樣子喔！有什麼好事發生嗎？

ええ、ちょっと。
e.e、cho.t.to
嗯、是啊。

いいですね。
i.i.de.su.ne
真好！

關於「喜」的其他表現

| うれしい u.re.shi.i 高興 | うれしくてたまらない u.re.shi.ku.te.ta.ma.ra.na.i 高興得不得了 | 面白い o.mo.shi.ro.i 有趣 |
| 幸せ shi.a.wa.se 幸福 | すごい su.go.i 太棒了 | |

あ～幸せ～

怒

1 いらいらします。　　　　　　　很焦躁。
　i.ra.i.ra.shi.ma.su

2 不公平です。　　　　　　　　　不公平。
　fu.ko.o.he.i.de.su

3 頭に来ました。　　　　　　　　真令人生氣。
　a.ta.ma.ni.ki.ma.shi.ta

4 馬鹿にしないでください。　　　別瞧不起人。
　ba.ka.ni.shi.na.i.de.ku.da.sa.i

5 我慢できません。　　　　　　　我受不了了。
　ga.ma.n.de.ki.ma.se.n

6 虫が良すぎます。　　　　　　　太自私了。
　mu.shi.ga.yo.su.gi.ma.su

7 あなたのやり方は卑怯です。　　你的作法太卑鄙了。
　a.na.ta.no.ya.ri.ka.ta.wa.hi.kyo.o.de.su

關於「怒」的其他表現

目の敵にする	腑に落ちない	うんざりする
me.no.ka.ta.ki.ni.su.ru	fu.ni.o.chi.na.i	u.n.za.ri.su.ru
當成眼中釘	無法理解	受夠了

哀

1 あなたがいなくて寂しいです。　你不在我好寂寞。
　a.na.ta.ga.i.na.ku.te.sa.bi.shi.i.de.su

2 憂鬱です。　　　　　　　　　　我很鬱卒。
　yu.u.u.tsu.de.su

3 気がめいります。　　　　　　　灰心喪氣。
　ki.ga.me.i.ri.ma.su

PART4　旅遊日語開口說　223

4 何もやる気がおきません。
na.ni.mo.ya.ru.ki.ga.o.ki.ma.se.n
一點都提不起勁來。

5 とても悲しそうですね。
to.te.mo.ka.na.shi.so.o.de.su.ne
他看起來好像很悲傷。

6 気を落とさないでください。
ki.o.o.to.sa.na.i.de.ku.da.sa.i
別洩氣。

關於「哀」的其他表現

悲しい	がっかりする	残念	さびしい
ka.na.shi.i	ga.k.ka.ri.su.ru	za.n.ne.n	sa.bi.shi.i
悲傷	失望	可惜	寂寞

樂

1 とても楽しみです。
to.te.mo.ta.no.shi.mi.de.su
我非常期待。

2 今日はとても楽しかったです。
kyo.o.wa.to.te.mo.ta.no.shi.ka.t.ta.de.su
今天（玩得）非常開心。

關於「樂」的其他表現

楽しい	うきうきする	わくわくする
ta.no.shi.i	u.ki.u.ki.su.ru	wa.ku.wa.ku.su.ru
愉快、高興	高興（得坐不住）	期待

面白い	満足
o.mo.shi.ro.i	ma.n.zo.ku
好玩、有趣	滿足

ご飯を三杯食べた！満足！

友情篇

> 友だちは多いです。

我的朋友

1 友(とも)だちは多(おお)いです。
  to.mo.da.chi.wa.o.o.i.de.su
  我有很多朋友。

2 スポーツ仲(なか)間(ま)がたくさんいます。
  su.po.o.tsu.na.ka.ma.ga.ta.ku.sa.n.i.ma.su
  我有很多運動的夥伴。

3 私(わたし)と○○は中(ちゅう)学(がく)からの親(しん)友(ゆう)です。
  wa.ta.shi.to. ○○ .wa.chu.u.ga.ku.ka.ra.no.shi.n.yu.u.de.su
  我和○○是打從國中就認識的摯友。

單字充電站

朋友

友(とも)だち to.mo.da.chi 朋友	仲(なか)間(ま) na.ka.ma 夥伴	親(しん)友(ゆう) shi.n.yu.u 摯友	仲(なか)良(よ)し na.ka.yo.shi 好朋友
友(ゆう)情(じょう) yu.u.jo.o 友情	男(おとこ)友(とも)達(だち) o.to.ko.to.mo.da.chi 男性友人	女(おんな)友(とも)達(だち) o.n.na.to.mo.da.chi 女性友人	喧(けん)嘩(か) ke.n.ka 吵架
絶(ぜっ)交(こう) ze.k.ko.o 絕交	仲(なか)直(なお)り na.ka.na.o.ri 和好	友(とも)達(だち)作(づく)り to.mo.da.chi.zu.ku.ri 交朋友	

PART4 旅遊日語開口說

戀愛篇

私は中原くんが好きです。

喜歡・單戀

1. 私は中原くんが好きです。
   wa.ta.shi.wa.na.ka.ha.ra.ku.n.ga.su.ki.de.su
   　　　　　　　　　　　　　　　　我喜歡中原。

2. 仲間さんに片思いしています。
   na.ka.ma.sa.n.ni.ka.ta.o.mo.i.shi.te.i.ma.su
   　　　　　　　　　　　　　　　　我暗戀仲間。

3. 理恵さんが大好きです。
   ri.e.sa.n.ga.da.i.su.ki.de.su
   　　　　　　　　　　　　　　　　我最喜歡理惠了。

4. 太郎くんを気に入っています。
   ta.ro.o.ku.n.o.ki.ni.i.t.te.i.ma.su
   　　　　　　　　　　　　　　　　我喜歡太郎。

告白

1. 僕はまりさんが好きです。
   bo.ku.wa.ma.ri.sa.n.ga.su.ki.de.su
   　　　　　　　　　　　　　　　　我喜歡麻理。

2. 付き合ってください。
   tsu.ki.a.t.te.ku.da.sa.i
   　　　　　　　　　　　　　　　　請跟我交往。

3. ずっと前から好きでした。
   zu.t.to.ma.e.ka.ra.su.ki.de.shi.ta
   　　　　　　　　　　　　　　　　我喜歡你很久了。

4. 本気です。
   ho.n.ki.de.su
   　　　　　　　　　　　　　　　　我是認真的。

付き合ってください！

邀約

會話

- ディズニーランドへ一緒に行きませんか。
  di.zu.ni.i.ra.n.do.e.i.s.sho.ni.i.ki.ma.se.n.ka
  要不要一起去迪士尼樂園？

- いいですよ。いつですか。
  i.i.de.su.yo.i.tsu.de.su.ka
  好啊！什麼時候呢？

226 ❀ 戀愛篇

結婚

1. 彼氏からプロポーズされた。
   ka.re.shi.ka.ra.pu.ro.po.o.zu.sa.re.ta
   男朋友向我求婚了。

2. 私と結婚してください。
   wa.ta.shi.to.ke.k.ko.n.shi.te.ku.da.sa.i
   請和我結婚。

3. 一生あなたを守ります
   i.s.sho.o.a.na.ta.o.ma.mo.ri.ma.su
   我會守護你一輩子。

4. 婚約者の○○君です。
   ko.n.ya.ku.sha.no.○○.ku.n.de.su
   這是我的未婚夫○○。

單字充電站

情侶・夫妻

恋人同士 ko.i.bi.to.do.o.shi 情侶檔	恋人同士仲がいい ko.i.bi.to.do.o.shi.na.ka.ga.i.i 甜蜜情侶檔	彼氏 ka.re.shi 男朋友	彼女 ka.no.jo 女朋友
元カレ mo.to.ka.re 前男友	元カノ mo.to.ka.no 前女友	夫婦 fu.u.fu 夫妻	旦那・主人 da.n.na・shu.ji.n 先生
妻／奥さん／家内 tsu.ma／o.ku.sa.n／ka.na.i 妻子	元夫 mo.to.o.t.to 前夫	元妻 mo.to.tsu.ma 前妻	プロポーズ pu.ro.po.o.zu 求婚
婚約者 ko.n.ya.ku.sha 未婚夫（妻）	入籍／結婚式 nyu.u.se.ki／ke.k.ko.n.shi.ki 登記結婚／結婚典禮		ハネムーン／新婚旅行 ha.ne.mu.u.n／shi.n.ko.n.ryo.ko.o 蜜月旅行

學校

わたしは
サッカークラブ
に入っています。

🎵 085

科系

會話 1

何学科ですか。
na.ni.ga.k.ka.de.su.ka
你是什麼系的？

国際貿易学科です。
ko.ku.sa.i.bo.o.e.ki.ga.k.ka.de.su
國貿系。

會話 2

何の勉強をしていますか。
na.n.no.be.n.kyo.o.o.shi.te.i.ma.su.ka
你唸什麼的呢？

日本の音楽を学んでいます。
ni.ho.n.no.o.n.ga.ku.o.ma.na.n.de.i.ma.su
我在唸日本音樂。

各學系名稱

法学部	経済学部	商学部	文学部
ho.o.ga.ku.bu	ke.i.za.i.ga.ku.bu	sho.o.ga.ku.bu	bu.n.ga.ku.bu
法律系	經濟系	商學系	文學系

教育学部	理学部	工学部	農学部
kyo.o.i.ku.ga.ku.bu	ri.ga.ku.bu	ko.o.ga.ku.bu	no.o.ga.ku.bu
教育學系	理學系	工學系	農學系

医学部 い が く ぶ i.ga.ku.bu 醫學系	**薬学部** やくがくぶ ya.ku.ga.ku.bu 藥學系
理系 り けい ri.ke.i 理科	**文系** ぶんけい bu.n.ke.i 文科
日本語学科 に ほん ご がっ か ni.ho.n.go.ga.k.ka 日文系	**国際貿易学科** こくさいぼうえき がっ か ko.ku.sa.i.bo.o.e.ki.ga.k.ka 國際貿易系
社会学部 しゃかいがく ぶ sha.ka.i.ga.ku.bu 社會學系	**情報学部** じょうほうがく ぶ jo.o.ho.o.ga.ku.bu 資訊管理系

社團活動

わたしは サッカークラブに 入っています。

會話 ❶

🐵 何のクラブに入っていますか。　　　你參加什麼社團？
　なん　　　　　　はい
　na.n.no.ku.ra.bu.ni.ha.i.t.te.i.ma.su.ka

🐵 バスケットボールです。　　　　　　籃球社。
　ba.su.ke.t.to.bo.o.ru.de.su

會話 ❷

🐵 面白いサークルはありますか。　　　有沒有什麼好玩的社
　おもしろ　　　　　　　　　　　　　　團？
　o.mo.shi.ro.i.sa.a.ku.ru.wa.a.ri.ma.su.ka

🐵 剣道はどうですか。　　　　　　　　劍道社如何？
　けんどう
　ke.n.do.o.wa.do.o.de.su.ka

PART4　旅遊日語開口說　229

社團活動名稱

アーチェリー a.a.che.ri.i 射箭	あいきどう 合気道 a.i.ki.do.o 合氣道	アイススケート a.i.su.su.ke.e.to 溜冰

アイスホッケー a.i.su.ho.k.ke.e 冰上曲棍球	アメリカンフットボール a.me.ri.ka.n.fu.t.to.bo.o.ru 美式足球	えんげき 演劇 e.n.ge.ki 戲劇

がくせいかい 学生会 ga.ku.se.i.ka.i 學生會	がっしょうだん 合唱団 ga.s.sho.o.da.n 合唱團	からて 空手 ka.ra.te 空手道	けんどう 剣道 ke.n.do.o 劍道

ゴルフ go.ru.fu 高爾夫	サッカー sa.k.ka.a 足球	しゃしん 写真 sha.shi.n 攝影

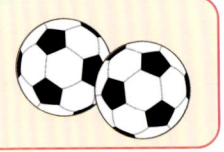

オーケストラ o.o.ke.su.to.ra 管絃樂	じゅうどう 柔道 ju.u.do.o 柔道	じょうば 乗馬 jo.o.ba 騎馬	すいえい 水泳 su.i.e.i 游泳

すもう 相撲 su.mo.o 相撲	ソフトテニス so.fu.to.te.ni.su 軟式網球	ソフトボール so.fu.to.bo.o.ru 壘球	たいそう 体操 ta.i.so.o 體操

たっきゅう 卓球 ta.k.kyu.u 桌球	チアリーダー chi.a.ri.i.da.a 啦啦隊	テコンドー te.ko.n.do.o 跆拳道

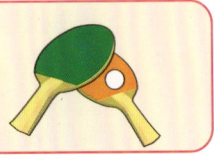

テニス te.ni.su 網球	バスケットボール ba.su.ke.t.to.bo.o.ru 籃球
ラクロス ra.ku.ro.su 長曲棍球	

バドミントン ba.do.mi.n.to.n 羽球	バレーボール ba.re.e.bo.o.ru 排球

ボクシング bo.ku.shi.n.gu 拳擊	野球(やきゅう) ya.kyu.u 棒球	ラグビー ra.gu.bi.i 橄欖球	スキー su.ki.i 滑雪

あとで
やります。

おもしろい
ですよ！

一緒に
バドミントンを
やりませんか？

天氣

雨が降りそう。
はやく家に
帰らないと…

談論天氣

1 雨が降りそうです。　　　　　　　　好像快下雨了。
   a.me.ga.fu.ri.so.o.de.su

2 雷が鳴っています。　　　　　　　　打雷了。
   ka.mi.na.ri.ga.na.t.te.i.ma.su

3 風が強いです。　　　　　　　　　　風很強。
   ka.ze.ga.tsu.yo.i.de.su

4 雲行きがあやしいです。　　　　　　好像快下雨了。
   ku.mo.yu.ki.ga.a.ya.shi.i.de.su

會話

今日の天気はどうですか。　　　　　今天天氣如何？
kyo.o.no.te.n.ki.wa.do.o.de.su.ka

とてもいい天気です。　　　　　　　天氣非常好。
to.te.mo.i.i.te.n.ki.de.su

單字充電站

天氣用語

晴れ ha.re 晴天	曇り ku.mo.ri 多雲	風 ka.ze 颱風

雨 a.me 下雨	雪 yu.ki 下雪

| 小雨 ko.sa.me 小雨 | 大雨 o.o.a.me 大雨 | 雷 ka.mi.na.ri 打雷 | 快晴 ka.i.se.i 晴朗 |

| 晴れのち曇り ha.re.no.chi.ku.mo.ri 晴時多雲 | 台風 ta.i.fu.u 颱風 | 雹 hyo.o 冰雹 |

| 地震 ji.shi.n 地震 | 余震 yo.shi.n 餘震 | 津波 tsu.na.mi 海嘯 | 花粉飛散 ka.fu.n.hi.sa.n 花粉飛揚 |

| 床下浸水 yu.ka.shi.ta.shi.n.su.i 淹水未達日式房屋的玄關高起處 | 床上浸水 yu.ka.u.e.shi.n.su.i 淹水超過日式房屋的玄關高起處 |

| 警報 ke.i.ho.o 警報 | 予報 yo.ho.o 預報 | 注意報 chu.u.i.ho.o 注意特報 | あたたかい a.ta.ta.ka.i 溫暖 |

| 涼しい su.zu.shi.i 涼爽 | 暑い a.tsu.i 炎熱 | さむい sa.mu.i 寒冷 | 梅雨 tsu.yu 梅雨 |

人生百態

最近お腹が出てきました。

談論某人

1. あの人は見かけよりも若いです。
   a.no.hi.to.wa.mi.ka.ke.yo.ri.mo.wa.ka.i.de.su
   那個人實際年齡比外表還年輕。

2. 最近お腹が出てきました。
   sa.i.ki.no.na.ka.ga.de.te.ki.ma.shi.ta
   最近我的肚子跑出來了。

3. 彼はとても頑固です。
   ka.re.wa.to.te.mo.ga.n.ko.de.su
   他非常頑固。

4. 私は彼とウマが合いません。
   wa.ta.shi.wa.ka.re.to.u.ma.ga.a.i.ma.se.n
   我和他不合。

5. あの人は本当に頭が切れます。
   a.no.hi.to.wa.ho.n.to.o.ni.a.ta.ma.ga.ki.re.ma.su
   那個人腦筋很靈活。

會話

- 彼女はきれいな人ですね。
  ka.no.jo.wa.ki.re.i.na.hi.to.de.su.ne
  她真是一位美女啊！

- ええ、性格もいいんですよ。
  e.e、se.i.ka.ku.mo.i.i.n.de.su.yo
  是啊，個性也很好喔！

單字充電站

外表

かわいい	きれい	かっこいい
ka.wa.i.i	ki.re.i	ka.k.ko.i.i
可愛	漂亮	帥

234 人生百態

| 童顔(どうがん) do.o.ga.n 娃娃臉 | 美しい(うつく) u.tsu.ku.shi.i 美麗 | 素敵(すてき) su.te.ki 非常漂亮 |

身高體型

| 背が高い(せ たか) se.ga.ta.ka.i 高個子 | 背が低い(せ ひく) se.ga.hi.ku.i 矮個子 | やせている ya.se.te.i.ru 瘦 | 太っている(ふと) fu.to.t.te.i.ru 胖 |

お腹が出ている(なか で)
o.na.ka.ga.de.te.i.ru
有小腹

お腹が出てきました。

年紀

| 若い(わか) wa.ka.i 年輕的 | 年寄り(とし よ) to.shi.yo.ri 老年人 | 年上(としうえ) to.shi.u.e 年長的 | 若く見える(わか み) wa.ka.ku.mi.e.ru 看起來年輕 |

年のわりにはふけて見える(とし み)
to.shi.no.wa.ri.ni.wa.fu.ke.te.mi.e.ru
看起來比實際年齡老

いらっしゃい。

こんにちわ！

わ！すごく若くて
きれいなお母さんだ！
うらやましー…

反義詞 🔊 089

優しい ya.sa.shi.i 溫柔、隨和	⇔	厳しい ki.bi.shi.i 嚴厲
気前がいい ki.ma.e.ga.i.i 大方	⇔	けち ke.chi 小氣
扱いやすい a.tsu.ka.i.ya.su.i 好相處的	⇔	扱いにくい a.tsu.ka.i.ni.ku.i 不好相處的
おとなっぽい o.to.na.p.po.i 成熟	⇔	子供っぽい ko.do.mo.p.po.i 幼稚
柔軟 ju.u.na.n 態度柔軟	⇔	強硬 kyo.o.ko.o 態度強硬
素直 su.na.o 坦率	⇔	偏屈 he.n.ku.tsu 扭捏
やわらかい ya.wa.ra.ka.i 身段柔軟的	⇔	かたい ka.ta.i 死腦筋
公明正大 ko.o.me.i.se.i.da.i 光明正大的	⇔	卑怯 hi.kyo.o 卑鄙
妥協的 da.kyo.o.te.ki 妥協	⇔	頑固 ga.n.ko 頑固
強 tsu.yo.i 堅強	⇔	弱い yo.wa.i 軟弱
明るい a.ka.ru.i 開朗的	⇔	暗い ku.ra.i 陰沉的
でしゃばり de.sha.ba.ri 愛出風頭	⇔	目立たない me.da.ta.na.i 低調
おもしろい o.mo.shi.ro.i 有趣的	⇔	つまらない tsu.ma.ra.na.i 無趣的
口上手 ku.chi.jo.o.zu 能言善道	⇔	口下手 ku.chi.be.ta 言語笨拙

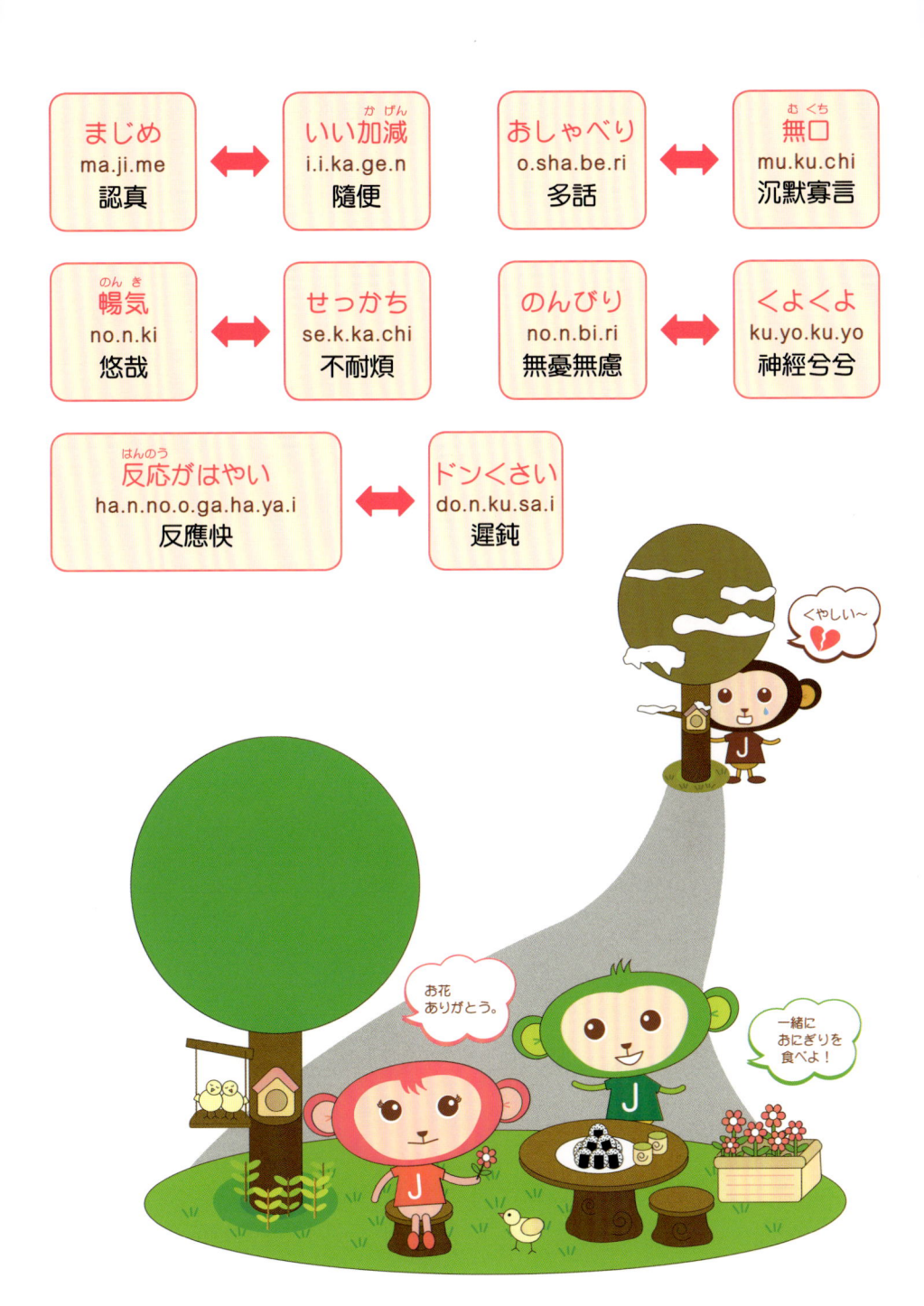

まじめ ma.ji.me 認真	⇔	いい加減(かげん) i.i.ka.ge.n 隨便		おしゃべり o.sha.be.ri 多話	⇔	無口(むくち) mu.ku.chi 沉默寡言
暢気(のんき) no.n.ki 悠哉	⇔	せっかち se.k.ka.chi 不耐煩		のんびり no.n.bi.ri 無憂無慮	⇔	くよくよ ku.yo.ku.yo 神經兮兮
反応(はんのう)がはやい ha.n.no.o.ga.ha.ya.i 反應快	⇔	ドンくさい do.n.ku.sa.i 遲鈍				

お花ありがとう。

一緒におにぎりを食べよ！

くやしい〜

PART 5

日本便利通

日本的行政區
一都一道二府43縣

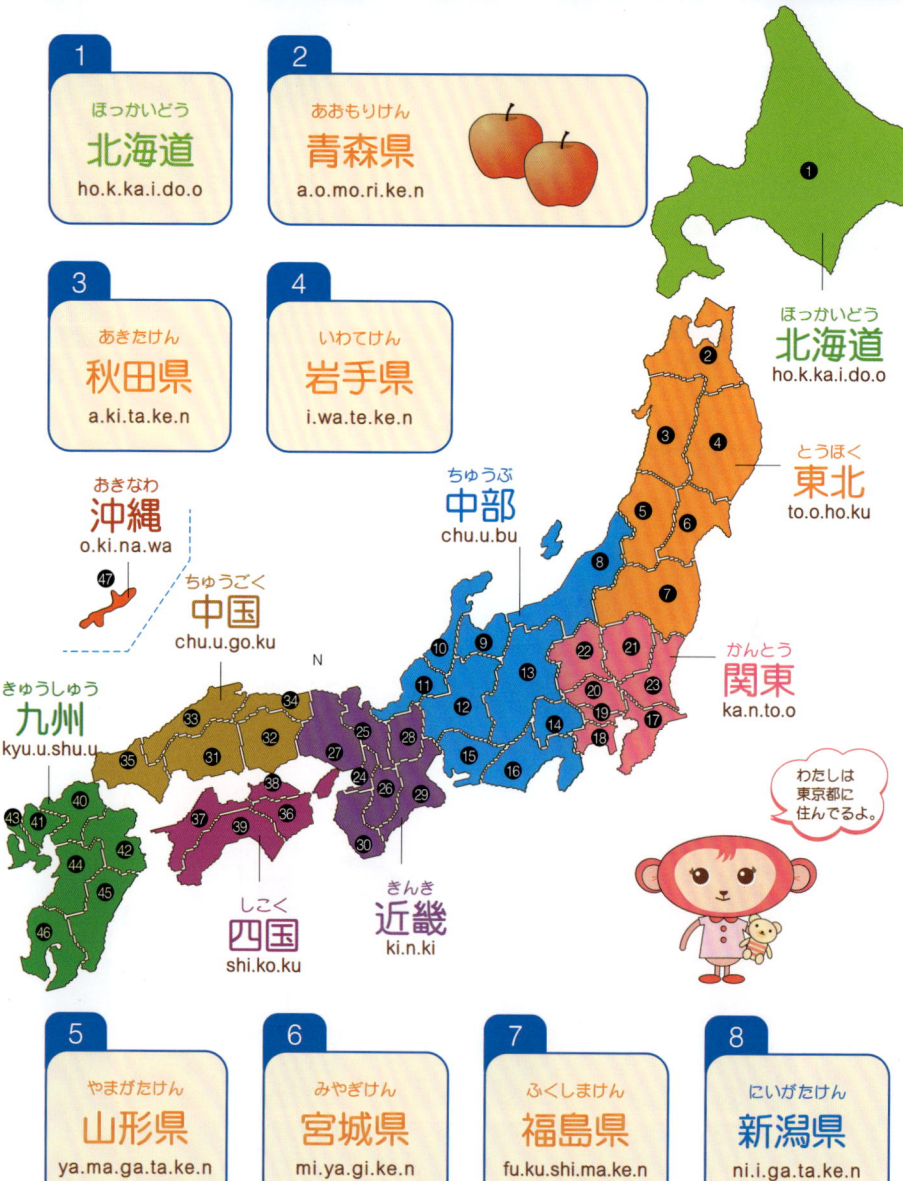

💬 天むすを食べなきゃ！せっかく名古屋に来たんだから！

🔊 090

1
ほっかいどう
北海道
ho.k.ka.i.do.o

2
あおもりけん
青森県
a.o.mo.ri.ke.n

3
あきたけん
秋田県
a.ki.ta.ke.n

4
いわてけん
岩手県
i.wa.te.ke.n

おきなわ
沖縄
o.ki.na.wa

ちゅうごく
中国
chu.u.go.ku

きゅうしゅう
九州
kyu.u.shu.u

ちゅうぶ
中部
chu.u.bu

ほっかいどう
北海道
ho.k.ka.i.do.o

とうほく
東北
to.o.ho.ku

かんとう
関東
ka.n.to.o

しこく
四国
shi.ko.ku

きんき
近畿
ki.n.ki

💬 わたしは東京都に住んでるよ。

5
やまがたけん
山形県
ya.ma.ga.ta.ke.n

6
みやぎけん
宮城県
mi.ya.gi.ke.n

7
ふくしまけん
福島県
fu.ku.shi.ma.ke.n

8
にいがたけん
新潟県
ni.i.ga.ta.ke.n

240 🌸 日本的行政區

9 とやまけん 富山県 to.ya.ma.ke.n	10 いしかわけん 石川県 i.shi.ka.wa.ke.n	11 ふくいけん 福井県 fu.ku.i.ke.n	12 ぎふけん 岐阜県 gi.fu.ke.n
13 ながのけん 長野県 na.ga.no.ke.n		14 やまなしけん 山梨県 ya.ma.na.shi.ke.n	15 あいちけん 愛知県 a.i.chi.ke.n
16 しずおかけん 静岡県 shi.zu.o.ka.ke.n	17 ちばけん 千葉県 chi.ba.ke.n	18 かながわけん 神奈川県 ka.na.ga.wa.ke.n	
19 とうきょうと 東京都 to.o.kyo.o.to		20 さいたまけん 埼玉県 sa.i.ta.ma.ke.n	21 とちぎけん 栃木県 to.chi.gi.ke.n
22 ぐんまけん 群馬県 gu.n.ma.ke.n	23 いばらきけん 茨城県 i.ba.ra.ki.ke.n	24 おおさかふ 大阪府 o.o.sa.ka.fu	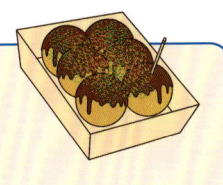
25 きょうとふ 京都府 kyo.o.to.fu	26 ならけん 奈良県 na.ra.ke.n	27 ひょうごけん 兵庫県 hyo.o.go.ke.n	28 しがけん 滋賀県 shi.ga.ke.n

29
みえけん
三重県
mi.e.ke.n

30
わかやまけん
和歌山県
wa.ka.ya.ma.ke.n

31
ひろしまけん
広島県
hi.ro.shi.ma.ke.n

32
おかやまけん
岡山県
o.ka.ya.ma.ke.n

33
しまねけん
島根県
shi.ma.ne.ke.n

34
とっとりけん
鳥取県
to.t.to.ri.ke.n

35
やまぐちけん
山口県
ya.ma.gu.chi.ke.n

36
とくしまけん
徳島県
to.ku.shi.ma.ke.n

37
えひめけん
愛媛県
e.hi.me.ke.n

38
かがわけん
香川県
ka.ga.wa.ke.n

39
こうちけん
高知県
ko.o.chi.ke.n

40
ふくおかけん
福岡県
fu.ku.o.ka.ke.n

41
さがけん
佐賀県
sa.ga.ke.n

42
おおいたけん
大分県
o.o.i.ta.ke.n

43
ながさきけん
長崎県
na.ga.sa.ki.ke.n

44
くまもとけん
熊本県
ku.ma.mo.to.ke.n

45
みやざきけん
宮崎県
mi.ya.za.ki.ke.n

46
かごしまけん
鹿児島県
ka.go.shi.ma.ke.n

47
おきなわけん
沖縄県
o.ki.na.wa.ke.n

おみやげありがとう！

長崎県のカステラを買ってきたよ。

日本地鐵圖
JAPANESE SUBWAY MAP

* 東京地下鐵路線圖……………P244
  TOKYO SUBWAY
* 橫濱地下鐵路線圖……………P244
  YOKOHAMA SUBWAY
* 大阪地下鐵路線圖……………P246
  OSAKA SUBWAY
* 京都地下鐵路線圖……………P246
  KYOTO SUBWAY
* 神戶地下鐵路線圖……………P246
  KOBE SUBWAY
* 札幌地下鐵路線圖……………P247
  SAPPORO SUBWAY
* 仙台地下鐵路線圖……………P247
  SENDAI SUBWAY
* 名古屋地下鐵路線圖…………P247
  NAGOYA SUBWAY
* 福岡地下鐵路線圖……………P247
  FUKUOKA SUBWAY
* 沖繩單軌電車路線圖…………P247
  OKINAWA SUBWAY

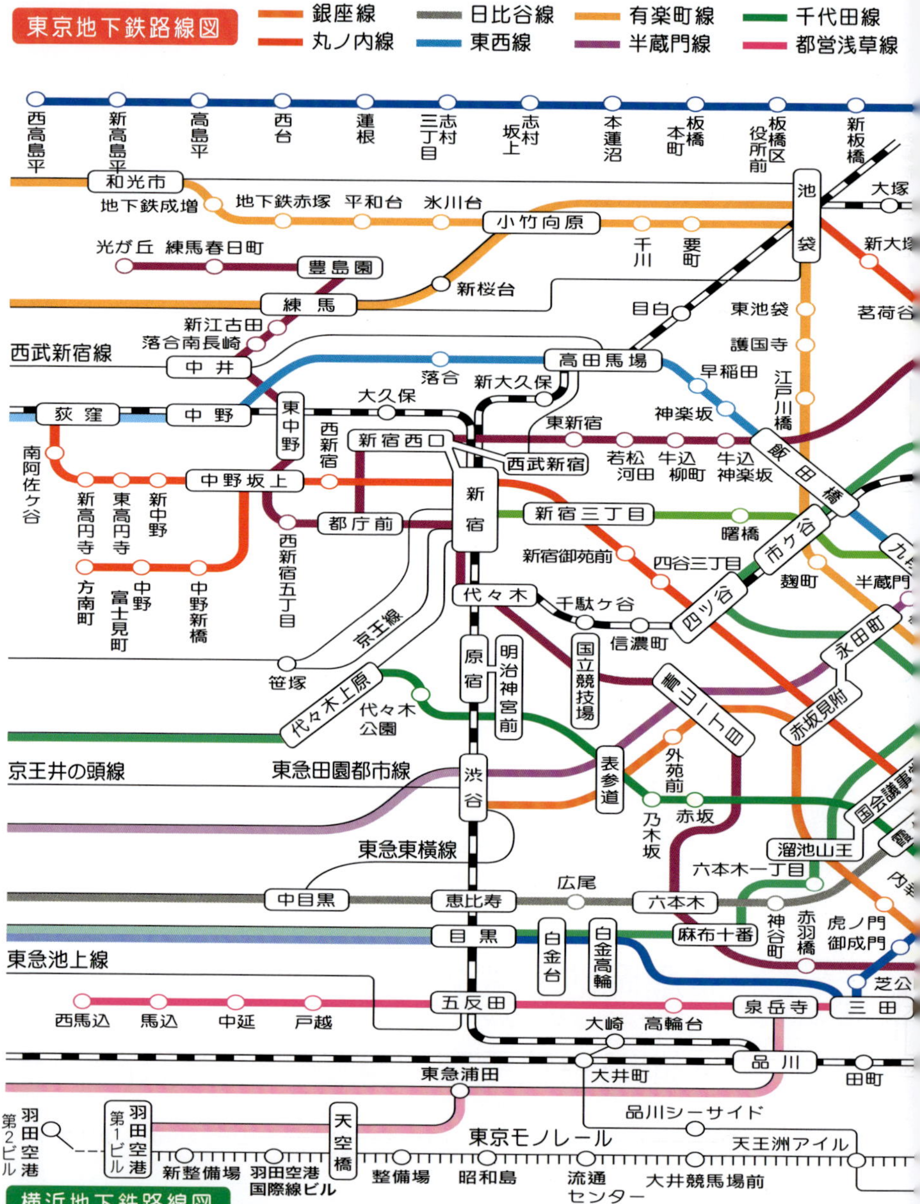
東京地下鉄路線図
銀座線
丸ノ内線
日比谷線
東西線
有楽町線
半蔵門線
千代田線
都営浅草線
西高島平
新高島平
高島平
西台
蓮根
志村三丁目
志村坂上
本蓮沼
板橋本町
板橋区役所前
新板橋
和光市
地下鉄成増
地下鉄赤塚
平和台
氷川台
小竹向原
千川
要町
池袋
大塚
新大塚
茗荷谷
光が丘
練馬春日町
豊島園
新桜台
練馬
新江古田
落合南長崎
西武新宿線
中井
目白
東池袋
護国寺
江戸川橋
高田馬場
早稲田
落合
新大久保
大久保
神楽坂
荻窪
中野
東中野
西新宿
新宿西口
東新宿
西武新宿
若松河田
牛込柳町
牛込神楽坂
飯田橋
南阿佐ケ谷
新高円寺
東高円寺
新中野
中野坂上
新宿
都庁前
新宿三丁目
曙橋
市ケ谷
九段下
方南町
中野富士見町
中野新橋
西新宿五丁目
新宿御苑前
四谷三丁目
麹町
半蔵門
京王線
代々木
千駄ケ谷
信濃町
四ツ谷
永田町
笹塚
原宿
明治神宮前
国立競技場
青山一丁目
赤坂見附
代々木上原
代々木公園
外苑前
国会議事堂
京王井の頭線
東急田園都市線
渋谷
表参道
乃木坂
赤坂
溜池山王
東急東横線
六本木一丁目
中目黒
恵比寿
広尾
六本木
神谷町
赤羽橋
虎ノ門
御成門
目黒
白金台
白金高輪
麻布十番
東急池上線
芝公園
西馬込
馬込
中延
戸越
五反田
大崎
高輪台
泉岳寺
三田
品川
大井町
田町
東急浦田
品川シーサイド
羽田空港第2ビル
羽田空港第1ビル
天空橋
東京モノレール
天王洲アイル
新整備場
羽田空港国際線ビル
整備場
昭和島
流通センター
大井競馬場前

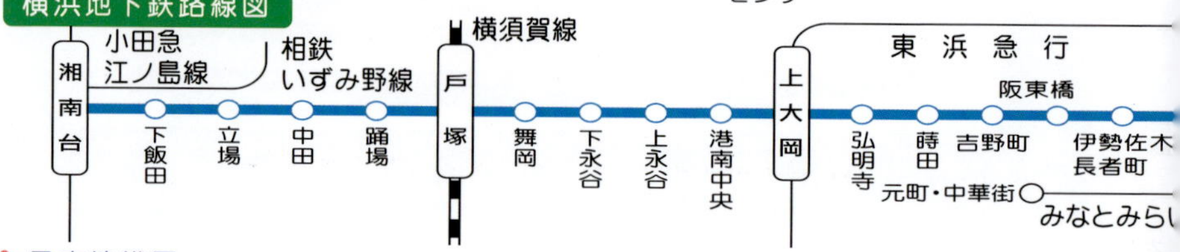
横浜地下鉄路線図
湘南台
小田急江ノ島線
相鉄いずみ野線
横須賀線
戸塚
上大岡
東浜急行
阪東橋
下飯田
立場
中田
踊場
舞岡
下永谷
上永谷
港南中央
弘明寺
蒔田
吉野町
伊勢佐木長者町
元町・中華街
みなとみらい

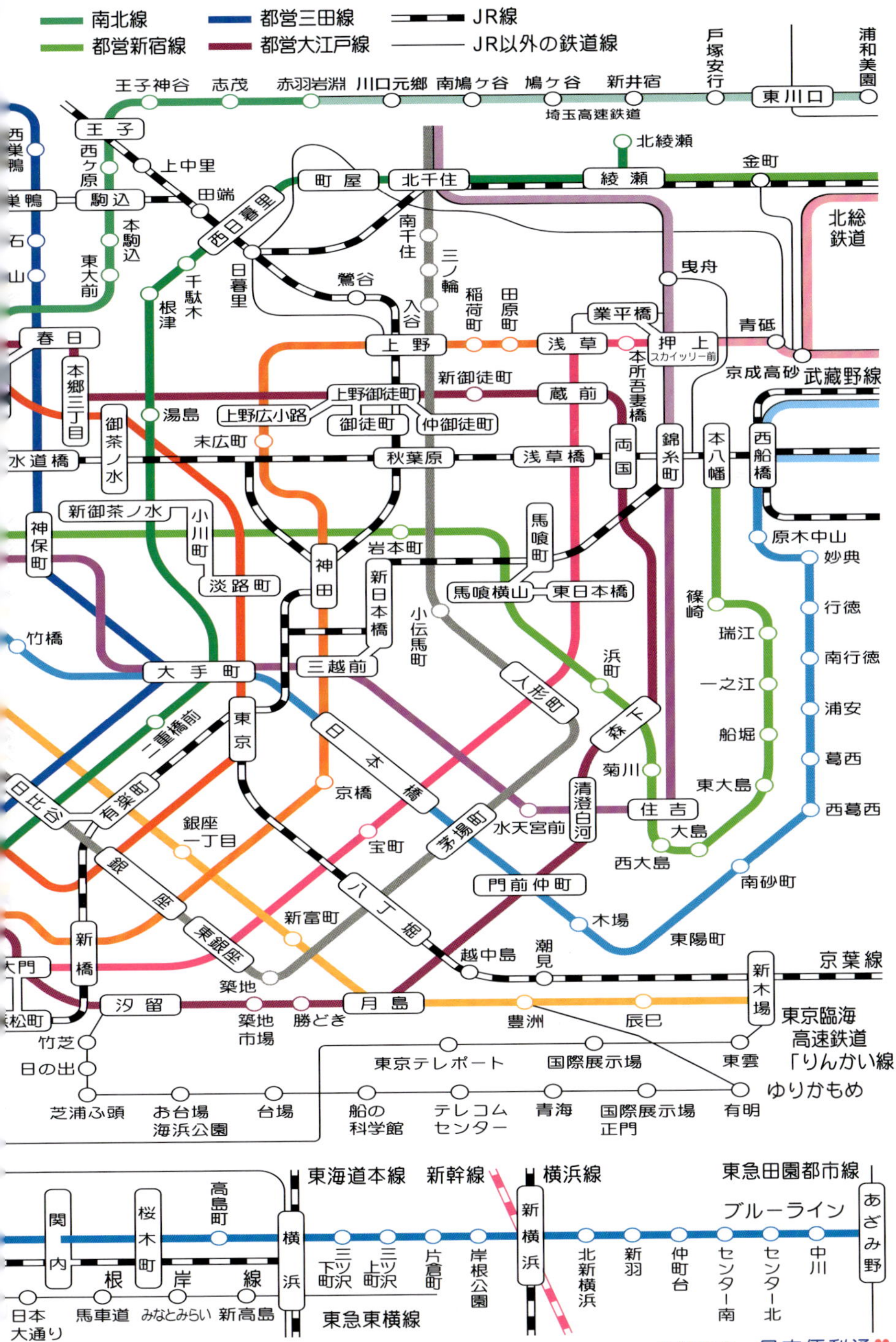
南北線
都営新宿線
都営三田線
都営大江戸線
JR線
JR以外の鉄道線
王子神谷
志茂
赤羽岩淵
川口元郷
南鳩ヶ谷
鳩ヶ谷
新井宿
戸塚安行
東川口
浦和美園
埼玉高速鉄道
王子
西ケ原
上中里
田端
駒込
本駒込
東大前
西巣鴨
巣鴨
千石
白山
西日暮里
日暮里
千駄木
根津
町屋
北千住
綾瀬
北綾瀬
金町
南千住
三ノ輪
北総鉄道
鶯谷
入谷
稲荷町
田原町
曳舟
春日
本郷三丁目
上野
浅草
業平橋
押上
スカイツリー前
青砥
京成高砂
武蔵野線
本所吾妻橋
新御徒町
上野御徒町
蔵前
上野広小路
御徒町
仲御徒町
湯島
御茶ノ水
末広町
水道橋
秋葉原
浅草橋
両国
錦糸町
本八幡
西船橋
新御茶ノ水
小川町
神保町
淡路町
神田
岩本町
馬喰町
新日本橋
馬喰横山
東日本橋
原木中山
妙典
篠崎
行徳
瑞江
竹橋
小伝馬町
南行徳
大手町
三越前
一之江
浜町
浦安
人形町
二重橋前
東京
森下
船堀
葛西
日本橋
菊川
東大島
日比谷
有楽町
京橋
西葛西
清澄白河
住吉
茅場町
水天宮前
銀座一丁目
宝町
大島
西大島
銀座
南砂町
門前仲町
八丁堀
新富町
木場
東銀座
新橋
東陽町
越中島
潮見
大門
京葉線
新木場
築地
汐留
築地市場
勝どき
月島
豊洲
辰巳
浜松町
東京臨海高速鉄道「りんかい線」
竹芝
東京テレポート
国際展示場
東雲
日の出
ゆりかもめ
芝浦ふ頭
お台場海浜公園
台場
船の科学館
テレコムセンター
青海
国際展示場正門
有明
東海道本線
新幹線
横浜線
東急田園都市線
関内
桜木町
高島町
横浜
新横浜
ブルーライン
あざみ野
三ツ沢下町
三ツ沢上町
片倉町
岸根公園
北新横浜
新羽
仲町台
センター南
センター北
中川
根岸線
日本大通り
馬車道
みなとみらい
新高島
東急東横線

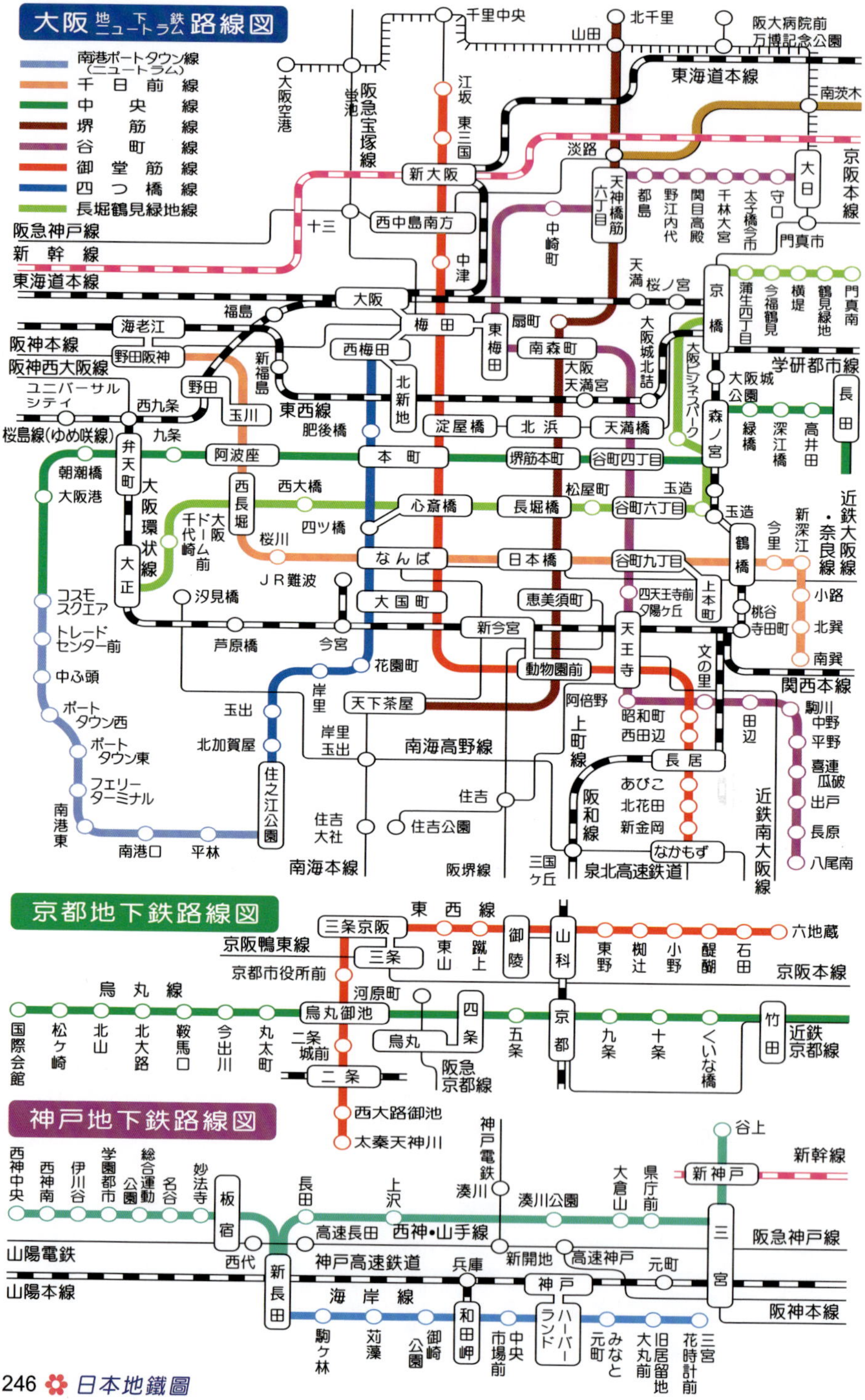
大阪地下鉄ニュートラム路線図
南港ポートタウン線（ニュートラム）
千日前線
中央線
堺筋線
谷町線
御堂筋線
四つ橋線
長堀鶴見緑地線
千里中央
北千里
山田
阪大病院前
万博記念公園
大阪空港
蛍池
阪急宝塚線
江坂
東三国
東海道本線
南茨木
淡路
京阪本線
新大阪
天神橋筋六丁目
都島
野江内代
関目高殿
千林大宮
太子橋今市
守口
大日
門真市
十三
西中島南方
中崎町
阪急神戸線
新幹線
中津
天満
桜ノ宮
京橋
蒲生四丁目
今福鶴見
横堤
鶴見緑地
門真南
大阪
梅田
東梅田
扇町
福島
海老江
阪神本線
野田阪神
阪神西大阪線
西梅田
南森町
大阪城北詰
大阪ビジネスパーク
学研都市線
新福島
ユニバーサルシティ
野田
西九条
東西線
北新地
大阪天満宮
大阪城公園
長田
森ノ宮
緑橋
深江橋
高井田
玉川
桜島線(ゆめ咲線)
肥後橋
淀屋橋
北浜
天満橋
九条
弁天町
阿波座
本町
堺筋本町
谷町四丁目
朝潮橋
大阪港
大阪環状線
西長堀
西大橋
心斎橋
長堀橋
松屋町
玉造
谷町六丁目
近鉄奈良線
大阪ドーム前千代崎
四ツ橋
桜川
今里
新深江
大正
なんば
日本橋
谷町九丁目
鶴橋
上本町
JR難波
コスモスクエア
汐見橋
大国町
恵美須町
四天王寺前夕陽ヶ丘
小路
トレードセンター前
芦原橋
今宮
新今宮
天王寺
桃谷
寺田町
北巽
中ふ頭
花園町
動物園前
文の里
南巽
関西本線
ポートタウン西
玉出
岸里
天下茶屋
阿倍野
駒川中野
昭和町
西田辺
田辺
平野
ポートタウン東
北加賀屋
岸里玉出
南海高野線
上町線
長居
喜連瓜破
フェリーターミナル
住之江公園
住吉
あびこ
出戸
南港東
住吉大社
住吉公園
阪和線
北花田
近鉄南大阪線
長原
南港口
平林
新金岡
八尾南
南海本線
阪堺線
三国ケ丘
なかもず
泉北高速鉄道
京都地下鉄路線図
東西線
三条京阪
東山
蹴上
御陵
山科
東野
椥辻
小野
醍醐
石田
六地蔵
京阪鴨東線
三条
京阪本線
京都市役所前
河原町
烏丸線
烏丸御池
四条
烏丸
竹田
国際会館
松ヶ崎
北山
北大路
鞍馬口
今出川
丸太町
二条城前
五条
京都
九条
十条
くいな橋
近鉄京都線
阪急京都線
二条
西大路御池
太秦天神川
神戸地下鉄路線図
谷上
新幹線
新神戸
神戸電鉄
湊川
湊川公園
大倉山
県庁前
西神中央
西神南
伊川谷
学園都市
総合運動公園
名谷
妙法寺
板宿
長田
上沢
西神・山手線
高速長田
三宮
阪急神戸線
山陽電鉄
西代
新開地
高速神戸
元町
神戸高速鉄道
兵庫
新長田
山陽本線
海岸線
神戸
阪神本線
和田岬
ハーバーランド
駒ヶ林
苅藻
御崎公園
中央市場前
みなと元町
旧居留地大丸前
三宮花時計前

札幌地下鉄路線図

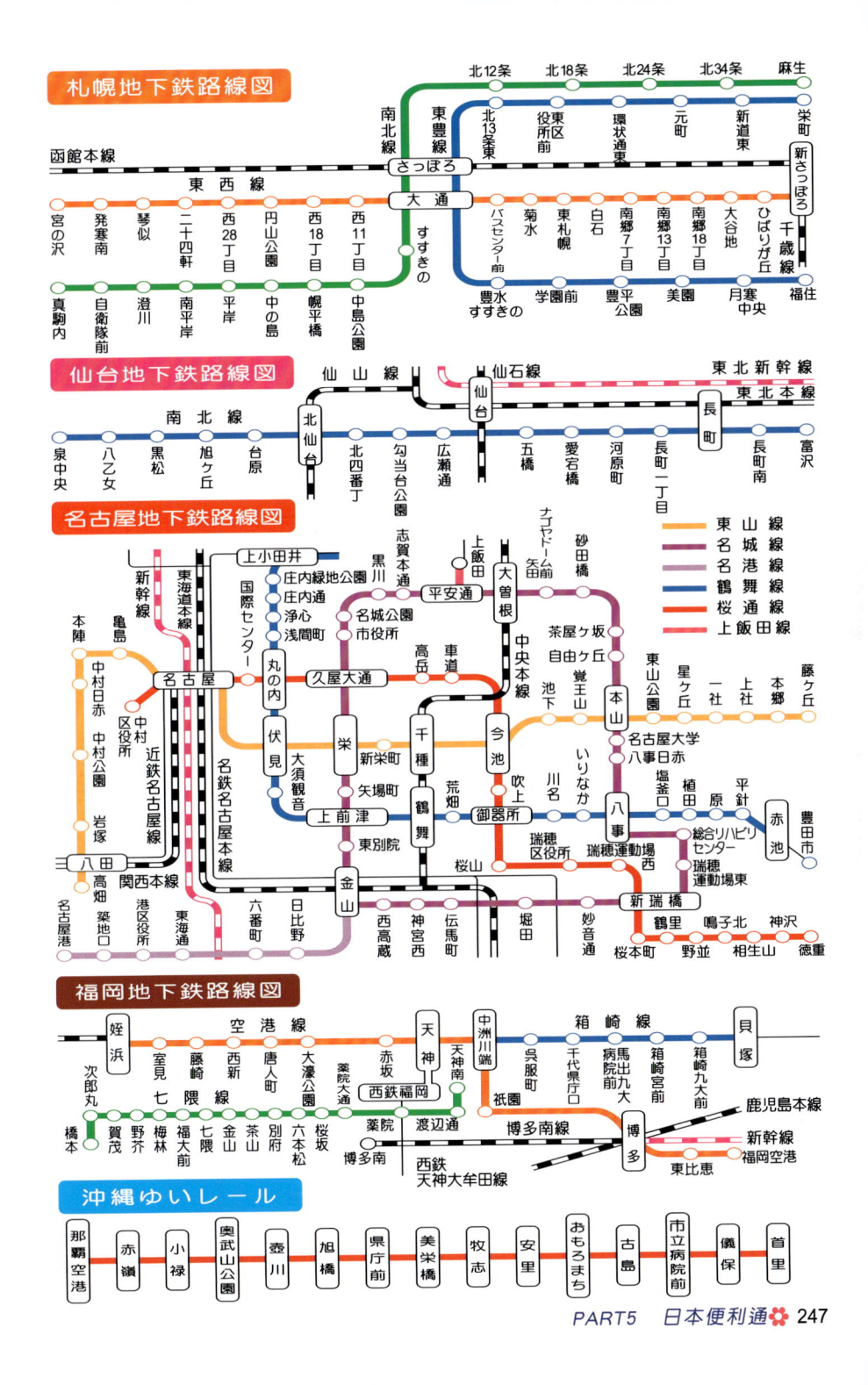

函館本線

南北線: さっぽろ — 北12条 — 北18条 — 北24条 — 北34条 — 麻生

東豊線: さっぽろ — 北13条東 — 東区役所前 — 環状通東 — 元町 — 新道東 — 栄町

東西線: 宮の沢 — 発寒南 — 琴似 — 二十四軒 — 西28丁目 — 円山公園 — 西18丁目 — 西11丁目 — 大通 — バスセンター前 — 菊水 — 東札幌 — 白石 — 南郷7丁目 — 南郷13丁目 — 南郷18丁目 — 大谷地 — ひばりが丘 — 新さっぽろ

南北線: すすきの — 豊水すすきの — 学園前 — 豊平公園 — 美園 — 月寒中央 — 福住

南北線: 真駒内 — 自衛隊前 — 澄川 — 南平岸 — 平岸 — 中の島 — 幌平橋 — 中島公園

千歳線

仙台地下鉄路線図

仙山線 / 仙石線 / 東北新幹線 / 東北本線

南北線: 泉中央 — 八乙女 — 黒松 — 旭ヶ丘 — 台原 — 北仙台 — 北四番丁 — 勾当台公園 — 広瀬通 — 仙台 — 五橋 — 愛宕橋 — 河原町 — 長町一丁目 — 長町 — 長町南 — 富沢

名古屋地下鉄路線図

東山線 / 名城線 / 名港線 / 鶴舞線 / 桜通線 / 上飯田線

本陣 — 中村日赤 — 中村公園 — 岩塚 — 八田 — 高畑

名古屋 — 伏見 — 栄 — 新栄町 — 千種 — 今池 — 池下 — 覚王山 — 本山 — 東山公園 — 星ヶ丘 — 一社 — 上社 — 本郷 — 藤ヶ丘

上小田井 — 庄内緑地公園 — 庄内通 — 浄心 — 浅間町 — 丸の内 — 久屋大通 — 高岳 — 車道 — 今池 — 吹上 — 御器所 — 川名 — いりなか — 八事 — 塩釜口 — 植田 — 原 — 平針 — 赤池 — 豊田市

上飯田 — 平安通 — 大曽根 — ナゴヤドーム前矢田 — 砂田橋 — 茶屋ヶ坂 — 自由ヶ丘 — 本山 — 名古屋大学 — 八事日赤 — 八事 — 瑞穂運動場西 — 瑞穂区役所 — 桜山 — 新瑞橋 — 妙音通 — 堀田 — 伝馬町 — 神宮西 — 西高蔵 — 金山 — 東別院 — 上前津 — 矢場町 — 大須観音 — 名古屋 — 近鉄名古屋 — 名鉄名古屋

新幹線 / 東海道本線 / 関西本線

国際センター — 丸の内 — 久屋大通

名鉄名古屋本線

名古屋港 — 名古屋競馬場前 — 築地口 — 港区役所 — 東海通 — 六番町 — 日比野 — 金山

鶴里 — 鳴子北 — 神沢 — 徳重

桜本町 — 野並 — 相生山

総合リハビリセンター — 瑞穂運動場東

福岡地下鉄路線図

空港線 / 箱崎線 / 中洲川端

姪浜 — 室見 — 藤崎 — 西新 — 唐人町 — 大濠公園 — 赤坂 — 天神 — 中洲川端 — 祇園 — 博多 — 東比恵 — 福岡空港

天神南 — 西鉄福岡

貝塚 — 箱崎九大前 — 箱崎宮前 — 馬出九大病院前 — 千代県庁口 — 呉服町 — 中洲川端

七隈線: 橋本 — 次郎丸 — 賀茂 — 野芥 — 梅林 — 七隈 — 金山 — 茶山 — 別府 — 六本松 — 桜坂 — 薬院大通 — 薬院 — 渡辺通 — 天神南

博多南線 / 新幹線 / 鹿児島本線 / 西鉄天神大牟田線

沖縄ゆいレール

那覇空港 — 赤嶺 — 小禄 — 奥武山公園 — 壺川 — 旭橋 — 県庁前 — 美栄橋 — 牧志 — 安里 — おもろまち — 古島 — 市立病院前 — 儀保 — 首里

PART5 日本便利通 247

東京地下鉄路線 🔊 091

ぎんざせん
銀座線
gi.n.za.se.n

駅名（漢字）	ふりがな	ローマ字
渋谷	しぶや	shi.bu.ya
表参道	おもてさんどう	o.mo.te.sa.n.do.o
外苑前	がいえんまえ	ga.i.e.n.ma.e
青山一丁目	あおやまいっちょうめ	a.o.ya.ma.i.c.cho.o.me
赤坂見附	あかさかみつけ	a.ka.sa.ka.mi.tsu.ke
溜池山王	ためいけさんのう	ta.me.i.ke.sa.n.no.o
虎ノ門	とらのもん	to.ra.no.mo.n
新橋	しんばし	shi.n.ba.shi
銀座	ぎんざ	gi.n.za
京橋	きょうばし	kyo.o.ba.shi
日本橋	にほんばし	ni.ho.n.ba.shi
三越前	みつこしまえ	mi.tsu.ko.shi.ma.e
神田	かんだ	ka.n.da
末広町	すえひろちょう	su.e.hi.ro.cho.o
上野広小路	うえのひろこうじ	u.e.no.hi.ro.ko.o.ji
上野	うえの	u.e.no
稲荷町	いなりちょう	i.na.ri.cho.o
田原町	たわらまち	ta.wa.ra.ma.chi
浅草	あさくさ	a.sa.ku.sa

渋谷 shibuya ↔ 浅草 asakusa

248 東京地下鐵路線

ひびやせん
日比谷線
hi.bi.ya.se.n

| なかめぐろ
中目黒
na.ka.me.gu.ro | えびす
恵比寿
e.bi.su | ひろお
広尾
hi.ro.o | ろっぽんぎ
六本木
ro.p.po.n.gi |

| かみやちょう
神谷町
ka.mi.ya.cho.o | かすみがせき
霞ケ関
ka.su.mi.ga.se.ki | ひびや
日比谷
hi.bi.ya | ぎんざ
銀座
gi.n.za |

| ひがしぎんざ
東銀座
hi.ga.shi.gi.n.za | つきじ
築地
tsu.ki.ji | はっちょうぼり
八丁堀
ha.c.cho.o.bo.ri | かやばちょう
茅場町
ka.ya.ba.cho.o |

| にんぎょうちょう
人形町
ni.n.gyo.o.cho.o | こでんまちょう
小伝馬町
ko.de.n.ma.cho.o | あきはばら
秋葉原
a.ki.ha.ba.ra | なかおかちまち
仲御徒町
na.ka.o.ka.chi.ma.chi |

| うえの
上野
u.e.no | いりや
入谷
i.ri.ya | みのわ
三ノ輪
mi.no.wa | みなみせんじゅ
南千住
mi.na.mi.se.n.ju |

| きたせんじゅ
北千住
ki.ta.se.n.ju |

なかめぐろ　きたせんじゅ
中目黒 ↔ 北千住
nakame.guro　kita.senju

この地下鉄は恵比寿に停まりますかね？

ちゃんと停まりますよ！

PART5　日本便利通　249

有楽町線 yu.u.ra.ku.cho.o.se.n

ここはどこ？

| わこうし 和光市 wa.ko.o.shi ↔ しんきば 新木場 shin.ki.ba |

| わこうし 和光市 wa.ko.o.shi | ちかてつなります 地下鉄成増 chi.ka.te.tsu.na.ri.ma.su | ちかてつあかつか 地下鉄赤塚 chi.ka.te.tsu.a.ka.tsu.ka | へいわだい 平和台 he.i.wa.da.i |

| ひかわだい 氷川台 hi.ka.wa.da.i | こたけむかいはら 小竹向原 ko.ta.ke.mu.ka.i.ha.ra | せんかわ 千川 se.n.ka.wa | かなめちょう 要町 ka.na.me.cho.o |

| いけぶくろ 池袋 i.ke.bu.ku.ro | ひがしいけぶくろ 東池袋 hi.ga.shi.i.ke.bu.ku.ro | ごこくじ 護国寺 go.ko.ku.ji | えどがわばし 江戸川橋 e.do.ga.wa.ba.shi |

| いいだばし 飯田橋 i.i.da.ba.shi | いちがや 市ケ谷 i.chi.ga.ya | こうじまち 麹町 ko.o.ji.ma.chi | ながたちょう 永田町 na.ga.ta.cho.o |

| さくらだもん 桜田門 sa.ku.ra.da.mo.n | ゆうらくちょう 有楽町 yu.u.ra.ku.cho.o | ぎんざいっちょうめ 銀座一丁目 gi.n.za.i.c.cho.o.me | しんとみちょう 新富町 shi.n.to.mi.cho.o |

| つきしま 月島 tsu.ki.shi.ma | とよす 豊洲 to.yo.su | たつみ 辰巳 ta.tsu.mi | しんきば 新木場 shi.n.ki.ba |

250 ❀ 東京地下鐵路線

ちよだせん
千代田線
chi.yo.da.se.n

🔊 092

よよぎうえはら	よよぎこうえん	めいじじんぐうまえ	おもてさんどう
代々木上原	代々木公園	明治神宮前	表参道
yo.yo.gi.u.e.ha.ra	yo.yo.gi.ko.o.e.n	me.i.ji.ji.n.gu.u.ma.e	o.mo.te.sa.n.do.o

のぎざか	あかさか	こっかいぎじどうまえ
乃木坂	赤坂	国会議事堂前
no.gi.za.ka	a.ka.sa.ka	ko.k.ka.i.gi.ji.do.o.ma.e

かすみがせき	ひびや	にじゅうばしまえ	おおてまち
霞ケ関	日比谷	二重橋前	大手町
ka.su.mi.ga.se.ki	hi.bi.ya	ni.ju.u.ba.shi.ma.e	o.o.te.ma.chi

しんおちゃのみず	ゆしま	ねづ
新御茶ノ水	湯島	根津
shi.n.o.cha.no.mi.zu	yu.shi.ma	ne.zu

せんだぎ	にしにっぽり	まちや	きたせんじゅ
千駄木	西日暮里	町屋	北千住
se.n.da.gi	ni.shi.ni.p.po.ri	ma.chi.ya	ki.ta.se.n.ju

あやせ	きたあやせ
綾瀬	北綾瀬
a.ya.se	ki.ta.a.ya.se

よよぎうえはら　きたあやせ
代々木上原 ⟷ 北綾瀬
yo.yo.gi.u.e.ha.ra　ki.ta.a.ya.se

PART5　日本便利通　251

なんぼくせん
南北線
na.n.bo.ku.se.n

めぐろ	しろかねだい	しろかねたかなわ
目黒	白金台	白金高輪
me.gu.ro	shi.ro.ka.ne.da.i	shi.ro.ka.ne.ta.ka.na.wa

あざぶじゅうばん	ろっぽんぎいっちょうめ	ためいけさんのう
麻布十番	六本木一丁目	溜池山王
a.za.bu.ju.u.ba.n	ro.p.po.n.gi.i.c.cho.o.me	ta.me.i.ke.sa.n.no.o

ながたちょう	よつや	いちがや	いいだばし
永田町	四ツ谷	市ケ谷	飯田橋
na.ga.ta.cho.o	yo.tsu.ya	i.chi.ga.ya	i.i.da.ba.si

こうらくえん	とうだいまえ	ほんこまごめ	こまごめ
後楽園	東大前	本駒込	駒込
ko.o.ra.ku.e.n	to.o.da.i.ma.e	ho.n.ko.ma.go.me	ko.ma.go.me

にしがはら	おうじ	おうじかみや	しも
西ケ原	王子	王子神谷	志茂
ni.shi.ga.ha.ra	o.o.ji	o.o.ji.ka.mi.ya	shi.mo

あかばねいわぶち
赤羽岩淵
a.ka.ba.ne.i.wa.bu.chi

めぐろ　　　あかばねいわぶち
目黒 ↔ 赤羽岩淵
me.gu.ro　　akabaneiwabuchi

やっと目黒に着いた…

252　東京地下鐵路線

とうざいせん
東西線
to.o.za.i.se.n

| なかの 中野 na.ka.no | おちあい 落合 o.chi.a.i | たかだのばば 高田馬場 ta.ka.da.no.ba.ba | わせだ 早稲田 wa.se.da |

| かぐらざか 神楽坂 ka.gu.ra.za.ka | いいだばし 飯田橋 i.i.da.ba.shi | くだんした 九段下 ku.da.n.shi.ta | たけばし 竹橋 ta.ke.ba.shi |

| おおてまち 大手町 o.o.te.ma.chi | にほんばし 日本橋 ni.ho.n.ba.shi | かやばちょう 茅場町 ka.ya.ba.cho.o | もんぜんなかちょう 門前仲町 mo.n.ze.n.na.ka.cho.o |

| きば 木場 ki.ba | とうようちょう 東陽町 to.o.yo.o.cho.o | みなみすなまち 南砂町 mi.na.mi.su.na.ma.chi | にしかさい 西葛西 ni.shi.ka.sa.i |

| かさい 葛西 ka.sa.i | うらやす 浦安 u.ra.ya.su | みなみぎょうとく 南行徳 mi.na.mi.gyo.o.to.ku | ぎょうとく 行徳 gyo.o.to.ku |

| みょうでん 妙典 myo.o.de.n | ばらきなかやま 原木中山 ba.ra.ki.na.ka.ya.ma | にしふなばし 西船橋 ni.shi.fu.na.ba.shi | なかの 中野 nakano ↔ にしふなばし 西船橋 nishifunabashi |

PART5 日本便利通 253

丸ノ内線
ma.ru.no.u.chi.se.n

池袋 ikebukuro ↔ 荻窪 o.gikubo

今日銀座に行って買い物しようかな〜

| いけぶくろ 池袋 i.ke.bu.ku.ro | しんおおつか 新大塚 shi.n.o.o.tsu.ka | みょうがだに 茗荷谷 myo.o.ga.da.ni | こうらくえん 後楽園 ko.o.ra.ku.e.n |

| ほんごうさんちょうめ 本郷三丁目 ho.n.go.o.sa.n.cho.o.me | おちゃのみず 御茶ノ水 o.cha.no.mi.zu | あわじちょう 淡路町 a.wa.ji.cho.o | おおてまち 大手町 o.o.te.ma.chi |

| とうきょう 東京 to.o.kyo.o | ぎんざ 銀座 gi.n.za | かすみがせき 霞ケ関 ka.su.mi.ga.se.ki | こっかいぎじどうまえ 国会議事堂前 ko.k.ka.i.gi.ji.do.o.ma.e |

| あかさかみつけ 赤坂見附 a.ka.sa.ka.mi.tsu.ke | よつや 四谷 yo.tsu.ya | よつやさんちょうめ 四谷三丁目 yo.tsu.ya.sa.n.cho.o.me | しんじゅくぎょえんまえ 新宿御苑前 shi.n.ju.ku.gyo.e.n.ma.e |

| しんじゅくさんちょうめ 新宿三丁目 shi.n.ju.ku.sa.n.cho.o.me | しんじゅく 新宿 shi.n.ju.ku | にししんじゅく 西新宿 ni.shi.shi.n.ju.ku | なかのさかうえ 中野坂上 na.ka.no.sa.ka.u.e |

| なかのしんばし 中野新橋 na.ka.no.shi.n.ba.shi | なかのふじみちょう 中野富士見町 na.ka.no.fu.ji.mi.cho.o | ほうなんちょう 方南町 ho.o.na.n.cho.o | しんなかの 新中野 shi.n.na.ka.no |

東京地下鐵路線

ひがしこうえんじ	しんこうえんじ	みなみあさがや	おぎくぼ
東高円寺	新高円寺	南阿佐ケ谷	荻窪
hi.ga.shi.ko.o.e.n.ji	shi.n.ko.o.e.n.ji	mi.na.mi.a.sa.ga.ya	o.gi.ku.bo

半蔵門線 ha.n.zo.o.mo.n.se.n

しぶや 渋谷 shibuya ↔ おしあげ 押上〈スカイツリー前〉 o.shi.a.ge 〈su.ka.i.tsu.ri.i.ma.e〉

🔊 093

しぶや	おもてさんどう	あおやまいっちょうめ	ながたちょう
渋谷	表参道	青山一丁目	永田町
shi.bu.ya	o.mo.te.sa.n.do.o	a.o.ya.ma.i.c.cho.o.me	na.ga.ta.cho.o

はんぞうもん	くだんした	じんぼうちょう	おおてまち
半蔵門	九段下	神保町	大手町
ha.n.zo.o.mo.n	ku.da.n.shi.ta	ji.n.bo.o.cho.o	o.o.te.ma.chi

みつこしまえ	すいてんぐうまえ	きよすみしらかわ	すみよし
三越前	水天宮前	清澄白河	住吉
mi.tsu.ko.shi.ma.e	su.i.te.n.gu.u.ma.e	ki.yo.su.mi.shi.ra.ka.wa	su.mi.yo.shi

きんしちょう	おしあげ まえ
錦糸町	押上〈スカイツリー前〉
ki.n.shi.cho.o	o.shi.a.ge 〈 su.ka.i.tsu.ri.i.ma.e 〉

一緒に渋谷に出かけない?

都営浅草線
とえいあさくさせん
to.e.i.a.sa.ku.sa.se.n

押上〈スカイツリー前〉 ↔ 西馬込
おしあげ　　　　　まえ　　　　にしまごめ
o.shi.a.ge ＜ su.ka.i.tsu.ri.i.ma.e ＞　　ni.shi.ma.go.me

おしあげ まえ	ほんじょあづまばし	あさくさ
押上〈スカイツリー前〉	本所吾妻橋	浅草
o.shi.a.ge ＜ su.ka.i.tsu.ri.i.ma.e ＞	ho.n.jo.a.zu.ma.ba.shi	a.sa.ku.sa

くらまえ	あさくさばし	ひがしにほんばし	にんぎょうちょう
蔵前	浅草橋	東日本橋	人形町
ku.ra.ma.e	a.sa.ku.sa.ba.shi	hi.ga.shi.ni.ho.n.ba.shi	ni.n.gyo.o.cho.o

にほんばし	たからちょう	ひがしぎんざ	しんばし
日本橋	宝町	東銀座	新橋
ni.ho.n.ba.shi	ta.ka.ra.cho.o	hi.ga.shi.gi.n.za	shi.n.ba.shi

だいもん	みた	せんがくじ	たかなわだい
大門	三田	泉岳寺	高輪台
da.i.mo.n	mi.ta	se.n.ga.ku.ji	ta.ka.na.wa.da.i

ごたんだ	とごし	なかのぶ	まごめ
五反田	戸越	中延	馬込
go.ta.n.da	to.go.shi	na.ka.no.bu	ma.go.me

にしまごめ
西馬込
ni.shi.ma.go.me

ほんと！？ありがとう！

今日浅草で和菓子買ったの！

東京地下鐵路線

都営大江戸線
to.e.i.o.o.e.do.se.n

毎日都営大江戸線で会社に行きます！

光が丘 ↔ 都庁前
hi.ka.ri.o.ka　to.cho.o.ma.e

ひかりおか 光が丘 hi.ka.ri.ga.o.ka	ねりまかすがちょう 練馬春日町 ne.ri.ma.ka.su.ga.cho.o	としまえん 豊島園 to.shi.ma.e.n	ねりま 練馬 ne.ri.ma
しんえごた 新江古田 shi.n.e.go.ta	おちあいみなみながさき 落合南長崎 o.chi.a.i.mi.na.mi.na.ga.sa.ki	なかい 中井 na.ka.i	ひがしなかの 東中野 hi.ga.shi.na.ka.no
なかのさかうえ 中野坂上 na.ka.no.sa.ka.u.e	にししんじゅくごちょうめ 西新宿五丁目 ni.shi.shi.n.ju.ku.go.cho.o.me		とちょうまえ 都庁前 to.cho.o.ma.e
しんじゅく 新宿 shi.n.ju.ku	よよぎ 代々木 yo.yo.gi	こくりつきょうぎじょう 国立競技場 ko.ku.ri.tsu.kyo.o.gi.jo.o	あおやまいっちょうめ 青山一丁目 a.o.ya.ma.i.c.cho.o.me
ろっぽんぎ 六本木 ro.p.po.n.gi	あざぶじゅうばん 麻布十番 a.za.bu.ju.u.ba.n	あかばねばし 赤羽橋 a.ka.ba.ne.ba.shi	だいもん 大門 da.i.mo.n
しおどめ 汐留 shi.o.do.me	つきじしじょう 築地市場 tsu.ki.ji.shi.jo.o	かちどき 勝どき ka.chi.do.ki	つきしま 月島 tsu.ki.shi.ma

PART5　日本便利通　257

もんぜんなかちょう	きよすみしらかわ	もりした	りょうごく
門前仲町	清澄白河	森下	両国
mo.n.ze.n.na.ka.cho.o	ki.yo.su.mi.shi.ra.ka.wa	mo.ri.shi.ta	ryo.o.go.ku

くらまえ	しんおかちまち	うえのおかちまち	ほんごうさんちょうめ
蔵前	新御徒町	上野御徒町	本郷三丁目
ku.ra.ma.e	shi.n.o.ka.chi.ma.chi	u.e.no.o.ka.chi.ma.chi	ho.n.go.o.sa.n.cho.o.me

かすが	いいだばし	うしごめかぐらざか	うしごめやなぎちょう
春日	飯田橋	牛込神楽坂	牛込柳町
ka.su.ga	i.i.da.ba.shi	u.shi.go.me.ka.gu.ra.za.ka	u.shi.go.me.ya.na.gi.cho.o

わかまつかわだ	ひがししんじゅく	しんじゅくにしぐち	とちょうまえ
若松河田	東新宿	新宿西口	都庁前
wa.ka.ma.tsu.ka.wa.da	hi.ga.shi.shi.n.ju.ku	shi.n.ju.ku.ni.shi.gu.chi	to.cho.o.ma.e

とえいみたせん 都営三田線 to.e.i.mi.ta.se.n

にしたかしまだいら 西高島平 ↔ めぐろ 目黒
nishitakashimadaira   me.gu.ro

094

にしたかしまだいら	しんたかしまだいら	たかしまだいら	にしだい
西高島平	新高島平	高島平	西台
ni.shi.ta.ka.shi.ma.da.i.ra	shi.n.ta.ka.shi.ma.da.i.ra	ta.ka.shi.ma.da.i.ra	ni.shi.da.i

258　東京地下鐵路線

はすね 蓮根 ha.su.ne	しむらさんちょうめ 志村３丁目 shi.mu.ra.sa.n.cho.o.me	しむらさかうえ 志村坂上 shi.mu.ra.sa.ka.u.e	もとはすぬま 本蓮沼 mo.to.ha.su.nu.ma
いたばしほんちょう 板橋本町 i.ta.ba.shi.ho.n.cho.o	いたばしくやくしょまえ 板橋区役所前 i.ta.ba.shi.ku.ya.ku.sho.ma.e		しんいたばし 新板橋 shi.n.i.ta.ba.shi
にしすがも 西巣鴨 ni.shi.su.ga.mo	すがも 巣鴨 su.ga.mo	せんごく 千石 se.n.go.ku	はくさん 白山 ha.ku.sa.n
かすが 春日 ka.su.ga	すいどうばし 水道橋 su.i.do.o.ba.shi	じんぼうちょう 神保町 ji.n.bo.o.cho.o	おおてまち 大手町 o.o.te.ma.chi
ひびや 日比谷 hi.bi.ya	うちさいわいちょう 内幸町 u.chi.sa.i.wa.i.cho.o	おなりもん 御成門 o.na.ri.mo.n	しばこうえん 芝公園 shi.ba.ko.o.e.n
みた 三田 mi.ta	しろかねたかなわ 白金高輪 shi.ro.ka.ne.ta.ka.na.wa	しろかねだい 白金台 shi.ro.ka.ne.da.i	めぐろ 目黒 me.gu.ro

PART5　日本便利通　259

都営新宿線
とえいしんじゅくせん
to.e.i.shi.n.ju.ku.se.n

| もとやわた
本八幡
mo.to.ya.wa.ta | しのざき
篠崎
shi.no.za.ki | みずえ
瑞江
mi.zu.e | いちのえ
一之江
i.chi.no.e |

| ふなぼり
船堀
fu.na.bo.ri | ひがしおおじま
東大島
hi.ga.shi.o.o.ji.ma | おおじま
大島
o.o.ji.ma | にしおおじま
西大島
ni.shi.o.o.ji.ma |

| すみよし
住吉
su.mi.yo.shi | きくかわ
菊川
ki.ku.ka.wa | もりした
森下
mo.ri.shi.ta | はまちょう
浜町
ha.ma.cho.o |

| ばくろよこやま
馬喰横山
ba.ku.ro.yo.ko.ya.ma | いわもとちょう
岩本町
i.wa.mo.to.cho.o | おがわまち
小川町
o.ga.wa.ma.chi | じんぼうちょう
神保町
ji.n.bo.o.cho.o |

| くだんした
九段下
ku.da.n.shi.ta | いちがや
市ケ谷
i.chi.ga.ya | あけぼのばし
曙橋
a.ke.bo.no.ba.shi | しんじゅくさんちょうめ
新宿三丁目
shi.n.ju.ku.sa.n.cho.o.me |

しんじゅく
新宿
shi.n.ju.ku

もとやわた　　しんじゅく
本八幡 ↔ 新宿
mo.to.ya.wa.ta　shi.n.ju.ku

本八幡から新宿までどのぐらいかかるのかな？

40分ぐらいかな〜

260　東京・橫濱地下鐵路線

横浜地下鉄路線

ブルーライン
bu.ru.u.ra.i.n

あざみ野 ↔ 湘南台
azamino　sho.o.nan.dai

私は関内に住んでるよ！

🔊 095

の	なかがわ	きた	みなみ
あざみ野	中川	センター北	センター南
a.za.mi.no	na.ka.ga.wa	se.n.ta.a.ki.ta	se.n.ta.a.mi.na.mi

なかまちだい	にっぱ	きたしんよこはま	しんよこはま
仲町台	新羽	北新横浜	新横浜
na.ka.ma.chi.da.i	ni.p.pa	ki.ta.shi.n.yo.ko.ha.ma	shi.n.yo.ko.ha.ma

きしねこうえん	かたくらちょう	みつざわかみちょう
岸根公園	片倉町	三ツ沢上町
ki.shi.ne.ko.o.e.n	ka.ta.ku.ra.cho.o	mi.tsu.za.wa.ka.mi.cho.o

みつざわしもちょう	よこはま	たかしまちょう
三ツ沢下町	横浜	高島町
mi.tsu.za.wa.shi.mo.cho.o	yo.ko.ha.ma	ta.ka.shi.ma.cho.o

さくらぎちょう	かんない	いせざきちょうじゃまち
桜木町	関内	伊勢佐木長者町
sa.ku.ra.gi.cho.o	ka.n.na.i	i.se.za.ki.cho.o.ja.ma.chi

PART5　日本便利通　261

ばんどうばし	よしのちょう	まいた	ぐみょうじ
阪東橋	吉野町	蒔田	弘明寺
ba.n.do.o.ba.shi	yo.shi.no.cho.o	ma.i.ta	gu.myo.o.ji

かみおおおか	こうなんちゅうおう	かみながや	しもながや
上大岡	港南中央	上永谷	下永谷
ka.mi.o.o.o.ka	ko.o.na.n.chu.u.o.o	ka.mi.na.ga.ya	shi.mo.na.ga.ya

まいおか	とつか	おどりば	なかだ
舞岡	戸塚	踊場	中田
ma.i.i.o.ka	to.tsu.ka	o.do.ri.ba	na.ka.da

たてば	しもいいだ	しょうなんだい
立場	下飯田	湘南台
ta.te.ba	shi.mo.i.i.da	sho.o.na.n.da.i

そうですね！

とてもいい天気ですね。

262 ❀ 橫濱地下鐵路線

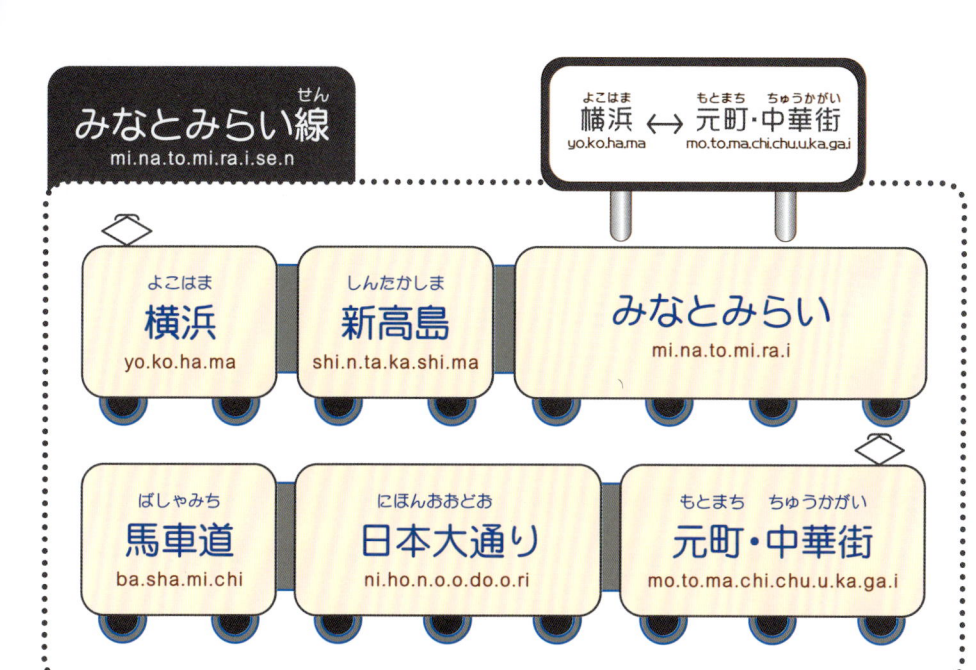

みなとみらい線
mi.na.to.mi.ra.i.se.n

よこはま		もとまち ちゅうかがい
横浜	↔	元町・中華街
yo.ko.ha.ma		mo.to.ma.chi.chu.u.ka.ga.i

よこはま	しんたかしま	みなとみらい
横浜	新高島	みなとみらい
yo.ko.ha.ma	shi.n.ta.ka.shi.ma	mi.na.to.mi.ra.i

ばしゃみち	にほんおおどおり	もとまち ちゅうかがい
馬車道	日本大通り	元町・中華街
ba.sha.mi.chi	ni.ho.n.o.o.do.o.ri	mo.to.ma.chi.chu.u.ka.ga.i

馬車道 ← 日本大通り → 元町・中華街
ni.ho.n.o.o.do.o.ri

- なに食べに行く？
- なんでもいいよ。
- 中華街の飲茶食べに行こうか？
- いいね！

PART5　日本便利通　263

大阪地下鉄・ニュートラム路線　🔊 096

南港ポートタウン線（ニュートラム）
na.n.ko.o.po.o.to.ta.u.n.se.n(nyu.u.to.ra.mu)

コスモスクエア	ko.su.mo.su.ku.e.a
トレードセンター前（まえ）	to.re.e.do.se.n.ta.a.ma.e
中ふ頭（なか とう）	na.ka.fu.to.o
ポートタウン西（にし）	po.o.to.ta.u.n.ni.shi
ポートタウン東（ひがし）	po.o.to.ta.u.n.hi.ga.shi
フェリーターミナル	fe.ri.i.ta.a.mi.na.ru
南港東（なんこうひがし）	na.n.ko.o.hi.ga.shi
南港口（なんこうぐち）	na.n.ko.o.gu.chi
平林（ひらばやし）	hi.ra.ba.ya.shi
住之江公園（すみのえこうえん）	su.mi.no.e.ko.o.en

たこ焼き おいしいそう～

コスモスクエア ↔ 住之江公園（すみのえこうえん）
ko.su.mo.su.ku.e.a　sumino.ekoo.en

いらっしゃい
いらっしゃい！
おいしい！おいしい！
大阪名物 たこ焼

264　大阪地下鐵路線

千日前線 se.n.ni.chi.ma.e.se.n

のだはんしん 野田阪神 ↔ みなみたつみ 南巽
no.da.ha.n.shi.n　mi.na.mi.ta.tsu.mi

のだはんしん 野田阪神 no.da.ha.n.shi.n	たまがわ 玉川 ta.ma.ga.wa	あわざ 阿波座 a.wa.za	にしながほり 西長堀 ni.shi.na.ga.ho.ri
さくらがわ 桜川 sa.ku.ra.ga.wa	なんば na.n.ba	にっぽんばし 日本橋 ni.p.po.n.ba.shi	たにまちきゅうちょうめ 谷町九丁目 ta.ni.ma.chi.kyu.u.cho.o.me
つるはし 鶴橋 tsu.ru.ha.shi	いまざと 今里 i.ma.za.to	しんふかえ 新深江 shi.n.fu.ka.e	しょうじ 小路 sho.o.ji
きたたつみ 北巽 ki.ta.ta.tsu.mi	みなみたつみ 南巽 mi.na.mi.ta.tsu.mi		

中央線 chu.u.o.o.se.n

ながた 長田 ↔ コスモスクエア
na.ga.ta　　ko.su.mo.su.ku.e.a

ながた 長田 na.ga.ta	たかいだ 高井田 ta.ka.i.da	ふかえばし 深江橋 fu.ka.e.ba.shi	みどりばし 緑橋 mi.do.ri.ba.shi

もりのみや	たにまちよんちょうめ	さかいすじほんまち
森ノ宮	谷町四丁目	堺筋本町
mo.ri.no.mi.ya	ta.ni.ma.chi.yo.n.cho.o.me	sa.ka.i.su.ji.ho.n.ma.chi

ほんまち	あわざ	くじょう	べんてんちょう
本町	阿波座	九条	弁天町
ho.n.ma.chi	a.wa.za	ku.jo.o	be.n.te.n.cho.o

あさしおばし	おおさかこう	コスモスクエア
朝潮橋	大阪港	ko.su.mo.su.ku.e.a
a.sa.shi.o.ba.shi	o.o.sa.ka.ko.o	

本町 ← 阿波座 → 弁天町
a.wa.za

うん！わかった！

もうすぐ電車来るから

ホームで遊んじゃいかんよ！

は〜い

266 ❀ 大阪地下鐵路線

堺筋線
sa.ka.i.su.ji.se.n

てんじんばしすじろくちょうめ	おうぎまち	みなみもりまち
天神橋筋六丁目	扇町	南森町
te.n.ji.n.ba.shi.su.ji.ro.ku.cho.o.me	o.u.gi.ma.chi	mi.na.mi.mo.ri.ma.chi

きたはま	さかいすじほんまち	ながほりばし	にっぽんばし
北浜	堺筋本町	長堀橋	日本橋
ki.ta.ha.ma	sa.ka.i.su.ji.ho.n.ma.chi	na.ga.ho.ri.ba.shi	ni.p.po.n.ba.shi

えびすちょう	どうぶつえんまえ	てんがちゃや
恵美須町	動物園前	天下茶屋
e.bi.su.cho.o	do.o.bu.tsu.e.n.ma.e	te.n.ga.cha.ya

やっと天下茶屋に着いた…

てんじんばしすじろくちょうめ　てんがちゃや
天神橋筋六丁目 ↔ 天下茶屋
te.n.ji.n.ba.shi.su.ji.ro.ku.cho.o.me　te.n.ga.cha.ya

谷町線
ta.ni.ma.chi.se.n

だいにち　　やおみなみ
大日 ↔ 八尾南
da.i.ni.chi　ya.o.mi.na.mi

だいにち	もりぐち	たいしばしいまいち	せんばやしおおみや
大日	守口	太子橋今市	千林大宮
da.i.ni.chi	mo.ri.gu.chi	ta.i.shi.ba.shi.i.ma.i.chi	se.n.ba.ya.shi.o.o.mi.ya

PART5　日本便利通　267

| せきめたかどの 関目高殿 se.ki.me.ta.ka.do.no | のえうちんだい 野江内代 no.e.u.chi.n.da.i | みやこじま 都島 mi.ya.ko.ji.ma | てんじんばしすじろくちょうめ 天神橋筋六丁目 te.n.ji.n.ba.shi.su.ji.ro.ku.cho.o.me |

| なかざきちょう 中崎町 na.ka.za.ki.cho.o | ひがしうめだ 東梅田 hi.ga.shi.u.me.da | みなみもりまち 南森町 mi.na.mi.mo.ri.ma.chi | てんまばし 天満橋 te.n.ma.ba.shi |

| たにまちよんちょうめ 谷町四丁目 ta.ni.ma.chi.yo.n.cho.o.me | たにまちろくちょうめ 谷町六丁目 ta.ni.ma.chi.ro.ku.cho.o.me | たにまちきゅうちょうめ 谷町九丁目 ta.ni.ma.chi.kyu.u.cho.o.me |

| してんのうじまえゆうひがおか 四天王寺前夕陽ヶ丘 shi.te.n.no.o.ji.ma.e.yu.u.hi.ga.o.ka | てんのうじ 天王寺 te.n.no.o.ji | あべの 阿倍野 a.be.no |

| ふみのさと 文の里 fu.mi.no.sa.to | たなべ 田辺 ta.na.be | こまがわなかの 駒川中野 ko.ma.ga.wa.na.ka.no | ひらの 平野 hi.ra.no |

| きれうりわり 喜連瓜破 ki.re.u.ri.wa.ri | でと 出戸 de.to | ながはら 長原 na.ga.ha.ra | やおみなみ 八尾南 ya.o.mi.na.mi |

大阪地下鐵路線

御堂筋線 (みどうすじせん) mi.do.o.su.ji.se.n

🔊 097

| えさか 江坂 e.sa.ka | ひがしみくに 東三国 hi.ga.shi.mi.ku.ni | しんおおさか 新大阪 shi.n.o.o.sa.ka |

| にしなかじまみなみがた 西中島南方 ni.shi.na.ka.ji.ma.mi.na.mi.ga.ta | なかつ 中津 na.ka.tsu | うめだ 梅田 u.me.da |

| よどやばし 淀屋橋 yo.do.ya.ba.shi | ほんまち 本町 ho.n.ma.chi | しんさいばし 心斎橋 shi.n.sa.i.ba.shi | なんば na.n.ba |

| だいこくちょう 大国町 da.i.ko.ku.cho.o | どうぶつえんまえ 動物園前 do.o.bu.tsu.e.n.ma.e | てんのうじ 天王寺 te.n.no.o.ji | しょうわちょう 昭和町 sho.o.wa.cho.o |

| にしたなべ 西田辺 ni.shi.ta.na.be | ながい 長居 na.ga.i | あびこ a.bi.ko | きたはなだ 北花田 ki.ta.ha.na.da |

| しんかなおか 新金岡 shi.n.ka.na.o.ka | なかもず na.ka.mo.zu |

えさか 江坂 e.saka ↔ なかもず na.ka.mo.zu

PART5 日本便利通 269

四つ橋線 yo.tsu.ba.shi.se.n

西梅田 ⟷ 住之江公園
ni.shi.u.me.da　su.mi.no.e.ko.o.en

西梅田 にしうめだ	ni.shi.u.me.da
肥後橋 ひごばし	hi.go.ba.shi
本町 ほんまち	ho.n.ma.chi
四ツ橋 よつばし	yo.tsu.ba.shi
なんば	na.n.ba
大国町 だいこくちょう	da.i.ko.ku.cho.o
花園町 はなぞのちょう	ha.na.zo.no.cho.o
岸里 きしのさと	ki.shi.no.sa.to
玉出 たまで	ta.ma.de
北加賀屋 きたかがや	ki.ta.ka.ga.ya
住之江公園 すみのえこうえん	su.mi.no.e.ko.o.en

大国町 ← 花園町 → 岸里
ha.na.zo.no.cho.o

なに食べに行く？

なんでもいいよ。

最近忙しそうだけど、どうしたの？

別に！そんなことないよ！

270　大阪地下鐵路線

長堀鶴見緑地線
na.ga.ho.ri.tsu.ru.mi.ryo.ku.chi.se.n

門真南 ←→ 大正
ka.do.ma.mi.na.mi　ta.i.sho.o

かどまみなみ	つるみりょくち	よこづつみ	いまふくつるみ
門真南	鶴見緑地	横堤	今福鶴見
ka.do.ma.mi.na.mi	tsu.ru.mi.ryo.ku.chi	yo.ko.zu.tsu.mi	i.ma.fu.ku.tsu.ru.mi

がもうよんちょうめ	きょうばし	おおさか
蒲生四丁目	京橋	大阪ビジネスパーク
ga.mo.o.yo.n.cho.o.me	kyo.o.ba.shi	o.o.sa.ka.bi.ji.ne.su.pa.a.ku

もりのみや	たまつくり	たにまちろくちょうめ
森ノ宮	玉造	谷町六丁目
mo.ri.no.mi.ya	ta.ma.tsu.ku.ri	ta.ni.ma.chi.ro.ku.cho.o.me

まつやまち	ながほりばし	しんさいばし	にしおおはし
松屋町	長堀橋	心斎橋	西大橋
ma.tsu.ya.ma.chi	na.ga.ho.ri.ba.shi	shi.n.sa.i.ba.shi	ni.shi.o.o.ha.shi

にしながほり	まえちよざき	たいしょう
西長堀	ドーム前千代崎	大正
ni.shi.na.ga.ho.ri	do.o.mu.ma.e.chi.yo.za.ki	ta.i.sho.o

京都地下鉄路線 🔊 098

からすません
烏丸線
ka.ra.su.ma.se.n

こくさいかいかん	まつがさき	きたやま	きたおおじ
国際会館	松ヶ崎	北山	北大路
ko.ku.sa.i.ka.i.ka.n	ma.tsu.ga.sa.ki	ki.ta.ya.ma	ki.ta.o.o.ji

くらまぐち	いまでがわ	まるたまち	からすまおいけ
鞍馬口	今出川	丸太町	烏丸御池
ku.ra.ma.gu.chi	i.ma.de.ga.wa	ma.ru.ta.ma.chi	ka.ra.su.ma.o.i.ke

しじょう	ごじょう	きょうと	くじょう
四条	五条	京都	九条
shi.jo.o	go.jo.o	kyo.o.to	ku.jo.o

じゅうじょう	ばし	たけだ
十条	くいな橋	竹田
ju.u.jo.o	ku.i.na.ba.shi	ta.ke.da

こくさいかいかん ⇄ たけだ
国際会館 ⇄ 竹田
kokusaikaikan ⇄ take.da

やっと京都に着いた…
ええ！

東西線 to.o.za.i.se.n

太秦天神川 u.zu.ma.sa.te.n.ji.n.ga.wa ↔ 六地蔵 ro.ku.ji.zo.o

- うずまさてんじんがわ　太秦天神川　u.zu.ma.sa.te.n.ji.n.ga.wa
- にしおおじおいけ　西大路御池　ni.shi.o.o.ji.o.i.ke
- にじょう　二条　ni.jo.o
- にじょうじょうまえ　二条城前　ni.jo.o.jo.o.ma.e
- からすまおいけ　烏丸御池　ka.ra.su.ma.o.i.ke
- きょうとしやくしょまえ　京都市役所前　kyo.o.to.shi.ya.ku.sho.ma.e
- さんじょうけいはん　三条京阪　sa.n.jo.o.ke.i.ha.n
- ひがしやま　東山　hi.ga.shi.ya.ma
- けあげ　蹴上　ke.a.ge
- みささぎ　御陵　mi.sa.sa.gi
- やましな　山科　ya.ma.shi.na
- ひがしの　東野　hi.ga.shi.no
- なぎつじ　椥辻　na.gi.tsu.ji
- おの　小野　o.no
- だいご　醍醐　da.i.go
- いしだ　石田　i.shi.da
- ろくじぞう　六地蔵　ro.ku.ji.zo.o

神戸地下鉄路線

099

西神・山手線
se.i.shi.n・ya.ma.te.se.n

せいしんちゅうおう	せいしんみなみ	いかわだに	がくえんとし
西神中央	西神南	伊川谷	学園都市
se.i.shi.n.chu.u.o.o	se.i.shi.n.mi.na.mi	i.ka.wa.da.ni	ga.ku.e.n.to.shi

そうごううんどうこうえん	みょうだに	みょうほうじ
総合運動公園	名谷	妙法寺
so.o.go.o.u.n.do.o.ko.o.e.n	myo.o.da.ni	myo.o.ho.o.ji

いたやど	しんながた	ながた	かみさわ
板宿	新長田	長田	上沢
i.ta.ya.do	shi.n.na.ga.ta	na.ga.ta	ka.mi.sa.wa

みなとがわこうえん	おおくらやま	けんちょうまえ	さんのみや
湊川公園	大倉山	県庁前	三宮
mi.na.to.ga.wa.ko.o.e.n	o.o.ku.ra.ya.ma	ke.n.cho.o.ma.e	sa.n.no.mi.ya

しんこうべ
新神戸
shi.n.ko.o.be

ここはどこ？

せいしんちゅうおう		しんこうべ
西神中央	⟷	新神戸
sei.shin.chu.u.o.o		shin.ko.o.be

神戸地下鐵路線

海岸線 ka.i.ga.n.se.n

- しんながた 新長田 shi.n.na.ga.ta
- こまがばやし 駒ヶ林 ko.ma.ga.ba.ya.shi
- かるも 苅藻 ka.ru.mo
- みさきこうえん 御崎公園 mi.sa.ki.ko.o.e.n
- わだみさき 和田岬 wa.da.mi.sa.ki
- ちゅうおういちばまえ 中央市場前 chu.u.o.o.i.chi.ba.ma.e
- ハーバーランド ha.a.ba.a.ra.n.do
- もとまち みなと元町 mi.na.to.mo.to.ma.chi
- きゅうきょりゅうち・だいまるまえ 旧居留地・大丸前 kyu.u.kyo.ryu.u.chi da.i.ma.ru.ma.e
- さんのみや・はなどけいまえ 三宮・花時計前 sa.n.no.mi.ya ha.na.do.ke.i.ma.e

しんながた 新長田 shi.n.na.ga.ta ↔ さんのみやはなどけいまえ 三宮花時計前 sa.n.no.mi.ya.ha.na.do.ke.i.ma.e

PART5　日本便利通　275

札幌地下鉄路線 🔊 100

なんぼくせん
南北線
na.n.bo.ku.se.n

| あさぶ
麻生
a.sa.bu | きたさんじゅうよじょう
北34条
ki.ta.sa.n.ju.u.yo.jo.o | きたにじゅうよじょう
北24条
ki.ta.ni.ju.u.yo.jo.o | きたじゅうはちじょう
北18条
ki.ta.ju.u.ha.chi.jo.o |

| きたじゅうにじょう
北12条
ki.ta.ju.u.ni.jo.o | さっぽろ
sa.p.po.ro | おおどおり
大通
o.o.do.o.ri | すすきの
su.su.ki.no |

| なかじまこうえん
中島公園
na.ka.ji.ma.ko.o.e.n | ほろひらばし
幌平橋
ho.ro.hi.ra.ba.shi | なか しま
中の島
na.ka.no.shi.ma | ひらぎし
平岸
hi.ra.gi.shi |

| みなみひらぎし
南平岸
mi.na.mi.hi.ra.gi.shi | すみかわ
澄川
su.mi.ka.wa | じえいたいまえ
自衛隊前
ji.e.i.ta.i.ma.e | まこまない
真駒内
ma.ko.ma.na.i |

あさぶ 麻生 ↔ 真駒内 まこまない
asabu　　　 mako.manai

やっと札幌に着いた…
そうですね！

とうほうせん
東豊線
to.o.ho.o.se.n

さかえまち	しんどうひがし	もとまち	かんじょうどおりひがし
栄町	新道東	元町	環状通東
sa.ka.e.ma.chi	shi.n.do.o.hi.ga.shi	mo.to.ma.chi	ka.n.jo.o.do.o.ri.hi.ga.shi

ひがしくやくしょまえ 東区役所前 hi.ga.shi.ku.ya.ku.sho.ma.e

きたじゅうさんじょうひがし 北13条東 ki.ta.ju.u.sa.n.jo.o.hi.ga.shi

さっぽろ
sa.p.po.ro

おおどおり
大通
o.o.do.o.ri

ほうすい
豊水すすきの
ho.o.su.i.su.su.ki.no

がくえんまえ	とよひらこうえん	みその	つきさむちゅうおう
学園前	豊平公園	美園	月寒中央
ga.ku.e.n.ma.e	to.yo.hi.ra.ko.o.e.n	mi.so.no	tsu.ki.sa.mu.chu.u.o.o

ふくずみ
福住
fu.ku.zu.mi

さかえまち　ふくずみ
栄町 ↔ 福住
sakaemachi　fukuzumi

時刻表はどこにありますか？

案内所にあります。

PART5　日本便利通　277

東西線 to.o.za.i.se.n

- みやのさわ 宮の沢 mi.ya.no.sa.wa
- はっさむみなみ 発寒南 ha.s.sa.mu.mi.na.mi
- ことに 琴似 ko.to.ni
- にじゅうよんけん 二十四軒 ni.ju.u.yo.n.ke.n
- にしにじゅうはっちょうめ 西28丁目 ni.shi.ni.ju.u.ha.c.cho.o.me
- まるやまこうえん 円山公園 ma.ru.ya.ma.ko.o.e.n
- にしじゅうはっちょうめ 西18丁目 ni.shi.ju.u.ha.c.cho.o.me
- にしじゅういっちょうめ 西11丁目 ni.shi.ju.u.i.c.cho.o.me
- おおどおり 大通 o.o.do.o.ri
- バスセンター前 ba.su.se.n.ta.a.ma.e
- きくすい 菊水 ki.ku.su.i
- ひがしさっぽろ 東札幌 hi.ga.shi.sa.p.po.ro
- しろいし 白石 shi.ro.i.shi
- なんごうななちょうめ 南郷7丁目 na.n.go.o.na.na.cho.o.me
- なんごうじゅうさんちょうめ 南郷13丁目 na.n.go.o.ju.u.sa.n.cho.o.me
- なんごうじゅうはっちょうめ 南郷18丁目 na.n.go.o.ju.u.ha.c.cho.o.me
- おおやち 大谷地 o.o.ya.chi
- ひばりが丘 hi.ba.ri.ga.o.ka
- しん 新さっぽろ shi.n.sa.p.po.ro

みやのさわ 宮の沢 miya.no.sa.wa ↔ しん 新さっぽろ shin.sap.po

仙台地下鉄路線

🔊 101

南北線 na.n.bo.ku.se.n
（なんぼくせん）

泉中央	いずみちゅうおう	i.zu.mi.chu.u.o.o
八乙女	やおとめ	ya.o.to.me
黒松	くろまつ	ku.ro.ma.tsu
旭ケ丘	あさひがおか	a.sa.hi.ga.o.ka
台原	だいのはら	da.i.no.ha.ra
北仙台	きたせんだい	ki.ta.se.n.da.i
北四番丁	きたよばんちょう	ki.ta.yo.ba.n.cho.o
勾当台公園	こうとうだいこうえん	ko.o.to.o.da.i.ko.o.e.n
広瀬通	ひろせどおり	hi.ro.se.do.o.ri
仙台	せんだい	se.n.da.i
五橋	いつつばし	i.tsu.tsu.ba.shi
愛宕橋	あたごばし	a.ta.go.ba.shi
河原町	かわらまち	ka.wa.ra.ma.chi
長町一丁目	ながまちいっちょうめ	na.ga.ma.chi.i.c.cho.o.me
長町	ながまち	na.ga.ma.chi
長町南	ながまちみなみ	na.ga.ma.chi.mi.na.mi
富沢	とみざわ	to.mi.za.wa

泉中央 izumichuu.o.o ↔ 富沢 to.mizawa

名古屋地下鉄路線

🔊 102

東山線 (ひがしやません / hi.ga.shi.ya.ma.se.n)

| ふじがおか 藤ケ丘 fu.ji.ga.o.ka | ほんごう 本郷 ho.n.go.o | かみやしろ 上社 ka.mi.ya.shi.ro | いっしゃ 一社 i.s.sha |

| ほしがおか 星ケ丘 ho.shi.ga.o.ka | ひがしやまこうえん 東山公園 hi.ga.shi.ya.ma.ko.o.e.n | もとやま 本山 mo.to.ya.ma | かくおうざん 覚王山 ka.ku.o.o.za.n |

| いけした 池下 i.ke.shi.ta | いまいけ 今池 i.ma.i.ke | ちくさ 千種 chi.ku.sa | しんさかえまち 新栄町 shi.n.sa.ka.e.ma.chi |

| さかえ 栄 sa.ka.e | ふしみ 伏見 fu.shi.mi | なごや 名古屋 na.go.ya | かめじま 亀島 ka.me.ji.ma |

| ほんじん 本陣 ho.n.ji.n | なかむらにっせき 中村日赤 na.ka.mu.ra.ni.s.se.ki | なかむらこうえん 中村公園 na.ka.mu.ra.ko.o.e.n |

280 名古屋地下鐵路線

| いわつか
岩塚
i.wa.tsu.ka | はった
八田
ha.t.ta | たかばた
高畑
ta.ka.ba.ta | ふじがおか　たかばた
藤ヶ丘 ↔ 高畑
fu.ji.ga.o.ka　ta.ka.ba.ta |

めいじょうせん
名城線
me.i.jo.o.se.n

おおぞね　　　　　まえやだ
大曽根 ↔ ナゴヤドーム前矢田
o.o.zo.ne　　na.go.ya.do.o.mu.ma.e.ya.da

| おおぞね
大曽根
o.o.zo.ne | へいあんどおり
平安通
he.i.a.n.do.o.ri | しがほんどおり
志賀本通
shi.ga.ho.n.do.o.ri | くろかわ
黒川
ku.ro.ka.wa |

| めいじょうこうえん
名城公園
me.i.jo.o.ko.o.e.n | しやくしょ
市役所
shi.ya.ku.sho | ひさやおおどおり
久屋大通
hi.sa.ya.o.o.do.o.ri | さかえ
栄
sa.ka.e |

| やばちょう
矢場町
ya.ba.cho.o | かみまえづ
上前津
ka.mi.ma.e.zu | ひがしべついん
東別院
hi.ga.shi.be.tsu.i.n | かなやま
金山
ka.na.ya.ma |

| にしたかくら
西高蔵
ni.shi.ta.ka.ku.ra | じんぐうにし
神宮西
ji.n.gu.u.ni.shi | てんまちょう
伝馬町
te.n.ma.cho.o | ほりた
堀田
ho.ri.ta |

みょうおんどおり	あらたまばし	みずほうんどうじょうひがし
妙音通	新瑞橋	瑞穂運動場東
myo.o.o.n.do.o.ri	a.ra.ta.ma.ba.shi	mi.zu.ho.u.n.do.o.jo.o.hi.ga.shi

そうごう	やごと	やごとにっせき
総合リハビリセンター	八事	八事日赤
so.o.go.o.ri.ha.bi.ri.se.n.ta.a	ya.go.to	ya.go.to.ni.s.se.ki

なごやだいがく	もとやま	じゆうがおか	ちゃやがさか
名古屋大学	本山	自由ケ丘	茶屋ケ坂
na.go.ya.da.i.ga.ku	mo.to.ya.ma	ji.yu.u.ga.o.ka	cha.ya.ga.sa.ka

すなだばし	まえやだ
砂田橋	ナゴヤドーム前矢田
su.na.da.ba.shi	na.go.ya.do.o.mu.ma.e.ya.da

名古屋の天むす
おいしいよ！

せっかく名古屋に来たんだから！天むすを食べに行かない？

天むすいいね！

もうすぐ降りるからね。

うん！わかった！

名古屋地下鐵路線

めいこうせん
名港線
me.i.ko.o.se.n

かなやま	なごやこう
金山 ↔ 名古屋港
kanayama　nagoyakoo

◀ 103

かなやま	ひびの	ろくばんちょう	とうかいどおり
金山	日比野	六番町	東海通
ka.na.ya.ma	hi.bi.no	ro.ku.ba.n.cho.o	to.o.ka.i.do.o.ri

みなとくやくしょ	つきじぐち	なごやこう
港区役所	築地口	名古屋港
mi.na.to.ku.ya.ku.sho	tsu.ki.ji.gu.chi	na.go.ya.ko.o

私は毎日名港線で会社に行きます！

かみいいだせん
上飯田線
ka.mi.i.i.da.se.n

かみいいだ	へいあんどおり
上飯田	平安通
ka.mi.i.i.da	he.i.a.n.do.o.ri

かみいいだ	へいあんどおり
上飯田 ↔ 平安通
kamiiida　heiandoori

天むす

元祖　名古屋名物　天むす

六個 680円
一個 120円

天むす〜
おいしいよ！

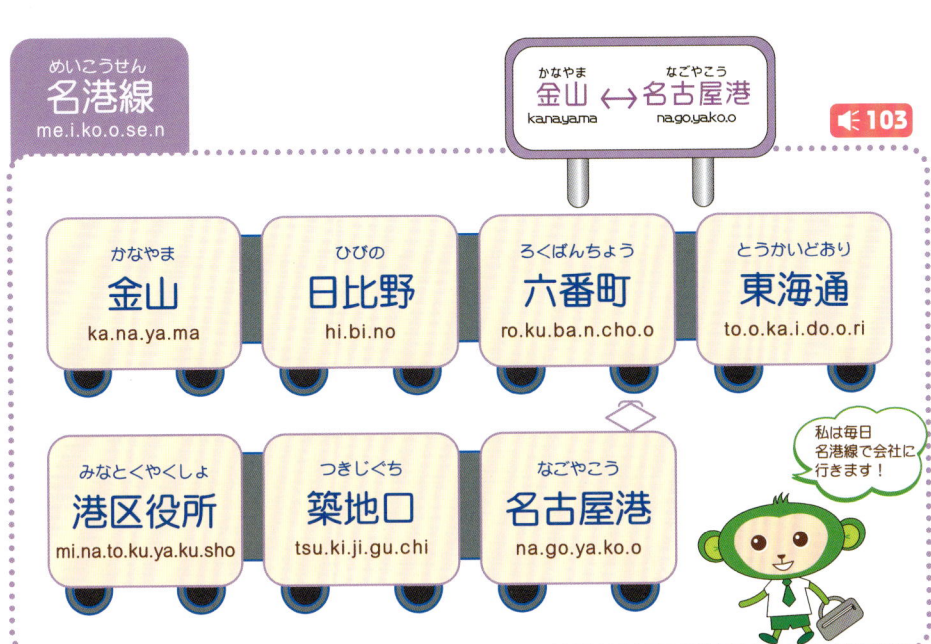

天むすを食べなきゃ！
せっかく名古屋に
来たんだから！

天むす
おいしそう〜

PART5　日本便利通　283

つるまいせん
鶴舞線
tsu.ru.ma.i.se.n

| かみおたい 上小田井 ka.mi.o.ta.i | しょうないりょくちこうえん 庄内緑地公園 sho.o.na.i.ryo.ku.chi.ko.o.e.n | しょうないどおり 庄内通 sho.o.na.i.do.o.ri |

| じょうしん 浄心 jo.o.shi.n | せんげんちょう 浅間町 se.n.ge.n.cho.o | まるのうち 丸の内 ma.ru.no.u.chi | ふしみ 伏見 fu.shi.mi |

| おおすかんのん 大須観音 o.o.su.ka.n.no.n | かみまえづ 上前津 ka.mi.ma.e.zu | つるまい 鶴舞 tsu.ru.ma.i | あらはた 荒畑 a.ra.ha.ta |

| ごきそ 御器所 go.ki.so | かわな 川名 ka.wa.na | いりなか i.ri.na.ka | やごと 八事 ya.go.to |

| しおがまぐち 塩釜口 shi.o.ga.ma.gu.chi | うえだ 植田 u.e.da | はら 原 ha.ra | ひらばり 平針 hi.ra.ba.ri |

| あかいけ 赤池 a.ka.i.ke |

かみおたい 上小田井 kami.tai ⟷ あかいけ 赤池 akaike

どこで降りるの？

大須観音で降りるよ。

284　名古屋地下鐵路線

桜通線 sa.ku.ra.do.o.ri.se.n

なかむらくやくしょ 中村区役所 ↔ とくしげ 徳重
na.ka.mu.ra.ku.ya.ku.sho ↔ to.ku.shi.ge

| なかむらくやくしょ 中村区役所 na.ka.mu.ra.ku.ya.ku.sho | なごや 名古屋 na.go.ya | こくさい 国際センター ko.ku.sa.i.se.n.ta.a |

| まるのうち 丸の内 ma.ru.no.u.chi | ひさやおおどおり 久屋大通 hi.sa.ya.o.o.do.o.ri | たかおか 高岳 ta.ka.o.ka | くるまみち 車道 ku.ru.ma.mi.chi |

| いまいけ 今池 i.ma.i.ke | ふきあげ 吹上 fu.ki.a.ge | ごきそ 御器所 go.ki.so | さくらやま 桜山 sa.ku.ra.ya.ma |

| みずほくやくしょ 瑞穂区役所 mi.zu.ho.ku.ya.ku.sho | みずほうんどうじょうにし 瑞穂運動場西 mi.zu.ho.u.n.do.o.jo.o.ni.shi |

| あらたまばし 新瑞橋 a.ra.ta.ma.ba.shi | さくらほんまち 桜本町 sa.ku.ra.ho.n.ma.chi | つるさと 鶴里 tsu.ru.sa.to | のなみ 野並 no.na.mi |

| なるこきた 鳴子北 na.ru.ko.ki.ta | あいおいやま 相生山 a.i.o.i.ya.ma | かみさわ 神沢 ka.mi.sa.wa | とくしげ 徳重 to.ku.shi.ge |

PART5 日本便利通 285

福岡地下鉄路線

🔊 104

空港線 ku.u.ko.o.se.n

| めいのはま 姫浜 me.i.no.ha.ma | むろみ 室見 mu.ro.mi | ふじさき 藤崎 fu.ji.sa.ki | にしじん 西新 ni.shi.ji.n |

| とうじんまち 唐人町 to.o.ji.n.ma.chi | おおほりこうえん 大濠公園 o.o.ho.ri.ko.o.e.n | あかさか 赤坂 a.ka.sa.ka | てんじん 天神 te.n.ji.n |

| なかすかわばた 中洲川端 na.ka.su.ka.wa.ba.ta | ぎおん 祇園 gi.o.n | はかた 博多 ha.ka.ta |

| ひがしひえ 東比恵 hi.ga.shi.hi.e | ふくおかくうこう 福岡空港 fu.ku.o.ka.ku.u.ko.o |

めいのはま 姫浜 me.i.no.ha.ma ↔ ふくおかくうこう 福岡空港 fu.ku.o.ka.ku.u.ko.o

ほんと！？
ありがとう！

昨日福岡で
明太子買ったの！

286 ❋ 福岡地下鐵路線

箱崎線
ha.ko.za.ki.se.n

はこざきせん		
なかすかわばた 中洲川端 na.ka.su.ka.wa.ba.ta	ごふくまち 呉服町 go.fu.ku.ma.chi	ちよけんちょうぐち 千代県庁口 chi.yo.ke.n.cho.o.gu.chi

まいだしきゅうだいびょういんまえ 馬出九大病院前 ma.i.da.shi.kyu.u.da.i.byo.o.i.n.ma.e	はこざきみやまえ 箱崎宮前 ha.ko.za.ki.mi.ya.ma.e

はこざききゅうだいまえ 箱崎九大前 ha.ko.za.ki.kyu.u.da.i.ma.e	かいづか 貝塚 ka.i.zu.ka

ごふくまち　　　かいづか
呉服町 ↔ 貝塚
go.fu.ku.ma.chi　ka.i.zu.ka

七隈線
na.na.ku.ma.se.n

はしもと　　　　てんじんみなみ
橋本 ↔ 天神南
ha.shi.mo.to.　te.n.ji.n.mi.na.mi

はしもと 橋本 ha.shi.mo.to.	じろうまる 次郎丸 ji.ro.o.ma.ru	かも 賀茂 ka.mo	のけ 野芥 no.ke

PART5　日本便利通　287

うめばやし	ふくだいまえ	ななくま	かなやま
梅林	福大前	七隈	金山
u.me.ba.ya.shi	fu.ku.da.i.ma.e	na.na.ku.ma	ka.na.ya.ma

ちゃやま	べふ	ろっぽんまつ	さくらざか
茶山	別府	六本松	桜坂
cha.ya.ma	be.fu	ro.p.po.n.ma.tsu	sa.ku.ra.za.ka

やくいんおおどおり	やくいん	わたなべどおり	てんじんみなみ
薬院大通	薬院	渡辺通	天神南
ya.ku.i.n.o.o.do.o.ri	ya.ku.i.n	wa.ta.na.be.do.o.ri	te.n.ji.n.mi.na.mi

メニュー
とんこつラーメン　500円
チャーシューメン　800円
明太子ごはん　100円
味付けたまご　100円

いらっしゃい！

私は明太子ごはんを食べたい！

とんこつラーメンを食べなきゃ！せっかく福岡に来たんだから！

288　福岡・沖縄地下鐵路線

沖繩單軌電車路線 🔊 105

沖縄ゆいレール
おきなわ
o.ki.na.wa.yu.i.re.e.ru

| なはくうこう
那覇空港
na.ha.ku.u.ko.o | あかみね
赤嶺
a.ka.mi.ne | おろく
小禄
o.ro.ku | おうのやまこうえん
奥武山公園
o.u.no.ya.ma.ko.o.e.n |

| つぼがわ
壺川
tsu.bo.ga.wa | あさひばし
旭橋
a.sa.hi.ba.shi | けんちょうまえ
県庁前
ke.n.cho.o.ma.e | みえばし
美栄橋
mi.e.ba.shi |

| まきし
牧志
ma.ki.shi | あさと
安里
a.sa.to | おもろまち
o.mo.ro.ma.chi | ふるじま
古島
fu.ru.ji.ma |

| しりつびょういんまえ
私立病院前
shi.ri.tsu.byo.o.i.n.ma.e | ぎぼ
儀保
gi.bo | しゅり
首里
shu.ri |

なはくうこう　　　　しゅり
那覇空港 ↔ 首里
nahaku.u.ko.o　　shu.ri

PART5　日本便利通　289

到東京不可不知的山手線各站

今日渋谷に行って買い物しようかな～

106

駅名	よみ	ローマ字
駒込	こまごめ	ko.ma.go.me
巣鴨	すがも	su.ga.mo
大塚	おおつか	o.o.tsu.ka
池袋	いけぶくろ	i.ke.bu.ku.ro
目白	めじろ	me.ji.ro
高田馬場	たかだのばば	ta.ka.da.no.ba.ba
新大久保	しんおおくぼ	shi.n.o.o.ku.bo
新宿	しんじゅく	shi.n.ju.ku
代々木	よよぎ	yo.yo.gi
原宿	はらじゅく	ha.ra.ju.ku
渋谷	しぶや	shi.bu.ya
恵比寿	えびす	e.bi.su
目黒	めぐろ	me.gu.ro
五反田	ごたんだ	go.ta.n.da
大崎	おおさき	o.o.sa.ki
品川	しながわ	shi.na.ga.wa
田町	たまち	ta.ma.chi
浜松町	はままつちょう	ha.ma.ma.tsu.cho.o
新橋	しんばし	shi.n.ba.shi
有楽町	ゆうらくちょう	yu.u.ra.ku.cho.o
東京	とうきょう	to.o.kyo.o
神田	かんだ	ka.n.da
秋葉原	あきはばら	a.ki.ha.ba.ra
御徒町	おかちまち	o.ka.chi.ma.chi
上野	うえの	u.e.no
鶯谷	うぐいすだに	u.gu.i.su.da.ni
日暮里	にっぽり	ni.p.po.ri
西日暮里	にしにっぽり	ni.shi.ni.p.po.ri
田端	たばた	ta.ba.ta

290 ❀ 到東京不可不知的山手線各站・走訪日本各地旅遊景點

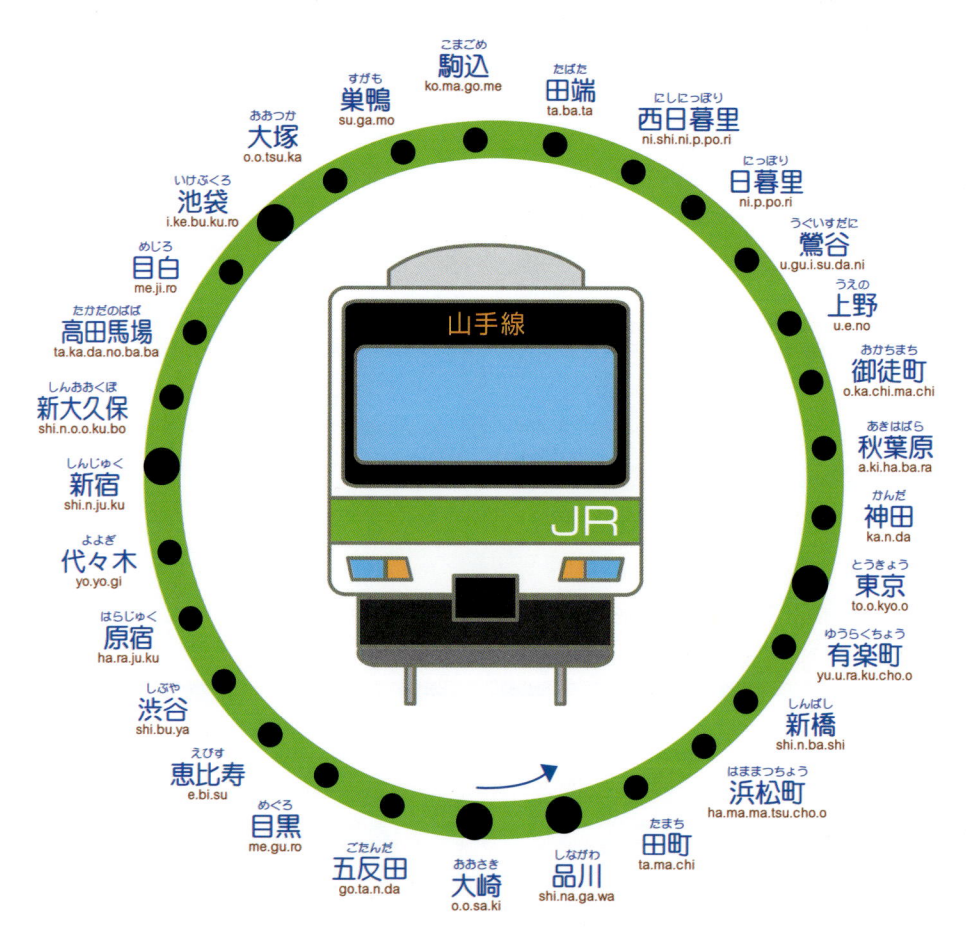

走訪日本各地旅遊景點

上野動物園に行きたい！

107

東京旅遊景點

浅草寺
se.n.so.o.ji
淺草神社

富士急ハイランド
fu.ji.kyu.u.ha.i.ra.n.do
富士急樂園

東京スカイツリー
to.o.kyo.su.ka.i.tsu.ri.i
東京晴空塔

東京タワー
to.o.kyo.o.ta.wa.a
東京鐵塔

明治神宮
me.i.ji.ji.n.gu.u
明治神宮

竹下通り
ta.ke.shi.ta.do.o.ri
竹下通

代々木公園
yo.yo.gi.ko.o.e.n
代代木公園

上野動物園
u.e.no.do.o.bu.tsu.e.n
上野動物園

ディズニーランド
di.zu.ni.i.ra.n.do
迪士尼樂園

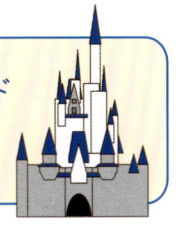

ディズニーシー
di.zu.ni.i.shi.i
DISNEY SEA 迪士尼海洋

PART5 日本便利通 291

こうきょ 皇居 ko.o.kyo 日本天皇御所	とうきょうえき いちばんがい 東京駅一番街 to.o.kyo.o.e.ki.i.chi.ba.n.ga.i 東京車站一番街
みたか もり びじゅつかん 三鷹の森ジブリ美術館 mi.ta.ka.no.mo.ri.ji.bu.ri.bi.ju.tsu.ka.n 三鷹之森吉卜力美術館	あきはばらでんきがい 秋葉原電気街 a.ki.ha.ba.ra.de.n.ki.ga.i 秋葉原電器街

よこ アメ横 a.me.yo.ko 阿美横丁	ろっぽんぎ 六本木ヒルズ ro.p.po.n.gi.hi.ru.zu 六本木 HILLS	とうきょう 東京ドームシティー to.o.kyo.do.o.mu.shi.ti.i 東京巨蛋城

かわさきし ふじこ　　　　ふじお
川崎市藤子・F・藤二雄ミュージアム（ドラえもんミュージアム）
ka.wa.sa.ki.shi.fu.ji.ko・e.fu・fu.ji.o. myu.u.ji.a.mu.(do.ra.e.mo.n.myu.u.ji.a.mu)
川崎市藤子・F・不二雄博物館（哆啦Ａ夢博物館）

サンリオピューロランド sa.n.ri.o.pyu.u.ro.ra.n.do 三麗鷗彩虹樂園	つきじ いちば 築地市場 tsu.ki.ji.i.chi.ba 築地市場	としまえん to.shi.ma.e.n 豐島園

とうきょう あ うめ　　　　　　とうきょう
東京青梅ダイバーシティ東京プラザ
to.o.kyo.o.u.me.da.i.ba.shi.ti.to.o.kyo.o.pu.ra.za
東京青梅 DIVER CITY TOKYO PLAZA

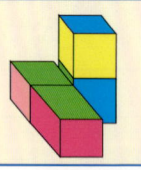

だいば かいひんこうえん お台場海浜公園 o.da.i.ba.ka.i.hi.n.ko.o.e.n 台場海濱公園	かまくら だいぶつ 鎌倉大仏 ka.ma.ku.ra.da.i.bu.tsu 鎌倉大佛

横濱旅遊景點

新横浜ラーメン博物館
しんよこはま　はくぶつかん
shi.n.yo.ko.ha.ma.ra.a.me.n.ha.ku.bu.tsu.ka.n
新橫濱拉麵博物館

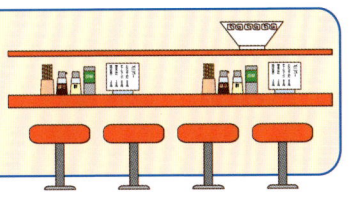

八景島シーパラダイス
はっけいじま
ha.k.ke.i.ji.ma.shi.i.pa.ra.da.i.su
八景島海洋遊樂園

横浜中華街
よこはまちゅうかがい
yo.ko.ha.ma.chu.u.ka.ga.i
橫濱中華街

建長寺
けんちょうじ
ke.n.cho.o.ji
建長寺

大阪旅遊景點

心斎橋
しんさいばし
shi.n.sa.i.ba.shi
心齋橋

道頓堀
どうとんぼり
do.o.to.n.bo.ri
道頓堀

大阪城公園
おおさかじょうこうえん
o.o.sa.ka.jo.o.ko.o.e.n
大阪城公園

海遊館
かいゆうかん
ka.i.yu.u.ka.n
海遊館

大阪ステーションシティ
おおさか
o.o.sa.ka.su.te.e.sho.n.shi.ti
大阪站城市

梅田・茶屋町
うめだ　ちゃやまち
u.me.da・cha.ya.ma.chi
梅田・茶屋町

ユニバーサルスタジオジャパン yu.ni.ba.a.sa.ru.su.ta.ji.o.ja.pa.n 環球影城	アメリカ村 a.me.ri.ka.mu.ra 美國村
なんば花月 na.n.ba.ka.ge.tsu 難波花月（吉本新喜劇場）	万博記念公園 ba.n.pa.ku.ki.ne.n.ko.o.e.n 萬博紀念公園
新世界・通天閣 shi.n.se.ka.i・tsu.u.te.n.ka.ku 新世界・通天閣	大阪城 o.o.sa.ka.jo.o 大阪城
千日前道具屋筋商店街 se.n.ni.chi.ma.e.do.o.gu.ya.su.ji.sho.o.te.n.ga.i 千日前道具商店街	住吉大社 su.mi.yo.shi.ta.i.sha 住吉大社

わたしは昨日ユニバーサルスタジオジャパンに行って来た！

いいねえ！

廣島旅遊景點

平和記念公園 he.i.wa.ki.ne.n.ko.o.e.n 和平紀念公園	広島城 hi.ro.shi.ma.jo.o 廣島城
宮島 mi.ya.ji.ma 宮島	

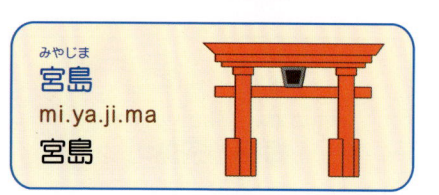

294 ❀ 走訪日本各地旅遊景點

京都旅遊景點

| きよみずでら
清水寺
ki.yo.mi.zu.de.ra
清水寺 | きんかくじ
金閣寺
ki.n.ka.ku.ji
金閣寺 | ぎんかくじ
銀閣寺
gi.n.ka.ku.ji
銀閣寺 | とうじ
東寺
to.o.ji
東寺 |

| へいあんじんぐう
平安神宮
he.i.a.n.ji.n.gu.u
平安神宮 | びょうどういん
平等院
byo.o.do.o.i.n
平等院 | あらしやま と げつきょう
嵐山渡月橋
a.ra.shi.ya.ma.to.ge.tsu.kyo.o
嵐山渡月橋 |

| はな み こうじ どあ
花見小路通り
ha.na.mi.ko.o.ji.do.o.ri
花見小路通 | ふし み いなり だいしゃ
伏見稲荷大社
fu.shi.mi.i.na.ri.ta.i.sha
伏見稻荷大社 | きょうと
京都タワー
kyo.o.to.ta.wa.a
京都塔 | かみ が も じんじゃ
上賀茂神社
ka.mi.ga.mo.ji.n.ja
上賀茂神社 |

| しもがもじんじゃ
下鴨神社
shi.mo.ga.mo.ji.n.ja
下鴨神社 | に じょうじょう
二条城
ni.jo.o.jo.o
二條城 |

ほんと！？
ありがとう！

昨日京都で
和菓子買ったの！

神戶旅遊景點

| いじんかん
異人館
i.ji.n.ka.n
異人館 | こうべこう
神戸港
ko.o.be.ko.o
神戶港 | ぬのびき えん
布引ハーブ園
nu.no.bi.ki.ha.a.bu.e.n
布引香草園 | ろっこうさん
六甲山
ro.k.ko.o.sa.n
六甲山 |

| もとまち ちゅうかがい
元町・中華街
mo.to.ma.chi・chu.u.ka.ga.i
元町・中華街 | こうべ
神戸ポートタワー
ko.o.be.bo.o.to.ta.wa.a
神戶塔 |

PART5　日本便利通　295

福岡旅遊景點

スペースワールド
su.pe.e.su.wa.a.ru.do
太空世界

福岡ドーム
ふくおか
fu.ku.o.ka.do.o.mu
福岡巨蛋

長崎旅遊景點

ハウステンボス
ha.u.su.te.n.bo.su
豪斯登堡

オランダ坂
ざか
o.ra.n.da.za.ka
荷蘭坡

旧 長崎英国領事館
きゅうながさきえいこくりょうじ かん
kyu.u.na.ga.sa.ki.e.i.ko.ku.ryo.o.ji.ka.n
舊長崎英國領事館

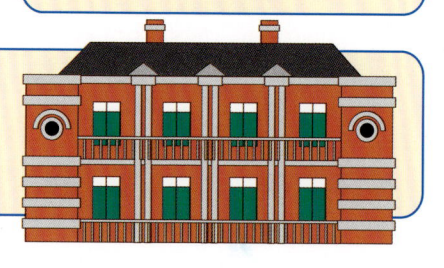

北海道旅遊景點

小樽運河
お たるうん が
o.ta.ru.u.n.ga
小樽運河

札幌時計台
さっぽろ とけいだい
sa.p.po.ro.to.ke.i.da.i
札幌時鐘台

富良野
ふらの
fu.ra.no
富良野

函館
はこだて
ha.ko.da.te
函館

美瑛
びえい
bi.e.i
美瑛

はい！楽しかったですね！

北海道楽しかった？

296　走訪日本各地旅遊景點

沖繩旅遊景點

| 那霸国際通り
な　は　こくさいどお
na.ha.ko.ku.sa.i.do.o.ri
那霸國際通 | 美ら海水族館
ちゅ　うみすいぞくかん
chu.ra.u.mi.su.i.zo.ku.ka.n
美海水族館 |

| 壺屋
つぼ　や
tsu.bo.ya
壺屋 | 首里城
しゅ　り じょう
shu.ri.jo.o
首里城 | 万座毛
まん　ざ　もう
ma.n.za.mo.o
萬座毛 | 瀬底ビーチ
せ そこ
se.so.ko.bi.i.chi
瀬底海灘 |

沖繩
OKINAWA

日本名店瀏覽

🔊 108

高島屋でいっぱい買い物をした！

🌱 百貨公司

| たかしまや
高島屋
ta.ka.shi.ma.ya
高島屋 | まつざかや
松坂屋
ma.tsu.za.ka.ya
松阪屋 | みつこし
三越
mi.tsu.ko.shi
三越 | いせたん
伊勢丹
i.se.ta.n
伊勢丹 |

おだきゅうひゃっかてん
小田急百貨店
o.da.kyu.u.hya.k.ka.te.n
小田急百貨店

せいぶひゃっかてん
西武百貨店
se.i.bu.hya.k.ka.te.n
西武百貨店

とうぶひゃっかてん
東武百貨店
to.o.bu.hya.k.ka.te.n
東武百貨店

はんしんひゃっかてん
阪神百貨店
ha.n.shi.n.hya.k.ka.te.n
阪神百貨店

だいまる
大丸
da.i.ma.ru
大丸

けいおうひゃっかてん
京王百貨店
ke.i.o.o.hya.k.ka.te.n
京王百貨

あべのハルカス
a.be.no.ha.ru.ka.su
阿倍野 HARUKAS
（綜合性設施大樓）

🌱 流行購物大樓

いちまるきゅう
109
i.chi.ma.ru.kyu
109百貨公司

とうきゅう
東急プラザ
to.o.kyu.u.pu.ra.za
TOKYU PLAZA

298 🌸 日本名店瀏覽

ヘップファイブ he.p.pu.fa.i.bu HEPFIVE	表参道ヒルズ おもてさんどう o.mo.te.sa.n.do.o.hi.ru.zu 表参道 hills

LOFT ro.fu.to LOFT	ルミネ ru.mi.ne LUMINE	パルコ pa.ru.ko PARCO	丸井 (OIOI) まる い ma.ru.i 丸井

三越に行きましょうか？

いいね。行きましょう！

🌱 連鎖書店

紀伊国屋 き の くに や ki.no.ku.ni.ya 紀伊國屋	丸善 まるぜん ma.ru.ze.n 丸善	ブックファースト（BOOK 1st） bu.k.ku.fa.a.su.to 第一書店

ジュンク堂 どう Ju.n.ku.do.o 淳久堂	ツタヤ書店 しょてん tsu.ta.ya.sho.te.n TSUTAYA 書店	ブックオフ bu.k.ku.o.fu BOOK OFF	三省堂書店 さんせいどうしょてん sa.n.se.i.do.o.sho.te.n 三省堂書店

読書大好き！

🌱 連鎖速食店

モスバーガー mo.su.ba.a.ga.a （MOS BURGER） 摩斯漢堡	マクドナルド ma.ku.do.na.ru.do （McDonald's） 麥當勞

PART5　日本便利通　299

ロッテリア ro.tte.ri.a （LOTTERIA） 儂特利	ウェンディーズ we.n.di.i.zu （Wendy's） 溫蒂漢堡	サブウェイ sa.bu.we.i （SUBWAY） 潛艇堡
ケンタッキー ke.n.ta.k.ki.i （KFC） 肯德基	ミスタードーナツ mi.su.ta.a.do.o.na.tsu （Mister Donut） 甜甜圈專賣店	

餐飲連鎖店

吉野家（よしのや） yo.shi.no.ya 吉野家	イタリアントマト i.ta.ri.a.n.to.ma.to 義大利麵專賣店	松屋（まつや） ma.tsu.ya 松屋（定食專賣店）
富士そば（ふじ） fu.ji.so.ba 富士麵屋	てん屋（や） te.n.ya 天屋天婦羅	CoCo 壱番（いちばん） ko.ko.i.chi.ba.n COCO 壹番屋咖哩
すき家（や） su.ki.ya SUKI 家牛丼 （全日本最多分店）	餃子の王将（ぎょうざ・おうしょう） gyo.o.za.no.o.o.sho.o 餃子的王將	だるま da.ru.ma 大阪老字號 串炸連鎖店
ガスト ga.su.to 連鎖家庭餐廳	サイゼリア sa.i.ze.ri.a 薩利亞義式餐廳	アフタヌーンティー a.fu.ta.nu.u.n.ti.i 午茶風光

300 日本名店瀏覽

丸亀製麺
ma.ru.ga.me.se.i.me.n
丸龜製麵(連鎖烏龍麵店)

ヤマザキ
ya.ma.za.ki
(Yamazaki)
山崎麵包店

551蓬莱
go.go.i.chi.ho.o.ra.i
551蓬莱

太郎ずし
ta.ro.o.zu.shi
太郎壽司

ロイヤルホスト
ro.i.ya.ru.ho.su.to
樂雅樂

ポムの樹
po.mu.no.ki
蘋果樹
(蛋包飯專賣店)

連鎖便利商店

コンビニエンスストア(コンビニ)
ko.n.bi.ni.e.n.su.su.to.a(ko.n.bi.ni)
(Covenience Store)
便利商店

ファミリーマート
fa.mi.ri.i.ma.a.to
(Family mart)
全家便利商店

セブンイレブン
se.bu.n.i.re.bu.n
(Seven Eleven)
7-11

ミニストップ
mi.ni.su.to.p.pu
Mini Stop

サークルK
sa.a.ku.ru.ke.e
Circle K

サンクス
sa.n.ku.su
Sunkus

ローソン
ro.o.so.n
Lawson

いいよ。

スターバックスで
コーヒーを
飲まない？

PART5 日本便利通 301

咖啡品牌

ネスレ
ne.su.re
（Nestle）
雀巣

マクスウェルハウス
ma.ku.su.we.ru.ha.u.su
麥斯威爾

珈琲館
ko.o.hi.i.ka.n
咖啡館

スターバックス
su.ta.a.ba.k.ku.su
（Starbucks）
星巴克

キーコーヒー
ki.i.ko.o.hi.i
Key Coffee

ドトールコーヒー
do.to.o.ru.ko.o.hi.i
(Doutor Coffe)
羅多倫咖啡

其他連鎖店

無印良品
mu.ji.ru.shi.ryo.o.hi.n
無印良品

ユニクロ
yu.ni.ku.ro
UNIQLO

gu
ji.i.yu.u
gu
（UNIQLO 副牌）

ウィゴー
wi.go.o
WEGO 服飾店

ABCマート
e.i.bi.i.shi.i.ma.a.to
ABC MART 鞋店

メガネドラック
me.ga.ne.do.ra.k.ku
眼鏡連鎖店

zoff
zo.fu
zoff 眼鏡連鎖店

眼鏡市場
me.ga.ne.i.chi.ba
眼鏡市場

イオン
i.o.n
（AEON）
大型超市

私はよくイオンへ買い物に行くよ。

ジャスコ
ja.su.ko
（JASCO）
大型超市

私はよくジャスコ買い物に行くよ。

マツモトキヨシ
ma.tsu.mo.to.ki.yo.shi
大型藥妝店

ドンキホーテ
do.n.ki.ho.o.te
大型特價賣場

東急ハンズ
とうきゅう
to.o.kyu.u.ha.n.zu
台隆手創館

フランフラン
fu.ra.n.fu.ra.n
Francfranc

モノコムサ
mo.no.ko.mu.sa
MONO COMME CA
（生活雜貨店）

3COINS
スリーコインズ
su.ri.i.ko.i.n.zu
315日圓商店

ダイソー
da.i.so.o
大創39元商店

ビックカメラ
bi.k.ku.ka.me.ra
（Bic Camera）
電器用品店

タワーレコード
ta.wa.a.re.ko.o.do
（Tower Record）
淘兒音樂城

PART5 日本便利通 303

初學者開口說日語：1000常用句x3500生活字彙，
自學日語超簡單！/ 中間多惠著. -- 六版. -- 新北市：
笛藤出版, 2025.02
　　面；　公分
ISBN 978-957-710-957-6(平裝)

1.CST: 日語 2.CST: 會話 3.CST: 詞彙

803.188　　　　　114000736

2025年2月27日　6版第1刷　定價380元

著　　　　者	中間多惠
編　　　　輯	詹雅惠・羅巧儀・徐一巧・葉雯婷
編 輯 協 力	立石悠佳・林育萱
內 頁 設 計	李靜屏・川瀨隆士
封 面 設 計	王舒玗
總　編　輯	洪季楨
編 輯 企 劃	笛藤出版
發　行　人	林建仲
發　行　所	八方出版股份有限公司
地　　　　址	新北市新店區寶橋路235巷6弄6號4樓
電　　　　話	(02) 2777-3682
傳　　　　真	(02) 2777-3672
總　經　銷	聯合發行股份有限公司
地　　　　址	新北市新店區寶橋路235巷6弄6號2樓
電　　　　話	(02) 2917-8022・(02) 2917-8042
製　版　廠	造極彩色印刷製版股份有限公司
地　　　　址	新北市中和區中山路二段380巷7號1樓
電　　　　話	(02) 2240-0333・(02) 2248-3904
印　刷　廠	皇甫彩藝印刷股份有限公司
地　　　　址	新北市中和區中正路988巷10號
電　　　　話	(02) 3234-5871
郵 撥 帳 戶	八方出版股份有限公司
郵 撥 帳 號	19809050

●版權所有，請勿翻印●

© Dee Ten Publishing｜Printed in Taiwan

（本書裝訂如有漏印、缺頁、破損，請寄回更換。）